"东石"示意图

① 夫人妈庙
② 妈祖庙
③ 夫帝爷庙
④ 九龙三公庙
⑤ 孔夫子庙
⑥ 观音阁
⑦ 比干庙
⑧ 镇海宫
⑨ 七王爷庙
⑩ 大音公

石板路
码头
礁石
田地
海
公路

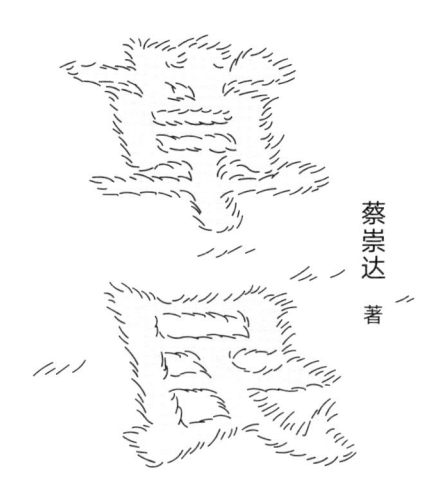

蔡崇达 著

广州新华出版发行集团
广州出版社

果麦文化 出品

我们为什么生生不息
我们凭什么生生不息

"草"及其衍生词：野草、草根、草民……都有一种明确的位置感，在自然意义和社会意义上，"草"都指向基础和根本。它如此基础，以至于它的逻辑就是自然的基础逻辑；它如此根本，以至于它的情理就是社会的根本情理。

然后，蔡崇达说，"我就是野草，现在我讲野草的故事"。现代文学史上，鲁迅写过一部《野草》，野草被编码、抽象，野草成为庞大的隐喻，鲁迅何其大，蔡崇达何其小，他全力以赴，回到他的小，守住他的小，他解码"野草"，解密"野草"，让草回到草自身。

——回到草自身，随风俯仰，同时紧紧抓住土壤，草必须成片，必须在底部连接，草的生命不是为了让他人欣赏，草必须如其自身一样生生不息地活着。

草的经验、草的情感、草的伦理、草的希望，蔡崇达写这一本书，如同一棵草摹仿一棵草、一棵草连接延伸到天边的无数草。

李敬泽

开篇

东石：滩涂与沙滩

……幸好，我出生于海边，自小就知道，这世间许多东西，日复一日在相互撕咬着。有的撕咬是寂静的，比如白日与夜晚。它们连些许的呻吟都不愿透出，但终究咬出了漫天血红的晨晕与晚霞。

有的撕咬掩不住哽咽和哀鸣，比如海洋和陆地。海与地的交汇处，总要铺天盖地地悲鸣。它们的躯体不断被对方抓破，经脉不断被对方撕扯，血液浸透了彼此——那些血肉模糊，便是滩涂了。

滩涂是被撕下的陆地的血肉，滩涂是被撕下的海洋的血肉。滩涂因此从来是腥臭的——这些血肉，还一直在腐烂发酵着。

海边的人因此都知道，和这里的弹涂鱼、鳗鱼、螃蟹、蛏子等一样，自己是滩涂的子民；还知道，生命没有高贵的出身，腐烂便是生命的母亲。

幸好，我出生于海边，自小就知道，人总会找到沙滩的。

我生活的这个小镇，有二十多公里的海岸线。从每户人家的窗户看出去，朝走过的每条道路旁瞥一眼，从每个甘蔗林的夹缝中透出来的，都是滩涂。但不用谁特意去指引，所有人迟早会发现的，在一个陆地拐角处，在一片相思林的包裹中，藏着一段局促的沙滩。

我忘记自己是什么时候发现沙滩的，大约和所有人一样吧：当心里开始生发出那些自己辨认不清、无法命名的东西，当不知道要在哪里才能摊开这些东西时，人就会找到沙滩的。

沙滩是陆地用被海洋啃噬得破碎的躯体，流着血怀抱出的一个安静的臂弯。陆地以这一点惨淡的胜利，拼命构造一个它认为的自己与海洋相处的最好的模样——沙滩是陆地的幻象，是陆地为自己与对手构造的神庙。然后，它也成了所有人的神庙。

少年在这里好奇且忧愁地看着自己身上新鲜的欲望，中年人在这里抓虱子般埋进命运中纠结的点，老年人在这里和自己的记忆聊天……在沙滩上，没有人顾得上和别人说话。这里的人在着急地把内心尽可能吐出来，像一只只吐出自己内脏的海参，以这样的方式才能看到自己。

我总爱在沙滩发呆到夕阳西斜，白日与夜晚撕咬出的血浸泡了整个世界。我知道，这世界又完成了一次孕育。我看着这一个个年老的或年少的、干净的或毛糙的躯体，收拾起自己摊开的全部,犹豫地站立起来,踟蹰地穿出相思林,最终往泥泞的滩涂里走去,往自己正在行进的人生走去。

我看着他们一个个的背影,影影绰绰,如同腥臭的滩涂里抽出的那一根根又灰又绿的草。我看到,他们和它们一起在摇曳,他们和它们都在被风刮倒,或者是和风舞蹈着,都在被潮水淹没,或者在水里浮游着……我知道,他们和它们都在和自己的命运撕咬着;我知道,他们和它们都在挣扎着,或者,生长着……

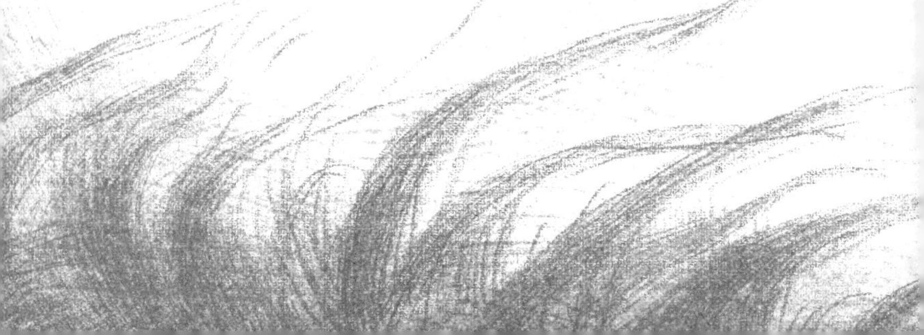

目录

曹操背观音去了
1

"欢迎你再来"
41

台风来了没
87

转学
143

秋姨的赌博
191

冲啊,猛虎
231

体面
289

后记:有名有姓
317

曹操 当 观音 去了

时隔近六个月，母亲终于愿意开口与我说话了。

她打来电话，努力比照着此前寻常的那种口气，好似找到那样的口气，之前莫名僵持着的这几个月，就不存在了。

她用那种口气问："你好吗？"

这么久没能说得上话，我本想认真地回答，她却等不及了，又抢着说："你记得曹操吧？"

我有些吃惊，明白母亲是因为曹操而愿意和我说话的。但是为什么呢？

她紧接着说："曹操走了。"

她说："镇上的人很笃定，曹操必定成佛了。"

她说："镇上的人在讨论，应该给他建座庙的。"

最后，她说："想得到吗？咱们镇上死死生生、往往来来这么多人，能成佛的倒竟是曹操。"

着实有好一会儿，我没反应过来。

"曹操成佛了?"

我非常错愕。

我们这代人的家乡,在童年时,还能偶然碰到些游荡着的成仙成佛的乡土传奇,但那样的故事,被呼啸而来的年月,撕得越来越碎,到近年来,好似被时光瓦解得了无踪迹。

此时,却突然硬生生冒出了立地成佛这回事,而且离奇的,成佛的人选,竟然是曹操。

"你说的,是东石镇那个曹操?"我想再次确认下,"那个驼背的、可怜的曹操?"

"是啊!"母亲回答的声音,更透亮了,让我突然想起,在东石镇的每年夏日,总有从太平洋上刮来的、被晒得松松暖暖的风。

我当然是认识曹操的。

我想,此前生活在东石镇上的所有人,都总要认识曹操的吧。

我所出生的这个东石镇,是个半岛,长得似肥胖的短靴,半截踩进海里。

西边靠江的这边,连着大陆,如同踮起的脚跟,似乎还在犹豫是否全部没入海里。三面环海的部分如同脚尖,试探性地插进海里,看着总感觉要瑟瑟发抖。

到我生长的时候,这镇子已然西边一个码头,东边一个码头。

以前我好奇过,为什么一个小镇需要两个码头。后来我知道了:西码头接着江面的,有滩涂,吃水很浅,只能进得一些小舢板;东码头,直直对着海,浪大风大,能停大船,能停的也只能是大船。

因此,西边来的,便是讨小海的,弹涂鱼、鳗鱼、花蛤、小螃蟹……东边来的,都是讨大海的,东星斑、小鲨鱼……

整个镇子西边和东边,就这般理所当然地过成了两种人生。

西边的人讨小海,大多数都莫名乐呵呵的,一天到晚,有事没事,脸总要笑着的。有些是早上去滩涂翻些海鲜,有的则下午去,反正干完该干的,剩下的时间就晃着,摊着,笑着。

东边讨大海出大洋的人,总是莫名亢奋,要么几个月没出现在东石镇,一出现就总要闹腾。特别是晚上,总免不得喝酒猜拳,嬉闹打架。

当时的东石镇,脉络也很是简单。西码头和东码头中间,是长长的一条街,石板砌成的。街两端,再各自枝枝蔓蔓长出些小路，安放着些人家。

打我能记事开始，曹操便每天一前一后背着两个背篓，走在这石板路上了。

早上从西码头走到东码头，下午从东码头走到西码头。晚上在西码头边上的家睡上一觉，第二天醒来，再次出发。

所以，东石镇上的人，总是要认得曹操的。

我家便在这条长街的中间。

母亲说，父亲原是在轮船社工作的，结婚前，当然是住在东港的；结婚后，母亲一有了孩子，父亲就急着想把家往西边安了。

我能记事的时候，父亲还得去出海，一去总要大半年。

那几年，母亲每天把门打开着，拿了把凳子靠着门坐着。边干着手边的活儿，边偶尔瞥一瞥东边的石板路。

她知道的，她的丈夫、我的父亲，具体还得多少个月才能回来，但她就这般坐着，每隔几秒就朝东瞥一眼。到天光暗了，暗到什么都看不见了，门都要开着。直到她收拾完所有，要进房睡觉了，这才关门。

我就是在那个时候认得曹操的。

我能记事的时候，曹操就已经足够老了。我不知道他确切年纪，但看得到，他脸上的皱纹一浪压着一浪，快把他的眼睛淹没了。我总喜欢在他皱纹的浪里找他的眼睛。

他的背已经驼成将近九十度了，可能是身体轻吧，又或者因为头很重吧，走起来，总是向前犁着。海边总是有风的，每次风一刮，他的身体就摇摇晃晃。那时候的我老担心，他的脸会不会犁到地。

一有机会和他靠得近，我就很认真地在他的脸上查找伤痕。但他的皱纹太深太密了，皱纹的浪甚至把伤痕都吞没了。我终究也分不清，哪些是新添的伤痕，哪些是时间的割痕。

大约早上六点，曹操便会从西边的码头出发。

早上的他，一个背篓挂在前面，怀抱着一般，里面放着的是从西码头讨小海的渔民那儿批发来的小海鲜。一个背篓背在后面，那个背篓是他自己改造过的——背篓的中间开了个口，放着隔板，里面有用细铁线固定着的一尊观音和一个小香炉。隔板的下方恰好可以放置一束短香、用来占卜的签和签筒，以及对应的观音签诗册。

曹操的右口袋里总装着一块用油布包着的肥皂。每天早上他在西码头整理好当天要贩卖的海鲜，一定得用肥皂仔细地搓洗每根手指，以及手掌里的每条掌纹。然后他会把安放着观音的背篓小心地放置在礁石上，点燃短香，拜三拜，插在小香炉上。先背上菩萨,再背上海鲜,然后在香气萦绕中,他出发了。

他的脖子上挂着个木鱼,每走一步,他便敲一下木鱼,喊着:"花跳——鳗鱼——小螃蟹,海里的味道。"

忘记是我几岁的时候,我确实问过他:"为什么边叫卖这些海鲜边敲木鱼?"

他笑眯眯地说:"这不,边卖它们边为它们超度,也算是功德。"

每天早上,他会在九十点钟的时候路过我家。我肯定要看到他的,我家门开着,母亲和我姐、我就挨着大门坐着。

他的到来总是有奇怪的仪式感。巷子又长又深的,他的叫卖声来回滚动着;点燃的香,随着风有一阵没一阵,香味也一会儿有一会儿没有的。

然后他就出现了。

他走得很慢,路过每户人家,只要看见开着门的,他便要从门里探进头去;门没开的,他还要踮着脚从窗户里探进头。

总是要先问:"你今天感觉好吗?"

然后再问:"要买点海里的味道吃吗?"

打从记事起,我便每天很是期待曹操来。虽然母亲大部分时候都没钱买那些小海鲜,但是我总觉得那叫卖声真好听,那香真好闻,以及,我喜欢他笑眯眯地问我,问母亲:"你今天感觉好吗?"

我总会开心地叫嚷着:"很好啊!"

好像,因此我这一天就真的很好了。

记忆中,母亲似乎也很是欢喜每天的这个时刻,她会笑眯眯地回:"好像还不错。"

曹操会回:"那太好了。"

曹操走到东码头,大概都中午了。他会在东码头找个地方蹲着吃口饭,然后摊在某一块礁石上打个瞌睡,下午两点多,才会从东边的码头出发。

或许是因为东码头的大船只有大鱼,或许大鱼对曹操来说太重了,他并不做东码头的海鲜生意。下午的时候,他把那个卖鱼的背篓背到身后,里面有时候有早上没卖完的鱼,但大部分时候是空着的。他把安放着观音的背篓挂在前面,出发前,香依然要点燃起来,依然走一步敲一声木鱼,只是嘴里的吟唱变了,下午的曹操会喊着:"抽签啊,卜卦;观音啊,菩萨。求神啊,问事;观音啊,菩萨。"

从东港返回来的这一路,他依然走得很慢。依然看到有人家门开着,他就要探进头去;门没开着,他总要踮着脚从窗户探进头。只是问的话换了,换成了:"你今天过得好吗?"

然后再问:"需要和菩萨说说话吗?"

每天下午，他会在四五点的光景路过我家。如果是冬日的四五点，有时候会有霞光沿着西边的巷口淌进来。霞光覆满他全身，他脸上全是金黄色的皱纹、金黄色的岁月的浪，然后他笑出金灿灿的皱纹，眯着眼问："你今天过得好吗？"

我下午的答案可不一定。许多时候当然还是欢欣雀跃地嚷着："很好！"但经常有些日子，过得让我讲不出这样的词语，我会说："不好。"

如果我这么回答了，他会把头靠近我，近到快贴着我，然后他会说："明天会很好的。"

因为靠得太近了，我闻得到他身上的汗臭味、海腥味、老人味以及贡香的香味。这味道太强烈了，甚至到后来，我一想到家乡，心里就马上涌起这些味道。

也不知道为什么，那段时间，下午的母亲，总似乎很忧伤，她语调依然很平淡，只是早上的平缓像是山里的泉水，下午的平缓像是海里的盐水。她会平淡地说："挺好的。"

我不确定曹操听得真不真切，他似乎尝出了语调的不同滋味，又似乎没有。他最终如早上一般，开心地回着："那太好了。"

那时候，家乡的节日很多。祖先们的生日是节日，要祭祀；祭日是节日，要祭祀。这么多祖先，节日本来就够密的。那个时候，家乡的神明多。我记得小时候算过，仅仅东石镇就几十尊神明吧。神明的生日是节日,要祭祀;神明的成仙日是节日,也要祭祀。最过分的是天公,每个月的十五都是他的生日,每个月的十五都得祭祀。

当时父亲虽然当海员,但想着要盖座房子,钱因此是吃紧的。母亲说她和祖先及神明商量过了,反正每个月就初一、十五祭祀两次。"就凑合着过吧,等以后咱家有了钱再补。"我听母亲祭祀的时候这么说过。

初一、十五这两天,母亲便会在早上的时候叫住曹操:"便宜的杂鱼给我来个一块钱的吧。"

曹操便会直接坐在地上。坐着的时候,前面的背篓刚好就放置在他的跟前,背后背着观音的背篓,和他背靠背。我总觉得,他和观音菩萨背靠着背卖鱼给我们。

他背篓里的鱼,没有分类,无论什么季节,鱼的种类总是很多。他也没有带秤,一块钱的鱼,就是用手抓了一把,然后放进我母亲拿出来的盆里。他会认真地打量几眼,然后会说:"正好一块钱。"

我母亲也会点点头:"是啊,正好一块钱。"

我至今不理解为什么正好一块钱,但每次都跟着很笃定:"这确实是一块钱的鱼了。"

曹操下午的生意更好。经常每隔四五户人家,总有一户要叫住他。我母亲也找曹操抽过签,所以我知道价格的,一次一角钱，倒是不贵。只是，确实也就值个一角钱。

下午有人叫住他，他便如早上一般就地而坐，菩萨就在他怀里了。然后他掏出签筒递给问卦的人，笑眯眯地等着抽出签号，然后拿出签诗册一页一页翻找到对应的签诗，就递给求签的人。

镇上的人大都不识字，翻来覆去看了半天，认不得几个字，说："你解解啊。"

曹操此时会充满歉意地笑，说："我也不识字。"

然后他会说："但我大概记得，这或许讲的是什么故事。"

他就自顾自地讲完记得的故事。抽签的人边听边抓着故事里的情节，要往自己身上套。

"所以是冬天时候会有好消息？"抽签的人问。

曹操便会直愣愣地看着抽签的人，然后，笑。

"还是说名字带'冬'字的人会给我带来好消息？"抽签的人不死心，再追问。

曹操依然直愣愣地笑。

抽签的人嫌弃地白了曹操一眼："不懂解签，还敢背观音签。"

曹操笑眯眯地说："是观音让我背的。"

"曹操是后来做了什么特别的事情吗？"我试图推导些逻辑，去理解母亲刚刚和我宣布的这个事情。我实在不知道，这样的曹操如何就能成佛了。

母亲说:"没有啊。"

"还是他过去做过什么了不起的事情,我不知道的?"我还是不死心。

母亲想了许久,似乎很困惑我的追问:"他的故事你都知道的。"

母亲很认真地强调:"他一直是你记得的那样,直到死的那天,还是那样。"

现在生养在城市里的人可能已经不知道了,从小镇出来的人或许还有人记得吧——其实,每个人的故事发生了,就存在了,它们还会蒸发或者被撕裂成类似于尘埃一般的东西,在空气中弥漫着。只要你待的地方不那么大,只要你待的时间足够长,这些故事总会如尘土一般,在你心里慢慢地落,慢慢地积,某一刻再一看,才发觉记忆都堆出厚厚一层了。

我无法确切说出,我具体是在哪个地方什么时候听说过曹操哪个故事,但我确实就这么知道了曹操许多故事。

比如,我知道,曹操本来不应该叫曹操的。

曹操有两个哥哥,一个妹妹。曹操的大哥叫曹阿一,曹操的二哥叫曹阿二,曹操的妹妹叫曹阿四。就曹操,叫作曹操。

据说曹操母亲生曹操的那天,晚上恰好有个戏班子巡演到了这个小镇。当时这个海边小镇,难得有戏班子来,曹操的父亲和三五亲戚喝了庆生酒后，就都一起来看戏。

那个老实巴交的讨小海的人，看到有人穿着戏服画着花脸，第一声唱词，就震撼得他目瞪口呆。唱词他听不出是普通话、闽南话还是莆仙话，但他就是一边看一边激动地骂。大家也不知道他为什么骂，只知道搀扶他回家时，他嘴里还在骂骂咧咧嘟嘟囔囔，说的是："人就是应该活出个名字来。"

然后，曹操就叫作曹操了。

一开始，曹操的父亲着了魔一般，要让大家都知道他的儿子叫曹操。曹操还没满月，父亲就抱着他到处晃，见人就说："你看，这是我儿子，叫作曹操。"有人路过他的家，他也要抱着孩子追出来，说："你看这是我儿子，叫作曹操。"

但也就念叨三个多月，后来似乎他自己也忘记了。到了第二年，曹操的母亲又生了个孩子，是曹操的妹妹。曹操的母亲问："小孩叫什么名字啊？"

曹操的父亲当时正在洗着海带，头也没抬，说："当然叫曹阿四啊，要不叫什么？"

曹操也确实活得越来越没有曹操这个名字的样子。

刚生出来的时候，接生的产婆一看，哦，生了条丝瓜，皱皱巴巴、瘦瘦长长的。

曹操这一模样，仿佛从那时就定型了，自小到大，手是瘦瘦长长的，像丝瓜；腿脚是瘦瘦长长的，像丝瓜。

曹操的父亲总会用一只手把他的腿箍着，对曹操的母亲说："你看，就这还叫曹操？"

也不知道他在讥嘲的是谁。但他认真地白着眼又重复一遍："还真看得起自己，这模样，连大一点的鳗鱼都抓不住，还敢叫曹操？"

曹操这个名字在这个家庭越来越尴尬且醒目。曹操的父亲偶尔有好收成，一进门会开心地喊着小孩来看："阿一、阿二，呃，你也是，阿四你们过来，看我今天翻到了什么！"

曹操这个名字，连他父亲叫起来都很是烫嘴。

曹操的父亲因此越来越不愿意叫曹操了。父亲回家叫嚷着："阿一、阿二、阿四，来看看今天我又翻到了什么。"

曹操杵在一旁，不知自己该不该也凑过去。

一开始凑过去了，父亲可能有意或无意，但确实白了他一眼。曹操自此不凑了。

曹操就此除了不断地瘦瘦长长，还越来越安静了。

母亲还是心疼小孩的，妹妹阿四还是心疼哥哥的，有时候会想去安慰曹操。曹操会笑眯眯地，一直摇着头。母亲和妹妹也不知道他什么意思，到底是没关系，不难过，还是"不用管我"。但看着他笑眯眯的，安慰一下也就走了。

曹操就此除了不断地瘦瘦长长、越来越安静，还总是笑眯眯的。直到他足够老了，老到我都出生了，认识他的时候，他还是这样：瘦瘦长长、安安静静、笑眯眯的。

曹操和曹阿一、曹阿二、曹阿四一样，长到几岁，就干几岁的活儿。两三岁帮着挑拣小海鲜，五六岁帮着洗海带，七八岁帮着刨牡蛎，十岁左右便要跟着出海。父亲讨小海，曹操跟着也是讨小海。每天凌晨四五点，星星还在，天空刚要翻鱼肚白，他们就同其他讨小海的渔民一样，把脚插进冰冷、黏稠的滩涂里，开始翻找天爷藏在这儿的一份口粮。

是冻得刺骨，但没人吭声，他们第一次下滩涂，就学会把难受吞进心里了。

这种和所有人一样的时刻，让曹操最是安心和开心。把头就此埋进和周围的人类似的生活里，吃着一样的苦，大家一起苦，好像也没那么苦。

但曹操还是因为顶着这个名字，被揪出来了。

首先开始的，还是自己家里的曹阿一。看着小自己几岁的曹操刨起牡蛎来抖抖索索的，阿一突然心生灵感："操，这牡蛎可难刨啊。"

曹操愣了一下，反应了好一会儿，问："是在叫我吗？还是在骂牡蛎？"

阿二和一旁的父亲都听到了，都开心地笑了。

第二天，阿二也逮住机会就说："操，今天天气可真好；操，今天的风可真黏……"

曹操没回声，阿二就骂："怎么不回答啊？"

曹操回了，阿二就笑："又不是在叫你！"

过不了多久，曹操名字的新用法就传开了。

凌晨，许多人都在滩涂上一起翻找海鲜，这真是累人的活儿，翻找得累了，以前就是悄悄地嘟囔几声，还怕被人说这理所当然的苦都吃不了。现在有新办法了，可以喊："操，怎么今天的鳗鱼钻那么深。"

另外一边也有人回了："操，是钻太深了……"

然后滩涂上，就到处都是呼唤曹操的声音。

然后从滩涂回镇上的路上，也到处都是呼唤曹操的声音。

然后寻常的生活里，突然凭空就冒出几声呼唤曹操的声音。

经过了那些岁月，曹操已经不会恼怒了，每次也只是乐呵呵地笑。曹阿四和曹操的母亲反而耐不住了，听到有哪个发音，就往哪边赶，拿着海锄头，怒声喝着："是哪只狗在嚷，哪只狗？"

四下没人作声，曹阿四追着曹操问："你知道的，是哪个？"

曹操还是乐呵呵地笑。

曹阿四着急了，边跺着脚骂边哭："你怎么就这么屄！"

曹操乐呵呵地笑了笑，说："这样的名字用在我身上，确实是挺搞笑的。"

曹操的父亲是在他十六七岁时离开的。那一年父亲六十出头——这在当时不算特别好的寿命,但也是能接受的了。要走的那一刻,父亲好像没有觉得多难过,反而有种终于要"毕业"的感觉。

父亲躺在床上,轮流叫着家里的人。妻子当然是第一个叫的。父亲说:"你别着急来,等孩子都结婚再来。"母亲点点头。

叫来了阿一:"你都结婚了,赶紧生孩子。"叫来了阿二:"你赶紧结婚,赶紧生孩子。"然后父亲又卡住了,愣了好一会儿,终于时隔十多年又一次叫曹操名字了:"曹操啊。"也就这么喊了一声,然后本来平静的父亲突然哭了起来,呜呜呜地,像女人的哭法。

父亲说:"曹操啊,可怜的曹操啊。"

那个时代,东石镇是真穷。我后来读了书,读了历史才知道,从明朝禁海,不让出海通商开始,沿海的东石镇就一直穷。

但再穷的地方,老祖宗那些烦琐的规矩还是一个点都不能落下的。甚至反而更不能落下了——越困难的人生,越要依靠规矩稳住啊。

葬礼的规矩,大大小小的几十项,还好负责祭祀的师公都记得住,大家遵循着他的调动就可以了。比如,一定要招魂的，招魂回来后，家人们要一个个朗诵祭文（就是用文言文说你活得多好，有多少人多爱你），然后隆重地跪拜告别。

祭祀遵循的还是晋朝时候的礼制，不唤姓，只唤名。而且，为了表现庄重威严，名字要念古音，加重念。

在东石镇，很多人生活一辈子用不到正经的名字，如果取得太正经，大家一定要找个土名安到他身上的。那种有目标有意义的名字，如何配得上这么土的生活？许多人都是到家里有亲人死，或者自己死的时候，大家才知道，哦，原来他叫这个名字啊。

祭祀开始了，先是长子阿一，然后是次子阿二。终于，师公用悲痛庄重的口吻喊："请，三子，操，上前祭拜。"

众人笑了。

曹操面红耳赤地赶紧跑到灵前来，扑通一下就跪着拜。

按照规矩，得连呼三声，而且师公似乎还不明所以，又叫了一声"操"，众人又笑了。

师公反应过来了，第三声的时候说得分明心虚了："请，三子，呃……操，上前祭拜。"

众人察觉到一向正经的师公也意识到窘迫了，笑得更欢了。大家还在笑着，曹操好像习惯性地要跟着笑，只是眼泪还扑簌簌地掉。

于是曹操就眯着眼，边笑边哭了。

我忘记这个故事是谁和我说的了,但小时候听到这里,我就有很强的被侮辱感。当时我也不理解为什么会有这种感觉,就是耿耿于怀着,甚至等自己成年了,我总莫名其妙地要和很多人讲这个故事。听的人听完莫名其妙,他们不理解我为什么要讲这个故事。我此前也解释不了为什么。只是过了好多年,我自己都有小孩了,有一天才突然明白了,摇醒正在熟睡的妻子,说:"我终于知道我为什么耿耿于怀曹操的名字了。难道心生些对人生格外的期待,就要被庸常的生活嘲笑侮辱吗?"

妻子听得莫名其妙,说:"在想什么了,赶紧睡觉,明天小孩要上课了。明天轮到你做早饭,记得六点就得起。"

曹操的父亲走之后,好像就一两年,或者一年不到,曹阿四就走了。

曹阿四走的时候十三四岁,刚好是水灵的模样。曹阿四从小利落,因此性格总是着急的。家里圈了块海塘,海塘里种着海带。捞海带这种活儿本来是男人干的,但曹阿四喜欢。她十三四岁的时候,踏入海塘里刚好能探出头,她就此总抢着捞海带。

曹操也喜欢看自己的妹妹捞海带,她踮着脚在海塘里走来走去,东拉几条西拉几条,海带绕着她的身体舞来舞去。曹操会说:"阿四你像仙女。"阿四会笑得咯咯响,说:"阿四就是仙女。"

阿四就是一天下午被发现浮在海塘里的。应该是捞海带时一不小心脚一滑，呛了水，慌乱得没站住。

其实镇上以前就有姑娘也这么没了的。

那个时候，人的来来往往生生死死好像没那么严重。其实想来，这世间从来都是那么多人生，那么多人死。只是坏世道，死得更快些，更早些，哪有什么稀奇的。

当时还会把这种死法称为"着急死的"，仿佛是她们主动选择着急离开的，而对应着的安慰便是："没事，她下次投的胎应该会好些。"

曹阿四走了，师公就又得来了。那天葬礼，师公见到曹操就皱眉。曹操看见师公皱眉了，觉得又是自己的错了。曹操去向师公道歉，才知道师公原来已经有了解决方案："要不，我祭祀的时候，就喊你阿三？"

曹操想了想，却不答应了："还是叫'操'吧。"

曹操哭着说："祭祀的时候老天爷都听着吧？"

师公愣了下，说："你是要借此骂几句老天爷？"

曹操哭着说："就帮我骂几声。"

那天祭祀，师公最终还是叫了曹操"操"，叫的时候还比以往更用力，更庄重。

曹操母亲也算完成了和曹操父亲的约定。曹操父亲走后，母亲着急奔波着，给阿二娶了老婆，给曹操也娶了媳妇。母亲在曹操娶完媳妇之后,嘴里就老念叨着,说:"阿四已经先走了,我任务算完成了吧。"也忘记念叨了多久,有一天早上,曹操看到母亲睡死在自己家的灶台边。

母亲走的时候,师公又得来了。那个师公年纪也很大了,七十几岁吧,他可是当时镇上最老的几个人之一。

这次师公一来,看到曹操就咧着嘴笑:"真好,又有次骂老天爷的机会了。"

师公说:"活在这世上,谁不想骂几句啊。"

师公说:"你父亲给你这名字取得真好。"

对曹操名字的调侃,应该贯穿了他的一生吧。到我记事的时候,每次一听到木鱼声,闻到贡香味道,就听到石板路上不同人此起彼伏地喊:"操,今天天气真好啊。操,现在冷得要死。操,这世道怎么这么难啊……"

发生在不同人身上的不同境遇,似乎都可以通过这个句式说出来。

我记得就在前年春节回老家时,听到我家东边的东边,大概第七座房子吧,一听到木鱼声,就扯着嗓子叫嚷着:"操,我家婆娘走了,你知道吗?操,我家婆娘真的走了,你知道吗?"

我母亲看我好奇,特意和我解释了一下:"他老婆走了四五个月了,此前几个月都说不出话。曹操知道了,他本来就要挨家挨户地探头过去，那几个月，看到那户人家连窗户都关上了，还硬要拨开窗户，探头去问：'你今天过得好吗？'然后那人就生气了，气得大嚷大叫：'操，我家婆娘走了。我怎么好！'曹操乐呵呵地笑：'骂出来会好点儿，心里会好点儿。'"

自此，每天曹操要经过时，还没探进头去，他就这么嚷。

我们在说话期间，曹操刚好走到他家了。屋子里的人嚷得更大声了，曹操还是从窗户探进头，笑眯眯地说："我知道的，我都知道的，我全部都知道的。"

屋子里的人叫着叫着，扯着嗓子嗷嗷地哭。

曹操笑眯眯探进头问："要不要和我说说话？"

屋子里的人还在嗷嗷哭。

曹操说："要不和菩萨说说话？今天你要抽签，我算你免费？"

"这是菩萨说的。"曹操补充道。

"曹操是什么时候起背着观音的啊？"我突然想起来这个小时候就萦绕在心里很久的问题。从我记事开始，他就长着这副背着观音的模样了，好像观音就长在他身上一般。

母亲说："我记得当时这条石板路，靠西码头的都是土打的房子，东码头都是石头砌的房子，就咱们这中间，房子稀稀拉拉的。"

母亲似乎也回想了好一会儿，好像还是没想起来："我嫁给你父亲，搬来这儿住，曹操就这样每天背着两个背篓走了。"

母亲说："我记得，第一次曹操经过咱家的时候，咱家还没有建好门，就拿着几块木头挡了一圈。我当时怀着你，每天都得搬开木头才能坐在这石板路边上干活。当时曹操说：'闺女啊，家还没建好啊。'我说：'是啊。'他说：'总会建好的。'我说：'是啊。'"

母亲说着说着，突然想起来了："曹操好像是他老婆走之后开始背观音的。"

母亲说："好像他本来就是讨小海的，老婆走之后，他躺着好几天起不来。亲人们去劝，他就躺在床上笑眯眯看着大家，偶尔难过了，哭一哭，哭完，继续笑眯眯的。直到他做了一个梦，梦见观音说他老婆已经去西方了。观音说她要出门，没有随同。梦里曹操说：'要不我来背？'"

我记得，听说过曹操是曾经有家人的。只是听说，并没有看到过，从我记事起，曹操就是一个人背着观音了。

多亏曹操的母亲是张罗好曹操的婚事才走的，要不，曹操自己肯定谈不成婚事。当时找妻子，用现在的说法，对彼此都像开盲盒。曹操的妻子刚嫁过来的时候，说话还会娇羞地遮嘴巴。后来也说不清是被曹操的性格倒逼的，还是本来如此，回归了本性。结婚三个月不到,东石这儿来了场大台风,台风还没登陆,就把曹操分得的偏房屋顶给掀了一角。曹操的妻子看着瘦瘦长长丝瓜一样的曹操,干脆袖子一撸,裙子一绑,自个儿就爬上了屋顶。看曹操还在发愣,怒气地吼:"杵着干吗,给我递石块啊!"

曹操的父亲留着的海塘,本来都被曹阿一、曹阿二分了,还能被曹操妻子硬生生讨回来,重新划了个三等份,曹操家分到的还是边上的。据说用的方法倒也没什么特别,就是整天坐在门口,见人就哭见人就告状,说兄弟如何欺负曹操。阿一、阿二实在扛不住,商量着跑来求和了。

曹操的妻子连生孩子都是利索的。挺着大肚子还跟着去翻滩涂上的海鲜。那一天,脚一软整个人就重重地滑在滩涂上。天蒙蒙亮,但看得到那血水一下子从她跌坐的地方涌了出来。众人着急要拉她上来,她却利索地来了一声别动,然后伸手到自己的下体掏了好一会儿,就这样掏出来个孩子。

曹操的妻子总得意地对曹操说:"你看啊,要不是你母亲找我来管你,看你怎么活下去。"

曹操笑眯眯地一直点头。

曹操的妻子最终给曹操生了两个儿子,生了就养,养大了,曹操的妻子又各自给他们张罗婚事。小儿子结完婚的第二天,曹操的妻子召开了个家庭大会,把家里有的东西盘点一下,分成三份,她和曹操留了其中一份,宣布她会带着曹操搬出去住。

她的理由很简单:"我不习惯拖累谁,我也不习惯让曹操拖累谁。"

曹操的妻子领着曹操到了西码头边上找了一块地,建了小土房。每天妻子领着曹操一大早去滩涂讨小海,讨完小海,就让曹操挑着担,自己吆喝着走街串巷地叫卖。

据说,曹操妻子的叫卖声可是中气十足,老远老远就能听到,而且口气笃定得让听过的人都相信她叫卖的每个词语:"东石第一新鲜,味道又香又甜……"

大概是曹操七十岁了吧,那天镇上敲锣喊着台风要来,老太太又着急爬到屋顶,脚一滑,重重地摔在地上。这次摔下来的地方不是滩涂,是石板路。曹操知道那可比滩涂硬得多。这次磕到的不是屁股,是同样硬邦邦的脑袋。

妻子还挣扎着坐起来,头凹陷了一块,喘着气,总结一番:"嗨,你看这都一辈子了。"

又说了一句:"我这下没法管你了,你可怎么办?"

妻子脑袋流出了血,血盖满了她的脸。曹操惊恐,但还是笑眯眯地说:"你流血了怎么办?"

妻子说:"没办法了啊,是人就得死啊,活着就得吃饭啊。"

曹操哭着,但还是笑眯眯地说:"那也是。"

妻子就这么走了。

祭祀的仪式还是没变，千百年不变，就这几十年就更不会变。只是当年的师公早走了，现在管理这一片的师公换成一个比曹操年轻许多的人。

师公又要招魂了。师公又要念名字。师公说到"请亡人之夫——"，然后就噎住了。

曹操站起来，说："要叫，操，操，操……"

众人都笑了，连那师公也笑了。笑完之后，大家才看到曹操站在那儿呜呜地哭。

仪式结束后，曹操就一直躺着了。那一年，台风又来了几次，每次都照着屋顶的漏洞拼命灌水。不仅曹操的孩子来收拾过，曹阿一、曹阿二各自带着孩子也来帮忙收拾过，但曹操还是愿意躺在那儿，泡在水里，直到曹操那天晚上梦见了观音菩萨，梦见自己老婆随观音去了。

"曹操从那时到现在，就这样每天背着观音一来一回地走，一直没断过？"我问母亲。

"是啊，到死那一天，一天都不少。"母亲说。

"到死那一天。"我虽然听得明白，但还是忍不住重复了一遍。

"是啊。"母亲也感慨了，"从你出生前走到了前天。你看，你都从无到有，从小小孩到离开家乡，从离开家乡到现在，他就每天一直在这条石板路上走着。"

母亲说:"说起来,你读大学离开家乡到现在都快二十年了。你在外面的日子,都超过在东石的日子。"母亲笑着说,"从某种意义上,你越来越不是东石镇的人了。"

母亲说得我难受,但母亲说得对。细究下来,对现在的人来说,家乡都是可疑的。此前的大部分人,一辈子都没离开过这里,极个别离开了,真的只是出个远门,总是要回来的。而现在,出去了就知道自己大概回不来了,但又不知道该往哪去。

我还在想着,母亲像猜中我心里所想的那样,突然说了句:"放心。"

母亲说:"只要我还活在东石,你便觉得自己是有家乡的吧。"

我听着有些难过。

"所以你能理解我为什么不能随你去北京了吗?"母亲继续说,"因为家乡有很多很重要的东西、人和事,比如这么多神明的祭日,比如曹操啊,而且,为了让你觉得有个可以回来的去处,即使明知道你永远回不来,我都要守在这里的。这样,直到——"

母亲说到这犹豫了一下,还是继续说:"直到我死了,你的家乡才会死吧。"

我和母亲之所以不说话,是因为父亲的离世。

我的记忆中,母亲从来便是个独立到让人觉得有些凌厉的人。

母亲在嫁给父亲前,在那边家里是老三,前面有个哥哥,有个姐姐;后面有个妹妹,有个弟弟。我很小时,她就和我说,外公疼最大的哥哥,然后还算照顾第二大的姐姐;外婆疼最小的弟弟,然后还会纵着第二小的妹妹。她没有抱怨,只是解释着自己性格的来源。她说,所以五六岁就知道了也接受了,自己没有人疼,那就学着自己疼自己便好了。

长到二十岁,她便自己找了媒婆说:"我是可以嫁了的。"还说:"我实在不想为此拖累父母,帮我物色下,不要彩礼的我都可以去看看。"

而我父亲这边,我爷爷早早就去世了,奶奶在我父亲母亲的婚礼完成后没几天,便也突然去了。在我小时候,母亲对着不明就里的我经常唠叨:"你奶奶真是厉害,原来那时候就知道自己要走了,还不动声色地手脚麻利地张罗好这复杂的礼节,笑呵呵地把我迎进家门。我一进家门,她说走就走。"

母亲说:"我不信,那时候的她身体没有一点儿难受的,但她一丝表情都没透露。"

我出生的时候,奶奶便不在了,因此我无法判定奶奶是如何的人。但我总觉得,母亲之所以能看出奶奶是憋着疼完成最后的职责的,或许是因为,她是个这样的人——或许每个人最能看见自己心里已经有的部分。

满打满算，房子只建了一半，后半截没有建好，连个门都没法安，肚子里还怀着我，而公公婆婆又都不在，母亲笑着撵父亲去出海，她问父亲："不去咱们吃什么？"

父亲担心，孤儿寡母总是不安全的。母亲回房里拿出奶奶留下来的劈柴的斧头，有模有样地挥舞着："你看，我怕什么？"

从我出生开始，母亲便让我和姐姐同她睡一间房，而母亲的枕头边便一直放着那把劈柴的斧头。

因为家里没有门，而且确实是孤儿寡母，我家里当然成了宵小的好选择。每次听到点外面异样的动静，母亲会让我们躲床底下，然后自己拿着斧头，靠在房门后面，喊："我听到你了，我有斧头，我会砍人的。我知道你力气比我大，但万一被我砍到一下呢？你自己掂量下，划不划算？"

几次，这样说完，外面便没了声音。

还有次晚上，我三四岁吧，突然间醒了，看到母亲把斧头翻了个儿拿在手上，专心致志地盯着窗外。趁着月光我看到，从窗户伸过来一只手，试图摸着点什么。母亲把那只手猛地一拉，用斧头的背面冲手上一敲，窗外传来号叫声，想把手收回去。母亲赶紧用两只手抓住，喊着："回答我，还敢惦记我家吗？"

外面的人估计怕被认出声音，不敢说话，带着哭腔含着嘴，呜呜呜地哭。

母亲说:"知道我是什么人了吧。必须回我,还敢不敢惦记我家?"

外面的人带着哭腔说:"不敢了,真不敢了。"

母亲这才放他走。

父亲大概半年回来一次。每次父亲要回来前,母亲就要叮嘱我和姐姐,谁都不许说我家遭贼的故事,谁说了就打谁。

父亲因此对这些故事完全不知情。

父亲一直出海到我读初中,而我家的房子也是直到父亲回东石第三年才建好的。房子终于有像样的大门了,母亲这才自己和父亲说。

我父亲听得目瞪口呆,估计在想,自己到底是娶了怎样的妻子。父亲感叹地说:"难怪我每次回来,在东码头喝酒,总有人偶尔跑来和我说,你家婆娘可真厉害,我还想着,他们夸你会照顾家。"

母亲听了愤愤不平地说:"你看看说的那人受伤没,有没有伤疤,估计那里面就有被我打的贼人。"

父亲不出海了。父亲回东石了。父亲开店了。父亲开店失败了。然后我读高三那一年父亲中风了。

母亲自父亲中风后,就催着我去学校住宿。我不理解,母亲说:"你父亲的事情是我的事情,不是你的事情,你的事情是读好书赶紧跑。这是我的决定,你必须听。"

我不听,母亲便和我冷战,不和我说话。我看着她一个人给父亲伺候大小便、洗澡、吃饭、睡觉,我要来帮手端什么,她便把我的手打掉,我要来帮忙抬父亲,她便用身体把我撞开。

当时的母亲五十出头,还不到一百斤重。偏瘫的父亲已经三百多斤了。父亲跌倒了,她得像头驴一样,自己趴在地上,让父亲把身子靠在她背上,她再一点点支撑着把父亲驮起来。我看着难过,她自己不难过。她说:"咱们商量好的,你父亲的事情就交给我了,你的事情就交给你自己。尽量考出去,别回来。记住了,我们的事归我们,你的事归你,我们帮不上你,你也别来帮我。"

"这怎么可以?"我生气了。

"这怎么不可以!"母亲说,"以前咱们这儿谁老了干不动活儿还要拖累后代了,就自己找个地方躲起来死了的。"

我说:"那是很久以前的故事了。"

母亲说:"这就是上代人自己都活明白的道理。总之,伺候到你父亲死了,我便可以走了。我的任务就是,不能让他拖累到你们。"

母亲说:"这是我的责任,作为妻子和母亲的责任。一个家有部分坏掉了,修不好了,另外一部分就得拼命好。那才是你的责任。"

那几年，母亲争执着把所有照顾父亲的活儿全抢过去了。

我读大学了，打电话问她："父亲如何了？"

她说："很好，你别管。"

我说："我假期回来。"

她说："你好好去实习，我和你父亲没钱给你，以后找工作没关系给你，你趁假期赶紧想办法去。"

我大学要毕业了，说："我要回来找工作。"

她说："你回来找工作我就把家门关上不让你回家。"

我难过地说："你总得让我帮点儿什么吧？"

母亲想了想，说："你如果想帮，就帮我和老天爷祈祷，死在你父亲后面。"

老天爷遂了母亲的愿望。三年前，中风多年的父亲有次摔倒，就此走了。

停灵停了三天，那三天母亲一直很利落的样子。流程该如何走，仪式要哪个时间点，乐队要奏什么乐……母亲冷静得如同饭店里利索的总经理。

我看着这样的母亲，心里说不出的愤怒。我在想，母亲这样的人到底是为什么活着呢？

葬礼结束后的那天晚上，所有仪式用的东西都被撤出去了，母亲把门一关，这个家里就剩我、我姐和母亲了。母亲突然宣布："我任务完成了，我可以走了，我准备走了。"

然后突然号啕大哭起来："菩萨啊，你要是可怜我，就让我赶紧走，他一个人上路可太孤单了。"

葬礼结束后，母亲就让我离开家乡。我生着气，而且我知道我无法和父亲离世这个事情相处，便订了机票回了北京。

倒也不是刻意，本来到北京后，我就想打个电话和母亲说几句话的，但要拨通那一瞬，我知道自己依然非常愤怒，我知道自己依然非常难过。而母亲，似乎也如此，她也没有主动和我打电话。

一不小心，我们竟然半年不说话了。

直到，母亲打电话和我说曹操成佛了。

我问母亲："曹操到底做了什么事情，让你觉得他应该成佛啊？"

母亲脱口而出："他做得可多了。你不知道吧，其实我前几个月差点儿死成功了，还是曹操拉住了我。"

母亲说得很平淡，我却完全愣住了。

母亲看我似乎被吓到了，说得更云淡风轻了："其实也没干吗，就是你们都走了后，我就突然发烧病倒了，昏昏沉沉地躺在床上，没力气起床拿水喝，没力气给自己弄吃的，我本来是犹豫过要不要打电话给你或者你姐，但我后来想，我不是觉得自己可以死了吗，我想，这样也挺好，我就这样走了吧。"

我想说点什么,但终究什么都说不出来。

母亲继续说下去了:"本来这个计划挺好的,我感觉自己意识越来越模糊,我感觉到自己身体越来越虚弱,然后,我突然听到,有人通过窗户不断喊:'你今天过得怎么样啊?'我知道,是曹操来了。

"你知道的,他每天早上十点左右,要路过咱们家。你知道的,他越看到谁家门关着,就越要踮起脚,拼了命问。我当时哪有力气回他话啊,我当时也不愿意回他话啊。我就想,喊久了没有回应,他自然会走吧。但他可真倔强,趴在窗户口,一遍遍地问:'你今天好吗?你今天好吗?你今天好吗?'我本来是生气的,但他每问一句,我心里就咯噔一下。他又问一句,再问一句,我都不知道为什么,他就把我问哭了,然后我哭着说:'我不好啊,我过得不好啊。'他一听我回应了,开心地喊着:'要不要和菩萨说说话啊?这次抽签不用钱,菩萨说的。'"

不知不觉我的眼泪已经涌了出来。

母亲可能听了出来,她沉默了一下,估计是在考虑要不要安慰我,但她最终没有安慰我:"其实啊,曹操救了我可不止一次,好几次可能连他都不知道。比如,有次是你还没出生,你父亲出海去了快九个月还没回来,我几次去轮船社问,他们也说完全联系不上你父亲那艘船。我有次抱着你姐姐,想着干

脆吃老鼠药死掉算了，曹操恰好经过，他笑眯眯地问我：'你今天过得好吗？'

"有次是你快出生了，我突然摔了一跤，一摸，出了好多血。家里穷，我不敢去医院，当时你父亲又出海，没有一个能说话的人。我惊恐地摸着肚子，感觉肚子里的你似乎没动静了，我自责到一宿一宿地睡不着，头发一直掉。然后曹操经过了，问我：'你今天过得好吗？'那天他还说，菩萨让我欠费抽支签。我抽了，是上上签，曹操说：'签诗的意思是，这个孩子是菩萨送来给你的，任何妖魔苦厄都夺不走的……'"

我越听越难过："这些我都不知道，你为什么从来不和我说？"

母亲倒自己笑了："为什么要让你们知道？活在这世界上，谁的人生不是堆满了苦头，谁不需要学会吞下自己的苦头呢。就像你父亲，肯定很多苦头没和我说，就像你，肯定很多苦头也自己吞了，不是吗？"

母亲说："所以这世间才需要有东石镇的曹操啊。每个人心里都是汪洋，都个儿在沉浮着，哪有力量看着别人啊。需要有这么一个人，每天每天走到每个人心头里问一句，不管被问的人有说没说，不管那个人是真好还是假好，但听着问这么一句，心里总要好过许多吧。而且曹操走过那么多难走的路，自然能看得到所有人更多的难吧。"

"所以你觉得曹操一定成佛了,对吧?"我觉得我终于理解母亲为什么这么认定了。

"那可不是。"母亲着急地肯定着,"关于曹操为什么一定是成佛了,可不是因为我说的这些,而是我亲眼看到的。"

"我亲眼看到的。"母亲又强调了一遍,"曹操就在我面前升天的。

"那天,台风刚过,满天都是好看的红霞。曹操背着观音从东边走回来。是上午,所以他把观音菩萨背在后面。他走过来,路过咱们家,他看到我坐在门口,眼睛还偶尔瞥着东边,他笑眯眯地问我:'今天怎么样啊?'我说:'很好啊。'他笑眯眯地说:'那很好啊。'他开心地往前走了,就走几步路,突然就地坐下来了。就坐在咱们家门口边上。我问:'曹操你今天怎么样啊?'

"他笑眯眯地说:'我很好啊,就是有些乏,我坐着休息下。'我忘记他坐了多久,以为他睡着了,我继续做着手工。然后突然有道霞光直直从石板路的西边一路照过来,直到照到他的身上。曹操背上的菩萨全都在发光,发着金色的光,曹操全身都在发光,发着金色的光。我看见曹操和观音菩萨背靠背坐着,发着光。我走到他跟前喊他:'曹操啊,你还在吗?'曹操没有回答我。我看见曹操耷拉着的脸上,满脸金灿灿的笑容,仿佛每条皱纹里都透着光。我知道曹操走了,我知道不用哭,但我还是哭了。我不知道为什么,突然觉得应该赶紧抬起头,然后我抬头了,我看到天上有团金灿灿的光,我认真地努力地辨认,我看到了,我看到那是曹操背着观音菩萨的样子。我赶紧跑到巷子里来,一家家敲门,喊大家一起来看。很多人出来看了,很多人也看到了,他们开心地喊:'曹操背观音去了,曹操真的背观音去了。'"

母亲突然停下不说了,我听出来了,母亲在电话那边轻声地啜泣。

关于曹操是否立庙这个事情,母亲和街坊们奔走了好些天,最终商量由各家宗族大佬和各个寺庙的住持,聚在一起讨论。毕竟几百年没人成佛,这真是天大的事情。

最终商量的结果,是到观音阁用问卜的方式确定。毕竟是随观音去的,要请观音菩萨来确定。至于方法,倒是简单,如果连续七杯都是圣杯,那就在观音阁旁边给他立一座神像。

"如果不是,那倒也不是说曹操没有随观音去,只是他想念家人,不愿成佛。"母亲这么说。

"那什么时候问卜呢?"我也莫名跟着在乎了。

"等三天后,等曹操的葬礼办完后。"母亲说,"得让他先按照人的方式被送走,再问他是不是愿意用神明的方式回来。"

第三天晚上,母亲给我发信息,说:"曹操的葬礼办得很好,东石镇上能来的人都来了。"

最后假装无意间说了句："明天就要知道曹操愿不愿意留在东石了。"

我知道母亲异常紧张。

第二天醒来，我也跟着莫名紧张起来。我心神不宁地不断拿起手机看，但终究没有来自母亲的电话。我好几次想打电话去问母亲，但最终因担心得到的是坏消息而作罢。

直到晚上八点多，母亲终于打电话给我了。

母亲笑着说："你知道吗？出来第一卦就不是圣杯。"

母亲说："观音阁的道山师父笑着喊：'你看，曹操多想念他亲人啊，大家让他赶紧去和家人团聚吧。'他不愿意留在东石当神了。"

母亲说："大家先是有些难过，然后有些恼怒，最后有人还喊了句：'操，你可真不管我们了啊。'"

我听得出母亲语气里有着努力掩饰着的失落。

"你没事？"我问母亲。

"我没事啊，我只是想着，你离开家乡这么多年，只有过年时候才回来，你不知道，咱们这条石板路，人走得真多真快。一户户里的人正在死去，一户户的房子正在空出来，关起来。我现在走在那条老街里，都不敢轻易往左右看，我害怕看到死去的这一块块记忆坍塌朽坏的样子。但现在，连石板路上的曹操，也随观音去了。东石镇的石板路也空了。"

母亲说不下去了。我知道母亲为什么难过，但我不知道如何安慰她。

挂了母亲的电话，我心里堵得实在难受。我知道，母亲扎根的土地正在老去，我的家乡正在死去，很多人赖以度过了大半生的精神秩序正在死去。而且，我们都不知道，这些失去之后，究竟要靠着什么活下去，究竟能去往哪里。

我忘记自己是怎么睡着的，一大早，便听到手机短信提示音不断在响。我昏昏沉沉地爬起床，打开了手机。是母亲发来的。

母亲从早上七点就开始发短信给我，到刚刚已经发了三条。

每条的信息都是一样的。

母亲在短信里问：

"你今天过得好吗？"

"你今天过得好吗？"

"你今天过得好吗？"

我鼻子酸酸的，但止不住地笑。

我想，果然是坚强又凌厉的母亲。

我想，母亲现在应该把大门全打开了，坐在门口，边做手工活儿，边问每个路过的人："你今天过得好吗？"

毕竟是老去的小镇了，路过的人应该大都是老人，他们应该都会记得这曾经是曹操每天会问大家的话，他们因此应该都会会心一笑，他们应该都会开心地回答着我母亲："我挺好的啊，你呢？"

母亲最终找到办法了，母亲最终还是顽固地把曹操留在她的东石镇了。

"欢迎
　　　　　你 再来"

和黑昌熟悉上，是去年回家过年时。

那是我在时隔两年多后第一次返乡。

两年多没回家乡，倒也说不出什么特别的原因。就是此前父亲去世了，回到家乡，按照繁文缛节终于把葬礼办完，突然觉得有种深深的说不出的累和厌倦。

我曾以为，自己不算特别难过。父亲中风多年，如此艰难地熬了这么多时日，他真的尽力了。那个葬礼上，我表现得很成熟，每个流程、每个细节我控制得很好，好到，按照习俗该号哭的时候倒突然哭不出来。

就是最后父亲的身体要火化的时候，我发现自己无法坚持了。火化的按键是我按下的，按下后，我突然觉得，我得确定下待会儿送葬队伍的排序，可千万不能搞错了。然后我小跑出火化室，很礼貌地和候在那的哀乐团、师公队伍说："很快的，稍等下就好，要是方便，咱们按照顺序先排下队？"好像这件事情，比看父亲最后一面都重要。

本来报社的主编给我批的是一周的假期，还说，如果需要，再和他说，他理解的。

但其实葬礼不需要这么长的时间，葬礼后第二天，时间就全空出来了。

我因此不知道我要干吗，我坐着也难受，站着也难受，躺着也难受，我在家里怎么都难受。我也不理解为什么难受。

我走出家门，走在哪，总有人要安慰我。他们不需要安慰我的，我觉得我处理得很好了，我反而很厌恶他们一次次提及这件事情，他们一说，我就找个理由转身赶紧躲回家。

熬到第三天，吃饭的时候，我和母亲假装随口一说："报社在催我回去了。"

母亲看着我，直直地看着我，看了许久。

她似乎想了很多东西，但她就说："那就回去吧。"

我说："母亲你呢？要不随我去北京？"

母亲说："我觉得我还是留下好。"

现在回想起来，我的反应确实很不正常。听到母亲的回复后，我就马上去收拾行李了，甚至马上定了最快的航班。那天，泉州下午没有回北京的航班，我为此还买了从隔壁城市厦门出发的机票。

要离开的时候，母亲就坐在门口。那时候正下午，阳光像雪花一般打在她身上，衬得母亲身后的房子像个黑乎乎的洞。

我愧疚了，我说："母亲，要不一起走吧？"

母亲应该是为了安慰我，笑着说："走吧，你搞好你自己，我搞好我自己。好一点了再回来。"

我还是离开了。我在东石镇转盘那找了辆车，一上车就和司机说："赶紧开，去厦门机场，赶紧开。"

司机正在抽烟，说："别急，我这烟刚点上。"

看着他一口一口地吞吐着烟雾，我的脚焦虑地抖着。我还是催了："师傅快点，快点走。"师傅不耐烦，转过身白了我一眼，却愣住了。他说："你好像哭了。"

我说："我没有啊。"

当时的我在北京谋得一份都市报社会版热线记者的工作，是那种屁股没法沾上椅子的工作：哪里有人丢猫了，有人自杀了，有人养出十几头的兰花了，中国第 14 亿个人诞生在北京的哪家医院了……突然的一件什么事情，就要拽着我，马上脱离身处的状态。

当时热线记者要轮流佩戴一个手机，以保证无论何时这座城市犄角旮旯发生了鸡毛蒜皮的事情，都可以马上找到人。

我曾在刚蹲着马桶的时候接到过电话，那边激动地和我说厨神争夺赛决赛时竟然有人做的是西红柿鸡蛋汤；在点的菜刚上桌的饭店里正要夹汤里的肉丸时接到过电话，告诉我亮马桥边发现一具浮尸……本来我是极度厌恶这份工作的，觉得做着这样的工作，自己的生活破碎且没有建构秩序的机会。

回到北京后，我突然觉得这份工作很好。这座巨大的城市，一直在发生那么多的故事，它们一发生，就像新生儿毫无节制地嗷嗷叫唤，要我们过去，让尽可能多的人知道它们诞生了。

反正我不知道怎么面对那么多的时间，让这些毫不节制的故事这么毫无边界感地挤占，倒也是解决方案。

我主动申请，夜班热线也由我来吧，假期乃至春节的热线我都来值班吧。同事们对我当然觉得不好意思，甚至自此总愧疚地主动关照我。但他们不需要愧疚的，其实是我在利用这些故事：它们一个个喧闹地占满我的生活，我因此被挤压到完全没有机会去琢磨我心里到底发生了什么，或者已经发生了什么。

是的，对于心里发生了什么，我觉得，自己最好不知道。虽然，我总是觉得心里慌慌的，甚至察觉到自己越来越异常，比如开始厌恶"未来""将来"这类字眼，比如我经常一整天就盯着那个热线电话，期待着这个城市新长出什么东西，赶紧来占据我的时间。

如此糊里糊涂，竟然拖成了两年多没回家乡了——毕竟，热线电话无论白天夜晚，平日还是假期，都在我身上。

但我一度还觉得,起码对于家乡、家人那部分,自己处理得还不错。

从父亲葬礼回来后,我是莫名和母亲怄着气,有半年不怎么说话,但后来,还是每周和母亲通话一次,和以前一样——以前父亲中风,舌头也瘫了一半,说话不利索,从那时候起我就只和母亲通电话了。我依然会和母亲聊聊天,她会和我说一些自己和镇上的人发生的故事。只是我不会再问父亲的情况。不问了,我感觉他就应该还是记忆中的样子。即使有时候脑子里会有杂音提醒我,父亲不在了。但我不问了,这件事情就似乎因此没被坐实。

第一年春节,得知我无法回来,母亲说:"不回来也好,你终究要在外面安家的。"

第二年,母亲觉得我不对劲了,说:"你是不是害怕回来了,你是不是还是处理不好你父亲离开的事情?"

我说:"没有啊,就是忙。"

到第三年临近春节,母亲判定我是有问题了。

有一天母亲突然问我:"你这几年怎么样?"

我说:"我没事啊,就一直失眠,估计是因为一直值夜班。"

"你几岁啊?"

"你都记不得了?我三十多了。"

"我意思是,你才这个岁数就一直失眠,你肯定没处理好。你还是没搞好你自己。"母亲说得斩钉截铁的。

"那你怎么样呢?"

我突然觉得,母亲和我像是受伤并排躺在病床上的战友,在相互询问伤情。

"我也算不上特别好,但对于过日子,我还是比你有经验的吧。"母亲竟然还轻声地笑了一下。

母亲最后下了个判断:"有问题,就回来一趟吧。"

我不理解母亲为什么就此判断我有问题,以及,为什么我有问题了,治疗方法是"回来一趟"。

但我还是回来了。

我确实也隐隐觉得,我好像得回去一趟了。

那一天我是在深夜乘飞机到达家乡的。

或许是在北京住惯了,身体习惯了干燥肃杀的空气。再回到这个南方海边小镇,一出飞机舱门,就感觉黏腻的水汽往身上贴,往鼻孔里、往皮肤上的每个毛孔里钻。感觉过不了几天,自己的鼻子里、身体上,都该长青苔了吧。

换上出租车,本来想透口气,开了下窗,黏腻的空气一团团往脸上、身上打。关上车窗,我开始恍惚,自己竟然在这里生长的?这样的体感,真真切切地告诉我,再如此下去,真成了家乡的异乡人了。

我一开门,就看到母亲坐在椅子上,一副睡眼惺忪的模样。

"哎呀,我竟然睡着了。"母亲听到我进门,突然醒来,似乎还一不小心流了口水。看样子睡得不错。

南方没有暖气这回事,晚上要进被窝是最难的。母亲知道我要回来,连续晒了几天的棉被,但棉被没有留下阳光的多少痕迹。钻进被窝那一刻,感觉自己钻进了冬天海边的滩涂里,我忍不住吸了一口气,然后再不敢轻易移动,直到感觉自己身体上的温度,慢慢被棉被吸收了,好似自己终于抽出根系,扎进棉被里,构成一条系统了,世界才重新暖和起来。

我觉得自己像种在棉被里的植物盆景了,反正我是不愿意离开它了。

然而,我果然还是睡不下。

我试图找过原因,但却是没有合理的缘由:没有兴奋的感受,没有涌上什么特别的回忆,也没有正在焦虑的事情。我躺在那,明明只是棵植物盆景,但我还是睡不下。

窗帘拉得不是很严实,露出一小面玻璃。我从那小面玻璃看着外面的天,从浓稠的黑,慢慢变灰,变淡,眼看着慢慢地慢慢地即将翻出来了,翻出了鱼肚一样的白。

我突然想起,此前好像朋友圈里谁发过的,东石镇那一年新建了条海堤跑道。

那条朋友圈有张照片角度拍得很好,一群人跑在海堤上,感觉像是往海的深处跑去。

哦,我想起来了,这是黑昌发的。

七八年前我被宗族通知"得回来参加宗亲会",说是祖厝落成,"是个子孙都得回来,不回来就没祖"。这样凌厉的通知,恐怕没有谁有拒绝的勇气。

那时候父亲还在,已经偏瘫了。父亲认为这是大日子,坚持要穿上他唯一一套西装。

西装这类衣服,胖的人本就不太好穿上的,父亲又站不住,只好坐在椅子上,母亲和我帮忙。我们折腾得大汗淋漓,最终上半身勉强塞进去了,而裤子实在不知道怎么套。父亲终究很难穿下。后来是父亲想到一个方法,他干脆趴在地上,我们像装麻袋一样把他装进西裤了。我们三个人倒腾到大汗淋漓,裤子是穿上了,只是裤头系不住。

母亲想了个办法,用一块轻薄的毛毯盖在父亲的身上。然后我们三个人偷偷会意地笑着,一起去了宗亲会。

那天我才知道,这个祖厝出去的人还真是多,热热闹闹的，挤满了从世界各地赶回来的人。有的人说着日语，有的人说着英语，还有个应该是混血了，头发带点金黄，眼睛已经不黑了，但还是指着摊开在案桌上，像长出无数水系的大河一般的族谱，激动得用闽南语喊着："我看到了，我爷爷叫蔡尤等，我是尚字辈的。"

族谱平常都是小心地收纳在祖宗牌位下面的长条抽屉里的，难得这样展开来。我看到自己的名字、父母的名字和很多人的名字也成了这一条大河的某条溪流，内心还是有温温的感慨。

我还在感慨着，有个大嗓门看见父亲，冲着我们大喊："哎呀，我家老大来了。"他皮肤黝黑黝黑的，是海边生活的人的模样，但那天特意穿着西装，西装略显宽大。他冲过来，一下子抱住我父亲，还做出要亲我父亲的样子。我父亲被逗笑了，笑出了满嘴抽烟黑掉的牙。父亲面部一侧偏瘫，一张口，口水就直直地流，但还是忍不住说话："这个黑昌，从小就这样不正经。"

黑昌瞄了一眼盖在父亲身上的毯子，嘿嘿笑着："自从生病了倒富贵了啊，胖到裤子穿不下了吧。"

黑昌调皮地作势要掀开，父亲的脸顿时红了，紧张地把毯子拽紧，一紧张，口水又直直地流。

黑昌笑着说："看来连装枪的兜都锁不上了，日子过得不错。"

母亲又恼又笑,做出嫌弃着驱赶的样子:"去去去,这么不正经,做什么宗族大佬。"

宴席上,黑昌端着白酒特意来敬我们。他应该是快喝醉了,嗓门更大了。他说他是特意来敬我的。"辈分上我应该是你堂哥,因为我是你太爷爷的兄弟的曾孙,我们都是崇字辈的。"他说,"我现在的身份是咱们宗族理事会新生代的负责人。我有个愿望,就是可以让你们这些去外地的人,以后还想着可以回来。你父亲我小叔不好和你说,但我偷偷告诉你,他可太想你了,他偏瘫在家里每天悄悄摸着你的照片想到哭。你能不能答应哥哥我,常回来看你父亲我小叔。我要去看他,他还嫌弃,他就想看你,你要知道,你父亲现在什么都没有了,只有你们了⋯⋯"

我听得难过了,不敢去看父亲的脸。我知道父亲委屈得像个小孩,扑簌簌掉着眼泪。父亲自从生病后,越来越像小孩。

母亲也哭了,生气地瞥了瞥黑昌:"别乱说话了,我家黑狗达可疼他父亲的。"

黑昌看到自己把我们一家三口说哭,不好意思地挠着头。他说:"我错了,我自罚三杯,要不一壶。"他拿起酒,真把一壶酒给干了。

"真过瘾啊!"黑昌喝完酒大喊了一声,突然声调放低:"你还有父亲多好,我都没有了。"

我才发现黑昌也哭了。

我就是在那天,被迫和他加上微信的。他眼泪一抹,不由分说地拿出手机,说:"兄弟加一下,咱们必须亲起来。"

和他加上微信的人,很难不看到他发的朋友圈。

他早上发,中午发,下午发,晚上还发。他发的朋友圈,通常都有一个标准的文案:这是今日份的美好的小东石,请注意查收。

他发过晚霞,发过新建的跨海大桥,发过在寺庙里打麻将的婆婆阿姨们,发过路上光屁股跑的小孩,发过这条跑道……然后我记得了,当时他发这条海堤跑道的时候还说过,这是条用荧光粉铺成的跑道,天暗的时候就会发光。

我想,我得去看看。趁着现在天还没全亮。

屋子里还是黑的。

我摸着黑,找到母亲放在门口鞋柜上的大门钥匙,出了门,沿着石板路往海的那边走去。

我想,海堤跑道应该在那的。

是的,很容易确定,海堤跑道就在那——我往海的方向走,看到路上陆陆续续有人穿着运动服、运动鞋,骑着摩托车也往海的方向驶去。

他们大都是中年人,大腹便便的,明明看上去睡眼惺忪,但莫名精神抖擞。

某一刻,我觉得我和他们成了一条河流,我们要一起欢欣雀跃地汇入海洋。

到的时候,天空已经是灰白的。那条海堤跑道,并没有发出炫目的荧光,只是安静地躺在那,伸展向海的方向。

海堤跑道的入口就在沿海大通道的边上。不知道由谁搬来了几块大石头,大家约定俗成地在这里停放摩托车。

有些身材肥大的中年人,激情满满的样子,开始做着形形色色的热身动作。

有的是不断地举手,举手,举手,似乎要举起自己来;有的则不断捶打着自己的身体,似乎可以以此打通自己的经脉;有的则面对着海面每隔一会儿就大呼一声"哈",再来一声"嘿"……

然后,大家就开始跑起来了。

我稀里糊涂地也跟着跑起来了。

太阳正在升起,往地上这么一照,我才发现许多人头上都亮着光,再一细看,许多跑步的人的头都秃了。有的人秃在正中间,有的秃在后脑勺,还有的全秃了——他们全部顶着光,呼哧呼哧向海跑去。

　　我没有刻意,但眼睛还是不自觉往一个个亮光点看。亮光点在跳动着,有时候还有留存的几根长长的毛发也跟着跳动着,莫名感觉真是倔强,和这些人一般。

　　我正在发呆,前面的一个秃了发的人突然转头,我以为是自己不小心冒犯到他了,赶忙低着头。那人干脆就原地跑着,等着我跑近。

　　我脸涨得通红,低着头硬着头皮往前跑去,终于跑到那人的身边,头还是不太敢抬。那人却突然大喊一声:"我没认错吧,你竟然来跑步啊。"

　　我抬起头,才发现,是黑昌。

　　我分不清他是热情还是激动,虽然我就在他面前了,他还是扯着嗓子问:"大作家你怎么回来了?"

　　他说:"你也来跑步啊?"

　　他说:"跑步好啊,得锻炼身体啊,特别你年纪也不小了。"

　　他看着我忍不住打量的眼神,意识到什么,笑着说:"我早秃了,平时戴着假发好看些,但跑步的时候,感觉假发一蹦一蹦,老觉得是谁在敲我的头,心里不爽快。要敲我的头,那只能我老子,哪轮到假发啊,所以跑步的时候干脆就不戴了。"

　　我说:"不好意思啊。"

他说:"怎么会,你不觉得我秃头也很帅吗?"

他说:"你今天算是来对了,这是咱们东石镇的新一景。"

黑昌郑重地指向那条通向大海的跑道,以及上面那条奔跑的人流:"这是东石镇最有光芒的景色。"

我以为他是要开始介绍这新建的海堤跑道,他却充满深情一字一句地喊出来:"命运慢跑团。"

命运慢跑团?我还是被这个名字震撼到了。

黑昌看到了我的表情,更得意了:"这个名字好吗?"

我一下不知道如何评论,于是点点头。

"是我取的。"他说。

他兴奋地向我解释:"这个慢跑团我加入之前就在的,只是此前没名字。"

他说:"其实这是东石镇古老且神秘的组织,我无法确定它具体从哪个时候开始的。但我知道,它最准确的名字是——中年男人牛逼奋斗干到底慢跑团。"

他说:"我发现,很多人大都是在四十岁步入中年的时候找到它的。"

黑昌打量了我一下,看我听得很认真,说得更激动了:"我发现它的时候,刚过四十。以后你就会知道了,人一过四十,就容易睡不好。睡不好,有的是因为身体,有的是因为内心焦虑。四十了,身体开始走下坡了,但男人嘛,这个时候需要担的责任又恰恰最重,还有,会困惑人生意义什么有的没的。焦虑又睡不着,总会忍不住起床走走;走着走着,总会想出来透透气;出来透气,就会看到有人在跑步;看到有人在跑着,就会莫名其妙跟着跑起来。"

我听着听着,脸不自觉红了。

黑昌察觉到了我的表情,他得意地问:"对吧,你也是睡不着出来走走才发现我们的吧?"

我没有否认。

黑昌开心地拍了拍我的肩膀:"恭喜你找到组织了,欢迎你加入命运慢跑团。"

黑昌像在拉客户一般,继续说:"这个慢跑团真的特别好,咱们中年男人,不太会那些腻腻歪歪的东西,到了这个年纪,一般分两派,要么喝酒,要么就跑步。喝酒伤身还费钱,跑步健身还省钱,我后来为什么建议这个叫命运慢跑团啊,因为,我发现了,最终选择不去喝酒,每次早上睡不着起来跑步的,都是他妈的还不服老的人,都是他妈的还要和世界杠的人。怎么说呢?"

黑昌着急地寻找他想说出的词语:"就是,就他妈的不服气,就他妈的还要和世界继续战斗的男人。"

黑昌说得满脸通红,青筋暴起,犹如他此刻就站在广播台上演讲一般。

虽然是很奇怪,但我确确实实被感染了。我不断地看着一个个跑步的人,早上的霞光给他们均匀地镀上了金光,我感慨起来:"是啊,咱们家乡还挺好的。"

黑昌如同自己被夸奖了一般,咧开大嘴乐呵呵地笑。

然后他突然想到了什么,激动地说:"对哦,我和你说过吗,你父亲生病前也是我们慢跑团的。"

父亲?我愣了一下。在我对父亲的所有记忆里完全没有他出来晨跑的信息。

"是啊,你父亲和我说过,他也是四十多岁时候参加这个晨跑团的。当时没有海堤跑道,他们一开始就沿着东石镇主街那条石板路跑,但太扎眼了,总有晨起准备做生意的人看到,开他们玩笑:'这么热血啊,还对老天爷不服气啊。'他们就挪到了中学去跑,但中学不让进,他们就绕着中学的围墙跑。你也知道了,中学外围都是墓地,那几年在墓地跑的时候,是最诡异的,老觉得身旁空气冰冰凉凉的,但空气还莫名的清爽……"

我听着有些难过了,自言自语:"我竟然不知道。"

"你当然不知道啊。"黑昌听到了,"人少年时候总睡得沉,你父亲生病前,我经常五点到你家楼下,和你父亲会合后,再一起边聊天边跑,跑到中学去。虽然你和我不熟,但我对你可熟了。"

黑昌转过头来直直看着我:"你父亲很容易喘,但他还喜欢边跑边说话。他说加油站的生意快养不活家里了,他想偷偷去隔壁村兼职当环卫工人,就是一早一晚两次打扫,他说不能让你知道,你自尊心强。他说儿子以后是拿笔坐办公室的,得保护他心里的傲气。他说他觉得对不起家人,四十岁了才发现自己这么没本事……"

我眼眶红了,我不想让黑昌看到,于是我说:"要不我们跑起来。"我想,跑起来他就不会说话的时候还要老盯着我看。

黑昌说:"好啊。"

黑昌边跑边继续回忆:"后来你父亲生病了,我每天早上会绕过去看看他再出发。他每天总要拉着我说他的难受:他说觉得自己要拖累你了,而且越来越拖累;他说,哪有父亲拖累儿子而不是照顾儿子的;他说自己曾想过偷偷死掉,不能拖累你,但又舍不得看不到你;他说他不知道怎么处理自己才对你最好……"

我难过到无法控制了,停了下来,低着头,不断用手臂擦去涌出来的眼泪。

黑昌这才意识到,他说的这些话,让我难过了。他故意把头撇到一边去,抬高声调喊:"哎呀,怎么这么年轻跑这一点点就喘了,再苦再累都要跑起来,我们的口号是——命运就是我们跑出来的路。"

"命运就是我们跑出来的路。"他莫名其妙地又用激动的口气重复了一遍。

母亲见我是从外面进来的,有些吃惊,问:"你什么时候出门的啊?"

我说:"去跑步了。"

母亲愣了一下,说:"哦,你父亲中风前也老去跑步的。"

看来母亲也知道父亲跑步的事情,不知道的只有我。

我想赶紧转移话题:"我看到黑昌了,他真是个……"我想了一会儿,"很有激情的人。"

"黑昌啊。"母亲一提到他就不自觉地笑了,"你知道他有个绰号吗?"

"什么?"

"东石大喇叭。他从小就有这个绰号了,他从小就这副性格。"母亲又忍不住笑了。

"对哦,他结婚的时候你还帮他滚过床的,你忘记了吗?"

我回想了许久,实在没印象。

"就是你五六年级的时候去参加的那个很盛大的婚宴啊,那天晚上办了可有三百多桌。"

母亲这么说起,我好像记得有这回事情。

我记得,大概小学五年级吧,有一次我不知道为什么穿得很正式。然后我们村书记一个晚上带着我,到处和人敬酒。我记得,当时各种人都有,有的人穿得像个卖保险的,还有的人文着"左青龙右白虎"的图腾。我还记得新娘很漂亮,像挂历海报上的女郎。我记得新郎很白很瘦,一副吊儿郎当的样子。

我还记得，我得在众人的簇拥下，当着大家的面，在一张铺着大红被套的床上滚来滚去，好像还要喊着：一滚祝福早生贵子，二滚……

"是啊，新郎就是黑昌啊。"母亲说。

"那就是黑昌？"我实在对不上。那个瘦瘦白白、吊儿郎当的新郎是黑昌？

"是啊，就是他啊。黑昌家可算是咱们这最有分量的家庭了，他大哥一改革开放就冲去广东开公司发了家，他父亲是咱们家族的话事人，当时还做咱们村的村书记。他是三兄弟中最小的，从小母亲就特别偏爱。因着这偏爱，他对一切总百无禁忌又毫不在意，小时候就特别爱捉弄人，去学校读书还和老师动起手来，十七八岁就把隔壁村的一个女孩子弄大了肚子。那次结婚，是他父母压着的——得对人家负责任。他父亲是个极其公道的人。"母亲说。

母亲越说我记起越多了。我记得的，那是场奇怪的婚礼，新郎百般不愿意的，夫妻对拜的时候不愿意，进洞房的时候不愿意，几次都是村书记上去打他脑袋，终于逼着把婚礼办完了。

母亲往下说："结婚后父亲就给他们分了家。过了五六年吧，他父亲就生病了，说是肺癌，接着半年不到，他父亲就走了。父亲走之后，黑昌和老二便在老大开的公司干活，但没几年，黑昌就不干了。说是老大对他不好。其实啊，大家都说，就是他从小没吃过苦,不靠谱呗。

"他这辈子唯一正经做过的事情,是从老大公司出来后,自己开过一家海鲜酒楼。生意是很好,但他总不好意思和朋友算账,两三年不到就倒闭了。酒楼倒闭后就没怎么正经干活,先是和结拜兄弟说要去广州打拼,消失过几年,后来再出现,别人问广州怎么样啊,他就一直摆手一直笑:'不提啦,不提啊,提了伤感情。'后来又说要买股票,再后来干过什么挖币,反正最后都不提啦。

"表面上,家里主要是靠他老婆守着个小海味店,支撑着花销,但实际上似乎又不是。他母亲和老大住一起,他大嫂倒是偶尔偷偷和乡里抱怨,他母亲每个月月末都从老大这里要钱,要的还不少,问用处,就说'我买六合彩输了不行啊',甚至偶尔还会'一不小心拿错一些金银首饰'去当,当完的钱'我也不知道去哪了'。

"后来宗族里的老一代,念着他父亲的好,就在他过了四十岁后提议让他开始参与宗族事务,什么祭祀啊,节日啊,红白喜事啊,这些热闹事情他倒擅长。宗族里给的工资不多,但他做得似乎倒很开心了。

"从小不正经到大,但是那股浑不吝的劲儿倒一直在,只是年岁增加,从怼别人,到慢慢更多怼自己,大家倒越来越喜欢他了。"母亲最后这么总结。

"有时候想,看着一个个人长出各种样子也真是好玩。你看，那种人人皱眉的混世魔王，现在也长得越发慈眉善目了。对哦，他两个儿子一个二十五，一个二十四，现在都在谈婚论嫁了。你看，混世魔王都要当爷爷了，这日子多快啊。"

母亲在感慨着，我却一直在回想着二十多年前那个瘦弱白皙、一副玩世不恭模样的黑昌。

"他父亲人可真好啊，可惜走得早。你父亲偏瘫后不老爱坐在门槛上嘛，老书记有段时间经常来看望你父亲，也陪着坐在门槛上，每次来总会拿点他觉得好吃的小东西，什么麦芽糖啊，橘饼条啊，风吹饼啊。他们还会一起回忆，回忆小时候一起去偷地瓜、抓螃蟹。我们不是不让你父亲抽烟吗，老书记总会偷偷打量着我在不在，然后偷偷掏出烟，点燃了，再塞给你父亲。每次我经过，他又赶紧拿过来，放在自己嘴边，假装是他在抽烟。这俩老小孩。

"老书记总会像安慰小孩子一样，拍拍你父亲的肩膀：'很辛苦吧，我知道的，咱不怕，咱们可都是男人。'等到老书记去世后我才知道，原来那时候他已经知道自己生病了。

"老书记去世后，有段时间黑昌来了。他也坐在门槛石上。我每次问他有什么事情，他都说没事。我故意逗他，说没事干吗来我家门口坐着啊。他不正经地眉毛一挑，说：'你家门口好，正对着石板路，我在这里看路过的美女安全，我老婆问起，我还可以说，我在陪你家老蔡了。看那婆娘敢说我什么。'

"他表情和口气很夸张,但眼眶红得很。

"他想念他父亲了,还不想让人看出来,害羞什么?"

我母亲说着说着倒自己悲伤了起来。

下午,黑昌突然来我家了。

他随手拎来两只花蟹。我母亲推辞着不要,他说:"小婶子收下,你儿子不是最喜欢吃这种螃蟹吗,这不现在又恰好是时节。"

听说他来了,我便下楼,恰好听到,有些吃惊:"你怎么知道啊?"

"我怎么知道?你父亲我小叔和我说的啊。他以前小气,只买一只,而且还特别小,我老说他'是去贴肚脐眼吗?'他当时还没生病呢,气得抡起手就要扇我,我可打不过他,边跑边说:'你手掌都比这所谓的螃蟹大。'气得他脱下穿着的拖鞋就朝我扔。"黑昌说得眉飞色舞的。

我这才知道,每次重要考试或者节日的时候,出现的那只小的花蟹是怎么来的了。一开始我会问,父亲总和我说:"就咱家前头那个讨海的文才送的,他们说你会读书,给你补补。"

黑昌进门先是打量了一圈,眼睛不经意间瞥过门槛,顿了一下,嬉皮笑脸地说:"看来你们是真想念我小叔,家里的所有东西都舍不得换。我以后要是死了,我得回来看看,我婆娘会不会为我保留原来的东西。"然后他突然想到了什么,说,"对了,她肯定不会换,她穷啊。"

母亲白了他一眼:"别乱说,现在你家两个儿子都在谈婚论嫁。"

这句话倒让他吓一跳了:"是是是,现在可是考察的关键时刻,不能乱说话。我家不穷的,不穷的,花蟹每天当饭吃的。"

母亲又气又恼:"没变啊,都要当爷爷了还没变,估计到老都不会变了吧。"

"这不,现在都老了,还这样,估计到死都不会变吧。"他还非得又接上话。

黑昌对着我坐下来,却反而突然说不出话了,几次张了张口,最终对着我一直笑。

我觉得他现在的模样有些搞笑。

"黑昌哥是有什么事情吗?"

他手一拍自己的大腿:"嗨,你看,说正经事情我就不会。"

又支支吾吾了好一会儿,他终于说了:"就是,你不是在北京当记者吗?记者嘛,采访的事故肯定多吧?"

我说:"是啊。"心里很纳闷我采访的事故和他有什么关系。

"就是，事故多了，总要送医院的吧，送医院，总会认识……认识医生吧?"他费了力气才把烫嘴的话说出来。

医生?我是没想到他问的是这个。

"哎呀，"他压低声调趴在我耳朵上说，"就是，我有个好兄弟，也是咱们命运慢跑团的，他生病了，我想帮他问问。我在想，要不要劝他去北京看看。"

"但北京看病很贵吧。"他好像在自言自语。

"生病了当然得去看医生啊，只是如果不必要，不是非得去北京的。"

"好像是肺病，也可能是肺癌?"他神秘兮兮地说，"我不知道，他也没去检查过。就是呼吸不上来，然后，还会咳血。那一咳，纸巾一捂，一朵梅花，鲜艳鲜艳的。"

"那确实得去检查啊。"

"是啊，我就在想，要不要去检查呢?"

"当然得去检查啊。"说完，我突然意识到什么，我盯着他问，"不会是你自己吧?"

黑昌一下子跳了起来，看上去很生气："哎呀，这大过年的不好乱咒人吧。"

"不好意思，我不是那个意思。"自己确实冒失了，我赶紧道着歉。

他着实生气了："我才几岁啊，我还每天跑步呢。你看到的啊，我跑步吭哧吭哧多有力啊。"

我赶紧解释:"因为你父亲——咱们的老书记,我记得是肺癌去世的,所以我才联想到的。只是你确实也得注意啊。"

他还是很激动:"我多注意啊,我每天运动,我现在不抽烟了,当然主要也抽不起了。你想,两个儿子今年就结婚了,万一再一起生孩子,那花费可大。我得强身健体省钱待命等着带孙子啊。"

内容是抱怨的,但他说着说着,口气却越来越是得意。母亲恰好走过来,听到了这一句,在旁边应和着:"可不是。估计咱们镇上你这一代人最早娶老婆的是你,最早当父亲的是你,现在最早当爷爷的也是你了。"

这句话很中听,黑昌笑得嘴一咧一咧的:"好像是哦。"

母亲送完黑昌回来,还是埋怨了我一下:"净瞎说,现在他两个儿子都在谈婚事,女方那边可都在打听他家的事了,要伤了人家姻缘,看你怎么补救。"

那确实,现在的东石镇,许多方面都越来越开化了,但姻缘方面,老一代的人还死死守住原来的规矩。无论是自由恋爱还是媒人介绍相亲的,进入真正谈婚论嫁的阶段,家族里的人都有责任和义务,发动所有力量来打听对方的情况。上至祖宗的品格和家教,旁至远近亲的性格和纠纷,能打听清楚的,都得打听清楚。有时候还会雇些贩夫走卒各种旁敲侧击地问,搞得像谍战大片一样,确实胡乱说不得。

我想着，我刚才那样冒冒失失确实不好，明天一早我去海堤跑步时，再向他道歉。而且，我还想和他再聊聊天，说不定，他会再说些我不知道的关于父亲的事情。

但那天晚上，我竟然睡着了。

睡梦中，我和父亲在海堤跑道上跑步。梦里父亲是偏瘫前的模样。

父亲问我："北京好还是家乡好？"

我竟然说："都不好。"

"那哪里好啊？"

我说："小时候好。"

父亲说："你现在也爱跑步了啊？"

我说："我不爱。我只是心里憋得慌，需要跑跑。"

父亲笑着说："我也是啊。那以后我们一起跑好不好？"

我开心地说："好啊。"

然后我突然知道自己是在做梦了，一哭，我就醒了。

醒来的时候，已经是十点多了。

我下了楼，看到母亲已经搬了把椅子坐在门口，身旁是她整理好的烧香的贡品。

母亲说："今天倒睡得好了，看来，回家好啊。"

母亲说："陪我去拜拜吧，咱们都几年没去了。"

东石镇的习俗，过年前后总要把家里走动过的神明都得拜一圈，就类似于，和看着自己长大的长辈们汇报下一年来的境况。母亲这几年为了父亲，麻烦过的神明可不少，算下来十几座庙是有的。母亲性子又急，总想尽快拜完，每年过年，母亲总让我骑着摩托车带着她，特种兵般开始战斗的一天。

母亲把钥匙扔给我，那是父亲生病前买的摩托车。父亲偏瘫后，能开摩托车的便只有我了。这辆摩托车都快二十岁了吧。

"车我拖进偏房了，你去取一下吧。"母亲交代我说。

"好的。"我边说，边去厨房拿了块布，想着，这么几年没回来，这车该积尘得多厚。但进了偏房，倒发现摩托车被擦拭得干干净净，甚至可能还擦过油，锃亮锃亮的。我再用钥匙插进去，油表动了，油是满箱的。

我知道了，应该是母亲悉心照顾着。毕竟那是父亲留下来的为数不多的东西。按照我们这里的习俗，人走之后，所有的日常用品都要拖到海边一把火烧掉的。

把摩托车推出门，我一发动车，母亲就把贡品先放进后置车厢。母亲假装不经意地说："以前啊，你父亲偶尔会开车带我去海边兜风。他老爱不等我上车，就把摩托车突然开出去，假装自己要到哪儿，其实逛一圈很快回来，然后把车就停在这儿，把油门催了又催，问：'这位水姑娘，去不去海边兜风啊？'"

母亲突然不说话了。

我不敢转身看她,把车启动了往前开。我知道的,车开起来,就会感觉海风在抱着我们。

按照母亲的规划,先去关帝庙,再去观音阁,然后去夫人妈庙……这些庙大都在海边,我载着母亲,一路呼呼的风声,一路白花花的阳光。母亲一路总在回忆,到了一站,开启一站的回忆,下车便烧香拜拜,路上便一路顶着海风,和我讲过去的故事。

风很大,话语被吹得零零碎碎,还好记忆本来也零零碎碎。

母亲说:"要嫁你父亲前,我娘家那边有人打听到你父亲脾气可凶老爱打人,还有人说,你父亲喜欢玩,整夜整夜地不回家。我偷偷跑来观音阁抽签,我忘记签诗是什么了,但我记得,解签的师父告诉我,放心啦,这个男人心里柔软得像女人,为妻子孩子做牛做马的命。你看,菩萨真准。"

母亲还说:"你小学一年级考试考了年级第一名,你父亲晚上竟然睡不着,偷偷说:'儿子出生在咱们这两个没文化的人家里,会不会耽误了啊,儿子应该是老天爷给的,我哪有什么聪明能遗传给他,要不,咱们送去我外表姑家里养,她家出了两个大学教授,咱们付钱给他们。'我说:'人家怎么肯。'你父亲说:'肯的,她家到现在都是孙女,孙辈的还没有男孩子。'我说：'但你舍得吗？'你父亲想了很久，说：'哎呀，我舍不得，那可是我儿子啊……'"

夫人妈庙到了，母亲还在说着前面的故事，突然有人在后面叭叭叭地按着摩托车喇叭。一回头，是黑昌，他载着妻子，妻子抱着贡品。再一看，后面还有两个白白净净、清秀俊俏的小伙子，那应该是黑昌的两个儿子。我看着他们，倒真切记起二十多年前婚礼上那个黑昌的样子了。两个儿子载着的，应该是各自的未婚妻吧。看样子，他们应该刚烧完香，准备去下一站了。

母亲看着这阵势，很是开心："这么着急，都还没办婚礼，就来夫人妈庙求子啦。"母亲猜这背后肯定有故事的，毕竟夫人妈是管女人生育的。

黑昌还是那种口气，拉着嗓子喊："你知道的啊，我着急的，我比大家想象中的还着急，我老是和儿子们说，先上车后补票也不是不可以啊。"

说完，转过头对着自己两个儿子挤眉弄眼。两个儿子的脸顿时红了。

说起来，我已经二十多年没见过黑昌的妻子了。我还可以在她现在的脸上，找到当年的模样，只是她变得又黑又瘦，一直安静地看着我们说话，一副悲伤的样子。

我本来想对黑昌说声不好意思，但看着他的家人都在，特别两个未来的儿媳妇也在,便不好再说了。

我就说:"黑昌,明天早上去跑步吗?"

黑昌那个大一点的儿子显得有些吃惊:"老爸你还每天去跑步啊。"

看来他儿子和我当年一样,不知道自己的父亲是东石镇命运慢跑团团员。

黑昌得意扬扬地笑起来:"臭小子,你老爸我可积极向上了,每天五点多就起来跑步,你们睡到大太阳晒屁股,哪会知道。你老妈就知道。"

黑昌的妻子对着我们点点头,意思应该是她知道。她终于说话了,就一句:"跑步好,跑步身体会好。"

黑昌的小儿子催促着说:"得赶紧走了,待会儿还有事情呢。"他边说边看后座的女孩子。我想,应该是他未婚妻不耐烦了。

黑昌说:"那我们走了啊,明天早上见啊,走啦。"边说,边催起了油门。油门呼哧呼哧,甩出了黑黑的一条油烟。

幸好定了闹钟,竟然叫了许久,我才起得来。

昨天拜完所有的寺庙到家,已经是晚上八点多了。随便吃了点母亲做的卤面,身子一暖和,竟然犯困了。趁着困意,赶紧躺床上,迷迷糊糊的时候,想着,晚上应该会是好觉,接着摸出手机,赶紧定好了闹钟,之后眼一沉,坠入睡眠中。

我骑着摩托车到海堤跑道路口时，黑昌看上去应该等了好一会儿。他就在入口处，一会儿抖抖手，一会儿抖抖脚，来回走着。看到我，他那大嗓门又来了："总算来了哈。"

我刚要道歉，他很是开心地说："看上去睡得不错啊，真好。"

已经有人跑完回来了，不断和黑昌打招呼。黑昌说："咱们得赶紧跑起来啊，要不我待会儿赶不及回去给老婆儿子做早饭了。"

我没预料到现在是他在负责做早饭了，毕竟在二十多年前，他还是个玩世不恭的混世魔王。他看出我的想法了，咧着嘴笑起来："你等着，等你有孩子了，你也会变孝子——孝顺孩子的。"

再转念一想，似乎突然找到可以反击的方法了："你看，你父亲可也是大孝子。以前跑步，每天边跑步边说'我儿子啊，胃不好，怪我，随我的''我儿子啊，有点凸嘴，不好看，还怪我''我儿子喜欢吃这个，我儿子不喜欢吃那个'。要说孝子方面，我觉得，还是你父亲我小叔厉害点。"

他说着，我听着；他笑着，我也笑着。但笑着笑着，我还是有些难过，其实我一直知道的，父亲离世后，这世界上再不会有人如此疼爱我了。特别年纪渐大，还指望能有谁来疼爱，说起来自己都不好意思吧。黑昌也察觉到了，想用玩笑调整下说话的气氛："其实啊，根本不是孝子，不就是这个年纪睡不着,早起来跑步,早起来做点饭,也算打发时间嘛。"

黑昌可能为了哄我开心,开始讲起了我父亲的威风往事:"你知道吗?你父亲年少时候可是咱们东石一霸,当时我们都纳闷怎么还有姑娘敢嫁给他,我估计是你母亲娘家那边的打听团不够专业。"

"不是啊,我母亲说父亲一向温柔得很。"

"那是结婚前,来,我和你说几个故事啊。有次你大伯,也就是你父亲的哥哥,不知道为什么和人吵架了,对方也是大家族的,威胁着哪一天要把你大伯套在麻袋里打残了扔地瓜田里。他很担心地叫来你父亲说了。你父亲抢起把开山刀,一个人,单枪匹马冲到人家家里,对着人家家里十几口人喊:'谁敢动我大哥一根毛,我要谁一条腿。'对方完全被你父亲的气势吓到了,竟然赶紧道歉和事了。再比如,你父亲当时有十几个结拜兄弟,有个结拜兄弟叫阿贼,一天早上醒来脑梗了,陷入昏迷。当时大家都穷,他家人和亲戚都说要不算了。你父亲在当海员,算是比较有钱的,他跑去轮船社把自己能提的工资都提了,还提前申请了未来两年的钱,硬是把阿贼送去厦门的大医院抢救。人没抢救回来,但你父亲的钱全花光了,一夜回到解放前。这不,后来和你母亲结婚的时候,都没钱把房子盖起来了。"

"但你不是说我父亲抠抠搜搜的。"

"是啊,就是有了妻子孩子当了孝子后啊,你看,要让男人变屃只需要一件事：结婚生子。"

黑昌这么总结："你看，我也是这样啊。"说完他自己笑了。

我想，黑昌猜出来了，我老找他，是想听父亲的故事。那一天，他边跑边认真地回忆，说完一个故事，说："等等啊，我还可以找到的，等等啊……"我们沿着海堤一会儿跑一会儿走，也算完成了一个折返，他讲了一个又一个我不知道的父亲的故事。

回到起点，黑昌本来已经挥手和我告别了，却突然又叫住我："其实有个事情我一直耿耿于怀，我想还是告诉你吧。你父亲应该是在你读初二还是初三的那一年，跑几步就喘到不行，动不动停下来捂着胸口说心脏闷闷地疼。我那时候是有劝他一定要去看医生，但他说那个时候加油站的生意已经很差，他老担心以后不够钱供你上大学，所以他不敢去看病。他说，看心脏的病怎么可能便宜。我当时也是当父亲的人了，我很理解他的想法，所以我只是说，那你自己找点药吃。没想，没过多久，他就因为心脏病引发中风了。"

黑昌说得很难过："其实男人自己垮了，才是对妻子孩子最不好的事情吧。你以后结婚了有孩子了，可千万记得。这是做父亲的经常犯的错。"

春节报社只给了七天的假期,我犹豫要不要请假几天,试探性地问了副总编,他倒激动了:"不是啊,前两年都你来顶,大家订的车票可都是延迟回来的,你不拿着热线电话,谁拿啊?"

母亲在旁边听着,说:"那你还是赶紧回去吧。"

母亲说:"你这次回来得很好,这不,睡眠都好了。"

回到北京,我马上又坠入此前的生活里。虽然我努力沟通,不想白天、晚上、周日、节日都带着热线电话,但经过两年,大家都理所当然觉得,它就是应该粘在我身上了。

我因此依然不时要被北京这座城市哪个犄角旮旯发生的事情很早地叫醒,也经常,被有些突发的事情搞到很晚才能休息。

我睡得不规律或许是正常的,我也因此在朋友圈看到黑昌奇怪的作息。

早上特别早,六七点的时候他会发一张照片,照片里是块木制牌匾,从上到下刻着五个字:"感谢你来过。"晚上特别晚的时候,大概凌晨两三点吧,他会发另外一张照片,照片是和早上那张对应的另外一块牌匾,从上到下刻着五个字:"欢迎你再来。"

刚开始看的时候,我还觉得这两句话莫名好笑,像是他的性格:话总不好好说。我还认出来了,这两个牌匾不就是他当时开饭店挂的那副吗？但后来看着他一直一直发，倒莫名觉得不是滋味：感谢谁来过啊？是谁要离开啊？欢迎谁再来啊？谁已经离开了啊？或者谁要离开啊？

而且，黑昌不用睡觉的吗？

看了一周，我还是给他发了个信息："黑昌你最近如何啊？"

他秒回："很好啊，好到不能再好了，再好下去，老天爷都要妒忌了。"然后，果然又附赠"这里是美好的小东石"系列。唰唰唰连续发来九张图片，最后发来文字：这世间千好万好不如家乡好，这人间千美万美不如家人美，东石等着你回家。这些内容我看过，昨天傍晚他就发在朋友圈了。

"我在东石很想你啊，想你在北京过得有没有比我在东石好，我知道没有。"显然他发完这些还觉得不过瘾。

我说："我也很好。"

他说："肯定不会比我好。"

我无法招架了，不知道怎么回复他，干脆就不回复了。

过了好一会儿，他又发信息来了："被我说中了吧，都没法回了吧。尽量过得好一点，感觉不好，就去跑步，北京也可以跑步，哪里都可以跑步。"

他说得意犹未尽，又发来一条："记得啊，是个男人无论遇到什么，都要跑起来，跑下去。别忘记了，你可是东石镇命运慢跑团北京分团团员。"

我想,我以后一定再也不轻易给他发信息了。

虽然回到北京我终究回到了被热线电话支配的生活,但我发现,自己心里确实有些重重的东西在生长。这东西虽是隐隐约约的,但确实存在了,它让我不会在一空闲下来、一没有被具体的事务牵扯住的时候,就感觉自己轻飘飘的。

琢磨了许久,我想,那东西或许是心里开始生发出的,对所谓生活的构想吧。虽然,试图构造生活真不是件容易的事情,但心里生出对未来的某种期待,终究是我的内心在和这世界重新连接。无论如何,父亲是拼尽了全力,才把我送到目前这样的生活的。我想,我得就此努力为自己构造好的生活——或许这是父亲最希望我做到的,或许这也是,如今我能为父亲做的唯一的事情吧。

睡眠好了之后,我反而实在爬不起来晨跑了。有时候加班晚回家,倒是会在路上碰到夜跑的人。不知道是因为北京的不一样,还是夜跑和晨跑的人本身不一样,北京夜跑的人,大都是年轻人,穿着好看的衣服,拥有着好看的身躯。我喜欢看着他们,奔跑在满是霓虹灯和酒气的三里屯,我还是会因此想起东石海堤上奔跑的那些中年人,我想,他们和他们,奔跑的时候,灵魂应该都是充满生命力的吧。每次我站在一旁,看着他们从三里屯跑过,我总会感觉,北京吹来了东石的海风。

黑昌还是一早一晚发着那两条奇怪的朋友圈,以及坚持不断更新着"今日份的美好小东石"。除此之外,黑昌的日子越来越热火朝天了。先是第一个准儿媳妇那边经过漫长的考察,点头同意结婚了,然后第二个也同意了。接着,他的朋友圈开始了新的系列:"人逢喜事精神爽啊。"

今天要去下聘礼啦,明天要去订喜宴啦,后天儿子儿媳妇们要去拍婚纱照啦,大后天……总结一下,就是闽南婚嫁习俗事无巨细地在线直播。

我因此也把黑昌的朋友圈当连续剧追。我看他一会儿在儿子儿媳旁比"耶",一会儿挤在一堆祭祀用的猪头中间吐舌头,照片里他乐呵呵的,我看着也跟着开心。

只是,我对其中一个内容不太理解,还觉得隐隐不适:他经常突然发一张咧开嘴笑的自拍。没有前因、没有后果、没有主题,就突然发出来,过一会儿就删掉。虽然是咧开嘴笑,但我总觉得表情有点扭曲。有次我还好事地点开看,感觉,嘴巴确实是咧着的,但眉毛是皱着的。有次我还看到,脸上似乎有泪痕。

我几次犹豫着要不要给他发信息,但总担心又被他轰炸,最后还是作罢。想着,等我今年春节回家再问吧。

如黑昌所愿，农历六月的时候，他的大儿子、二儿子一起办了婚礼。

他的朋友圈是这样发的："儿子们知道我没钱，所以体贴地为我拼团了婚礼。一次婚宴办两件大事，真是值。看到朋友圈的赶紧自己来登记，红包你们自己看着办，要给一包我也不嫌弃，要给两包其实也合理。虽然来只吃一顿喜酒，但毕竟是两场婚礼啊，乡亲们自己看着办哈。"

我边看边笑，想着，果然是黑昌啊。

正想着，黑昌给我发信息了："想着你机票比红包还贵很多，我就不要求你来了，而且毕竟咱们也只是远亲。你不和我亲，我也批评不了。反正过年你本来也要回来，回来记得找我补顿喜酒，你给我补个红包，两个就更好。"

我回复他："一言为定。"

黑昌的二儿子果然践行了黑昌提倡的"先上车后买票"，刚结婚不到一个月，黑昌又发出朋友圈："我有孙子啦，我儿子和他老爸一样勇！"我看着朋友圈，突然想起二三十年前那个白白净净的玩世不恭的黑昌。虽然现在披着一副衰老臃肿的皮囊，但黑昌果然还是那个黑昌。

那天黑昌又给我发了个信息："穷死你堂哥我了，发这条信息只是告诉你，你现在欠我三个红包了。"

我开心地回："不是远亲吗？最多给两个。"

他回复我:"看你对我真心不真心,就看你给的真金多少斤。"

我记得是十月十五日左右吧,黑昌突然没有发朋友圈了,我当时想着奇怪,但也没太在意。然后第二天也没发,第三天也没发……过了一周,我觉得心里疙瘩得不舒服,终于还是打电话给母亲。

"黑昌是不是有事了啊?"我问母亲。

"你怎么知道的?"母亲吃惊地问,"他已经按照咱们这的习俗睡在厅堂里,感觉是要不行了。"

我愣了一下,然后我知道了,我突然知道了——那次他来问我找医生的所谓的那个朋友,真的是他自己。

我对着母亲喊起来了:"过年他找我的时候,就知道自己生病了吧。"

"是啊,镇上的青山医生去看了,说是肺癌。现在每天咳血,血都不是一朵一朵的,而是一大片一大片的了。"母亲说。

"对哦,有个事情其实我还没来得及当面和你说。黑昌在儿子婚礼上特意拉住我,要我叮嘱你,千万别说出去他问过你关于医生的事情。他当时脸色已经很苍白了,但还是笑得很大声,靠在我耳朵上轻声说:'告诉黑狗达为了这个可爱的堂哥一定保密,如果让我儿媳妇们知道,我早知道自己生病了,她们会说我骗婚，毕竟现在哪有娘家会爽快同意自己的孩子，嫁给可能有肺癌基因的人家啊；如果让儿子们知道，他们会生气，会怪我为了给他们办婚礼省钱不去看病，他们会自责难过很久，甚至一辈子吧。现在这样的结局很好，请黑狗达一定帮我守住秘密。'"

我突然明白了，那几张让我不适的有泪痕的笑脸，应该是他疼到受不了的时候发的。他太疼了，但他不能喊出来，他还得假装自己没有生病。

黑昌毕竟是我太爷爷的兄弟的曾孙，算是堂兄弟，按照习俗，黑昌走的消息无论我在哪儿，宗族总要通知到的。本来我和宗族的联系人是黑昌，现在黑昌走了，其他宗族话事人都和我不熟悉，消息是母亲正式转发给我的。

母亲说："你不用特意回来的，毕竟黑昌只是你远房的堂亲，咱们农村习俗就是多，怕你们大城市的领导不理解。"

但她又说："不过，如果你能回来送送黑昌，也是真好。我想，无论黑昌还是你父亲，应该都会特别高兴的吧。"

我和母亲说："我想回来。"

果然还得是黑昌。或许是我参加的葬礼不够多吧，反正我是第一次看到双手比着"耶"的遗照。遗照里，他笑得一整排牙齿全露出来了。牙齿应该还是修过图的，洁白得快要发光。

闽南的葬礼，总要搞得金光灿灿、热闹非凡的。中间是纸糊的金灿灿的灵堂，后面是安放着黑昌身体的棺材，灵堂前排中间是一个永远在燃烧金纸的铁桶，两边则是请来的哀乐团。或许就是要用这金灿灿的热闹，把悲伤的情绪全部挤走吧。

我一走进厅堂，就看到，金灿灿的灵堂两边放着他朋友圈经常发的那两块牌匾："感谢你来过"和"欢迎你再来"。我想，应该还是黑昌的主意吧。我知道的，他甚至为了要放这两个东西可以把它们写进遗嘱里。

我看着那两块牌匾，想象着那段时间，黑昌每天一早一晚发着它们的心情。我想，应该是他每天一大早就疼醒了，身旁是睡着的妻子，疼醒了他憋着不敢叫出声，于是发了一张"感谢你来过"。我想，应该是他每天疼到深夜两三点都睡不着，疼到在家里来回走着，但他和妻子孩子住一起，他必须咬着牙忍着，最终躲进厕所发了一张"欢迎你再来"。

按照习俗，我也要烧点金纸给黑昌。边烧边忍不住抬头看黑昌那个两手比着"耶"的遗照。我边看边难过边笑：感谢你来过，欢迎你再来啊黑昌。

黑昌的儿子们看到我了，特意起来迎我。黑昌的大儿子说："小叔，你好像和我父亲很好啊。"

我说："是啊，我也觉得很神奇。"

黑昌的小儿子说："有空的时候能和我们说说我父亲吗？

我这几天一直在想，我们对他的事情知道得太少了。你看，连他每天晨跑都不知道。我们是不称职的儿子。"

我看着他，仿佛看着当年的自己。

我想安慰他："我父亲晨跑我也不知道，还是你父亲告诉我的。"

但我不知道要不要告诉他们，其实我已经知道了。孩子总不容易知道父亲的故事的，或者说，父亲总不舍得让孩子知道自己的故事的，特别是拼到最后一丝力气都要护着自己孩子的那种父亲。

比如我父亲，比如黑昌。

我看着黑昌的两个儿子，一副手足无措但又尽量显得理性克制的样子。我知道，他们在努力表现出责任和担当，每个儿子在失去父亲后，总觉得自己要表现出男人的模样。我想，当时我在父亲的葬礼上，大概也是这般吧。

毕竟只是某个远亲的葬礼，报社只给我批了两天的假期，第二天一大早，我便得回北京了。为了图个便宜，离开家乡选择的是早班机。我前一天晚上就预约好了五点半出发的车。

那天晚上我有睡着，但睡得不深，四五点便又醒了。我不想吵醒母亲，轻轻地收拾好行李，轻声地出了家门，早早地等在路边。

天灰蒙蒙的，还没泛白。我不时听到有喘气声由远而近，我知道,那是一个个当了父亲的中年男子正在为了自己的身体和这个世界抗争,努力奔跑着。

我盯着地面,不让自己看路过的这一个个奔跑的人。我害怕自己会从他们身上看到黑昌,看到我的父亲。

终于,约的车到了。摇下车窗,司机问:"是去机场的吧?"

我说:"是的。"

司机师傅是个四五十岁的中年人,看上去很是疲惫。他打着哈欠,抱怨着:"真搞不懂你干吗叫这么早的车。"又自己小声嘟囔着,"真搞不懂我干吗通宵接这单。"

我知道他为了什么,我知道他其实清楚自己是为了什么:他和所有父亲一样,只是为了自己的妻子和孩子。如果他只是为了自己,他熬不住这个通宵的。

车行驶到出东石镇的那个路口,路的左边是海堤跑道,右边便是去机场的路了。

我不愿意让自己看到那条海堤跑道,闭着眼,假装自己睡着了。车开动了,车要过红绿灯了,车要离开东石了……但车却突然紧急刹了一下——有人奔跑着横穿马路,师傅差点儿没刹住。

"干吗啊这些人。"师傅看来有些被惊吓到,生气地抱怨着,"真佩服这些老哥们,一个个大腹便便的,一大早折腾自己。都这把年纪了,折腾什么啊。"

我听着不舒服:"别这么说,你不知道他们有多拼命。"

师傅斜着眼看了看我,说:"这个岁数拼命有用吗?"

我不想和那司机说话了,自己转过头看着窗外。我知道我难过了,我心里不断在辩驳着他:"怎么会没用啊,他们现在再无力,他们的努力再可怜,无论如何最终还是能多护着自己的孩子、家庭一些的。"

我越想越难过,突然下了一个决心:"师傅,拐回去一下。"

师傅转过头看着我,气恼地说:"啊?我现在都开到下一个路口的右转道了,车掉头得走左转道啊。"

我尽量控制着情绪,但我知道我的声音有些颤抖。我说:"麻烦师傅了,我想去海堤那边找人说些话,我必须得去海堤那边找到他们说说话。"

师傅嘴里还是嘟嘟囔囔,但终究还是掉了个头转回路口来。

我看到那条海堤跑道了,我看到命运慢跑团了,我看到一个个中年的疲惫的父亲,拼了命试图扛起自己。

我知道自己的眼眶开始湿润了,我下了车,冲进海堤跑道上,冲进那些奔跑着的中年人里。我跟着他们跑起来了,我看到世界在我面前跳动着,我看到大海在我前方闪着光,然后我看到了，我看到父亲了，看到黑昌了，我看到他们就在前方奔跑着，他们朝着大海在奔跑着。

"加油啊，父亲。"我突然喊出来。

"加油啊，黑昌。"我站在海堤跑道上，我站在一群奔跑着的父亲里，忍不住大喊起来。

喊着喊着，我知道自己在号啕大哭，把三年前父亲葬礼上没哭的泪水，哭出来了；把昨天在黑昌葬礼上没哭的泪水，哭出来了。

我对着他们的背影喊："感谢你们来过啊。"

我对着这群奔跑的父亲们喊："欢迎你们再来啊。"

台风　来了

没

那天深夜两点多,有个小学同学突然在同学群里问我:"你们作家是干吗的?"

他发了三遍:"你们作家是干吗的?"

作家干吗的?

自从过了四十岁,我总是睡得格外浅。记得在更年轻的时候,每次睡眠都如同在夏日里从海边的崖石直直跃入清爽的海里;而如今,每晚脱掉自己披挂了一整个白日的身份试图入眠,感觉如同赤裸着灵魂躺进淤泥里,知道自己的意识慢慢被某种浑浊的东西包裹,最终沉没,却永远感觉到冰冷且不踏实。

因此,手机稍微一震动,我便醒了。

眼睛有些发炎,沾满了黏稠的眼液,脑子也迷迷糊糊的,看了好一会儿,才确定,真的有人半夜在小学同学群里,问我作家是干吗的;而且,问我的人,在群里的名字叫"轻舞飞扬"。

我点进他的页面查看,是个男的,居住地显示在冰岛。

一个居住地在冰岛的叫"轻舞飞扬"的小学同学,男的,深夜两点多,问我作家是干吗的。

我怀疑是自己做梦。

我想,肯定是我不那么满意自己最近写的东西,才会有这样的梦吧。自从越过无知无畏的青春后,我开始察觉到自己体力和能力的边界,感觉世界于我已经不是充满可能的,而是开始紧缩。我因此越来越怀疑自己是否有心力写出更好的作品。

但我怎么会给自己取"轻舞飞扬"这样的网名来诘问自己呢?我肯定不会,梦里也不会。

我胡思乱想着,放下手机,打算躺回到淤泥里去。

那个"轻舞飞扬"的信息又来了,直接提交了申请加我好友的信息:"是我啊,不认得了吗?"

语气似乎有点着急。

"我如何会认得冰岛的轻舞飞扬呢?"我心里想。但还是通过了他的申请。

刚通过,第一句话就来了:"你们作家是写那种故事的吧?"

"哪种故事?"我在心里问,但我没有问对方。

他自己往下说了:"我有个故事,我在想,是不是你们作家应该写的?"

他说:"我想和你说说这个故事,我特别希望你能把它写下来。"

自从成为作家后,总会在各种场合,碰到希望我写他故事的人。

有次亲戚葬礼,我从北京赶回东石镇去,仪式上有个亲戚拉着我走到一旁,附在我耳边轻声说:"我重症了,我谁都没说。"他看了一眼自己的妻子和孩子,确定他们听不见,噙着眼泪继续说,"我可以把所有事情告诉你,你能帮我写下来,等我走之后再给我家人吗?"

有次在某个家乡的盛会上,某个政府领导喝醉了,突然拎着一壶白酒走到我跟前,说:"我先敬你,你一定得答应帮我一个事情。我母亲去年走了,但我是一个干部,我不能表现得太脆弱或者难过,我控制得很好,从她离开到现在,我从来没有在任何地方表现过脆弱,可是我太想念她了,这种想念钻心地疼,你能帮我写下来吗……"

但一般酒醒了,或者情绪过去了,便不再追着我说了。甚至,似乎再见到我总有种带着羞耻感的尴尬。人对藏在自己内心的故事,从来便是这般吧,既希望有人知道,又希望不被人知道。

我后来找到解决办法了,遇到这种问题,最好的回答就是不回答,似乎我听到了,又似乎没听到,时间一过,对方自然会假装忘记的。

我因此决定不回复这位同学。

但他又发来了一条信息:"你知道咱们家乡昨天刚刚来了

个几十年一遇的超大台风吧?"

又一条信息:"这个台风应该是我叫来的。"

发完这两句,他就不发了。可能在等我判断是否有兴趣听吧。

这还确实是篇故事的开头,我心里想。

信息又来了:"我们现在打电话?我给你讲讲?"他没等到我拒绝,觉得,我应该想听这个故事。

"现在?"我有些惊讶。

"可以吗?"

我犹豫了一下,说:"好吧,你得稍等我一下。我得去书房,不好吵到家人。"

我走到书房,掏出笔记本,才想起来问:"但是,你到底是谁呢?"

"是我啊。"他显然一直等在那边,信息回得非常迅速。然后微信电话响了,传来一个激动的声音,"是我啊!"

"你是?"

"蔡耀庭啊!"他的声音亢奋又莫名的悲伤,"蔡耀庭啊,你肯定记得我的,蔡耀庭啊。"

蔡耀庭啊,我记得的。

我记得他长着两颗虎牙,脸很白,总是笑,笑起来很好看。我记得小时候他家是开养猪场的,他邀请我去他家骑过猪,那是我人生中第一次也是唯一一次骑猪。我记得,他还带我和几个同学一起去过学校后面那条溪流,我们都脱光了跳进溪水里游泳。我还记得,那时候家乡有着许多条无名的溪流,后来开发建设,这些溪流都消失了。我总莫名想念那些溪流,我甚至有时候还听得到它们流淌的声音。

我们应该至少三十年没联系了吧。这么一想,我有些感伤。我问他:"最近如何啊?"

他没顾得上回答我,只是非常着急地催促我:"我可以开始讲这个故事了吗?"

我这才听到他的声音带着浑浊沉重的喘息,一呼一吸,哗啦啦、哗啦啦的。他的每个字句因而听上去都湿漉漉的,仿佛刚从海里打捞上来一般。

以上,便是我接下来要记录的这个故事的由来。

我曾经考虑,在蔡耀庭讲述的基础上,加工改造成一个新的故事,但是,几次尝试下来,都觉得不如蔡耀庭说的故事好。作为一个写作者,惭愧地说,这个故事我基本上只能起到润色的作用。我边整理边充满挫败感地在想:"作家到底是干吗的呢?这个世界为什么需要作家呢?"

昨天,家乡东石镇来了六十年一遇的超大台风,中心风力十七级。新闻报道说,仅仅泉州市区,被推倒的树,就有三万多棵。

很多人应该都看到那些视频了吧,有的树是被连根拔起的,有的树被直接拦腰折断了。我还在抖音上看到,有人在台风过后,去看望他认识的一棵棵的树。

我理解那些难过的。或许他童年时候爬到那棵树上过,或许他曾把自己认为的宝藏埋在树底下过,或许他逝世的爷爷以前总陪他在这儿等公交车……但他们没有说为什么,就只是沉默庄重地拍着这样一张张悲伤的照片,如同是在为自己的记忆拍摄遗照。

还有个视频,被传播得很广,连我在北京工作的同学、国外合作过的客户都转发给我了。视频里,台风带起海浪,甩着巨大的巴掌拍打着人们,把人打翻在地了,还按在地上来回滚动着。

这我可以做证,这次台风便是这般的。

我当时就在那儿。

事实上,现场比视频看着更恐怖。我无法描述那种感觉,就是,无数座水做的十几层楼,在你面前起了塌,塌了起,一次次倒向你,无数次崩塌掩埋你的感觉。

我一步步走向海边时,几次都被掀翻,后来感觉台风又拍过来了,我身子不由自主地蹲下来,像块石头一样蹲下来。我当时浑身发抖,心里想:"跑到登陆点看台风的,都是疯子吧。"

我得解释下，我不是疯子，我之所以去登陆点等台风，是因为，这个台风真的是我叫来的。

我叫它了，它还来了，我总不能不去看它吧。

没记错的话，整个事情的开始应该在6月22日。那天，我去厦门的房管局办事大厅，等着办房子的过户手续。

人乌泱乌泱的，大厅闷热闷热的。大部分是一对一对夫妻来的，就我是一个人。

那些一起来的，脸上的表情总是生动的，我看到了幸福、算计、拉扯和荷尔蒙，我因此觉得眼睛放哪里都不对，只好随手刷起短视频。我刷的第一条是给狗狗做SPA（水疗），狗狗舒服得眯着眼时，我也跟着眯起了眼，然后，我看到了这条视频：太平洋刚生下了一颗台风。

那是个卫星的动态图：蔚蓝色的太平洋上，有云系在旋转，转着转着，转出一个中心点，像只眼睛，张开了——台风出生了。

对生长在闽南海边小镇的人来说，台风像远房的亲戚，经常冒冒失失地来了，一来就把家里闹个鸡飞狗跳，还没等到和它理论清楚，它便突兀地走了。有时候，又生生没有消息和动静，碰上某一年等不来，还免不了出门不断探头，想着，奇怪了，怎么就不来了？

台风也是我自小的"亲戚"。这样的卫星图，从小到大我看过太多次了。从黑白电视，到彩色电视，最终到手机屏幕，我看着自己的这个"亲戚"，年复一年地在太平洋上转着转着，然后冷不丁地，直直朝哪个人的家乡撞了过去。

一开始我没察觉到自己的在意，就是短视频播放完了，我刷新了一次，又刷新了一次，再刷新了一次……我最终是把这条视频划过去了，但脑子里，蔚蓝色的海上，那云系就在那儿旋转着。

然后，我发现自己莫名期待了：会不会恰好是很大的台风啊？会不会恰好就到自己的家乡登陆呢？

这些声音，像浪花一般，一直在我脑子里，哗啦啦地起来，哗啦啦地落下。那几天，我隔个几分钟，就拿出手机搜索一下：太平洋、台风、最新……太平洋、台风、最新……

刷新一次，那台风大一点，再刷新一次，那台风又大一点……连续刷了四五天，我似乎目睹了一个怀孕的女人腹里胚胎成熟的快进过程。而我也像自己第一次当父亲时那般，越来越激动。我三不五时截取一张图片，不断放大，放大，着急想看到那婴儿的胎芽、胎心，想看清那婴儿的脸庞。

然后第六天，我看到气象部门发布了："台风被命名为'阿勇'。"

我想着，这名字竟然和我的乳名相同。想着，这名字也还不错。

想着，或许发现这个台风的人就叫阿勇——第一个发现台风的人，是可以给台风命名的。而孤独地观察着台风的人，总那么喜欢用自己的名字命名台风。

或许，每个孤独的人都是那么希望有人知道他的名字吧。

正想着，我看到气象部门发布了："台风'阿勇'有可能生长为近六十年来最大的台风……"

我听到自己心里扑通扑通跳，喃喃地对着屏幕问："阿勇，你是为我来的吗？"

问完忍不住发笑。自己到底在期待什么了？

但我还是又小声问了："如果是，那你就帮帮我，朝东石镇去吧。"

说完，又忍不住笑了起来。

应该是第七天凌晨五点多，我如往常，又莫名醒了，随手拿起手机搜索：太平洋、阿勇。

我看到那张云图了——长着硕大身躯的"阿勇"，直直往大陆的方向冲来了。我截图放大"阿勇"的预测轨迹：就在厦门和泉州的中间，就是家乡东石镇的位置。

我觉得脸上痒痒的，以为是小虫子飞到脸上，一抹，才发现，竟然是水。

哦，是泪水。我自己也愣了一下。

"台风有什么好看的?"这个问题,我自小就好奇。

我记得,东石镇上有个人叫曹操——和那个众所周知的枭雄一样的名字。这个东石曹操,一到台风登陆时,就往海边跑。一边跑一边敲锣:"风大浪急,乡亲尽快远离海岸堤坝。风大浪急,乡亲尽快远离海岸堤坝!"

总有人不肯离开,他便总要拿着扁担追打。打是结结实实地打,一下就是一条瘀青。众人因此见他总是要跑的。

只是确定海边没有人了,他却还是在那儿叫喊着。虽然那时候,全世界都是硕大的风声、倾盆的雨声和令人震骇的浪声,但小镇里的人,还是能从这些声音的间隙里听到,曹操那喊得撕心裂肺的驱赶声。

我记得他,一是因为,他和他名字的来源——历史书里写的曹操,真一点关系都没有:就最多一米六的个儿,估摸着重不过七十斤,走起路来,头总要往前突,像鸭子。

还有是因为,我亲眼见过台风雨里的曹操:戴着蓑笠,穿着草鞋,所有衣服都湿透了,紧紧贴在身上,边号着边往海边飞奔。那时候我还很小,看着有人最终活成这个样子,心莫名惊慌,惶惑如何的人生会把人变成鸭子!惊恐着,究竟是什么样的日子,让人活成了鸭子?

我以后会不会也碰上那样的日子?

听人说过,那曹操的儿子就是好事跑去看台风,结果一不小心被台风卷进去了。曹操儿子死的时候四十多岁。"上有老下有小,还这么好事,真是蠢!"我记得镇里的人谈起那些因为看台风而死掉的人,老这么说。镇上的人总愿意轻佻地批评早夭的人,仿佛那些人是生活无能的阵亡者,而自己因为还可以成为和生活搏斗的人就如此傲慢。但是,每次台风来,还偏偏总有人去堤坝上看台风。我没记错的话,我在东石镇上读书那十年,就有三个人也是因为看台风死掉的。

小时候,我心里总在想,看台风的人究竟是群什么人?台风究竟有什么好看的?为什么台风来了小孩都知道得躲在家里,偏偏成年人反而一定要去看呢?

这个疑问,我从小好奇到大。结果到四十多岁了,我突然发现,自己也成了一定要去看台风的人。

自打决定要去看台风,我就察觉到自己奇怪的郑重和紧张。

我首先给自己买了一二十年没穿过的雨靴和雨衣,我想,这样子看上去应该像是很认真要去看台风的人。

我到闲鱼上买了个二手相机。想着,如果那天在海边等台风,别人困惑地看着我,我可以拿起相机晃一晃,别人就会以为我是来拍照的。如果我意外被巨浪卷进去了,大家看着相机,也会以这个逻辑来解释我出现在这里的原因——我可不想麻烦别人花一番精力讨论我为何出现在这里。

我后来还笃定,那天自己最好穿着休闲西装。我得穿得好看点。

至于为什么呢,我也不知道,就是这么笃定的一个想法。

然后,我发现自己越来越在意那天应该如何出门,如何和妻子、孩子告别。

到了这个年纪,我已经知道了:不论亲近、憎恨、厌恶或者毫不在意,甚至,无论愿意还是不愿意,孩子总要不断想起自己的父亲的。

那种"想起",不是清晨海边雾气慢慢蒸腾的弥漫,而是草丛中突然蹿出一条蛇的那种猝不及防——可能在看到别的父亲牵着孩子时;可能在自己第一次手淫,射精颤动的一瞬,突然明白父亲也开启过的世界时;可能在抱着自己的孩子想起自己被抱着的感觉时;又或者,在某个晚上,实在吞不下难过,没有能力走进自己组建的家,在门口呆坐的时候……

最近我总不断想起自己的父亲,所以我知道的。

自意识到这点,我就开始紧张每次告别,想着,万一我的孩子最终会从这个片段找到日后想起我时的样子,我得定格好一个怎么样的表情呢?

万一这次告别,还是个"特别"的告别呢?

我一开始想的是,就逐一拥抱下自己的妻子和两个孩子,亲亲他们的脸,然后笑得灿烂一点,和他们说,爸爸走了。

语调一定要温柔且坚定，笑容一定得灿烂。我想，这样，他们回忆起我的样子，应该会是好看的。

但某个晚上，我又突然担心，如果孩子日后想念我，一想起，就是一张好看的笑脸，会不会更难过？

或者，就冷漠一点吧。

我想，如果孩子最终觉得，是这个父亲不好，孩子们终究是不是会少一点难过。可以让孩子不那么难过，我觉得挺好，唯一的代价，是让自己的孩子误解我。

我想，自己一定是这样勇敢的父亲。

但是，时间越逼近，我越发察觉到自己的后悔——我实在无法让我深爱的孩子，记住的我的样子，还那么令人厌恶。

这天终于要到了，晚上，我心里翻来覆去地想，身子翻来覆去地动。身边的妻子可能被惹怒了，或者做了噩梦，也不知道醒还是没醒，一只脚恰好就蹬在我身上。我没敢吭声，干脆坐起身，看着睡着的妻子。

月光敷在妻子的脸上，我仿佛看到了二十岁时的妻子。月光总是有穿越时光的力量。她可真美，我想，这么好的人怎么就成了我的妻子了？我想，这么好的人，怎么因为成为我的妻子，而被拖入现在如此丑陋的人生呢？

我想着想着，发现，鼻子在发酸。

然后，我觉得自己好恶心，连愧疚都只会用难过来表示。

应该是天蒙蒙亮的时候,我突然觉得有了答案:那就表现正常,正常到,放在平常的哪个日子里就不见了的那种正常。即使什么时候突然发生了意外,意外也只是像把透明的刀,很客观地把本来的生活就此干脆地砍断而已,其他,什么都没变。

我觉得这很好,正常和意外其实都是很好的东西。

然后昨天早上,我如往常,还是没能睡着;如往常,等到自己正常的起床时间才假装醒来,正常地伸了伸懒腰,正常地发出舒服的呻吟声,正常地起床,正常地撒尿、拉屎、泡茶,正常地随便吃点小面包当早餐。然后我用正常的口气对着妻子说:"对哦,今天我得回老家一趟啊。"说完,就准备正常地进行下一个流程。

妻子却追出来问:"去干吗?"

我用正常的口气说:"我得去看台风,台风在老家登陆。"

然后,我意识到了,这句话有多么不正常。我意识到了,其实自己本来就知道,这个事情,从一开始就不正常。

车开出地库,果然下雨了——台风要来,世界总是要大张旗鼓地先下场雨的。

我打开车上的广播,广播里主播们在七嘴八舌地议论着这个台风:"这可能是六十年来最大的台风,专家预测,掀起的浪最高有十层楼那么高。"

"十层楼高,那得多高啊!"女性主播有点激动。

主播们察觉到自己说得太兴奋了,赶紧转换成严肃的口气:"所以请大家一定注意安全,不要去海边哦。"

这个转换实在生硬,我被逗笑了。我边笑边把车开进雨里,感觉像是开进一场宏大表演的开场里。

我过去的家和现在的家,就隔六十公里,都在海边。现在还有条高速路,开得快点,呼呼地听四十五分钟风声,就到了。

天气预报说,台风在下午三四点登陆。其实我大可不必这么早出发的。但我想着,看台风前,或许可以再去找找许安康。

我也是在今年年初才知道这条高速路的存在。而我知道这条高速路,就是因为我想去找许安康。

那一天,我本来很有把握,跨海大桥一过一拐,便是一条小路的路口,然后开进去,小路坑坑洼洼的,晃晃荡荡一个半小时,出来就是老家了。

但那一天,我下了跨海大桥,一拐,是一道墙,里面是张牙舞爪的塔吊。

车头对着那堵墙,我愣了许久,困惑地拿起手机查看地图软件。我看到地图里眼前在建的这个小区叫"美丽时光",而此前那条回老家的路，早已被各种规划截断，在地图上一截一截的，像是被废弃的列车车厢。

我才意识到，自己已经很久没回老家了，而就在那几年，沿着这海边竟然还修好了这么一条高速路。

这就是中国。我突然想起那天中学同学王书传说的那句话："以前读书的时候，总听老师很骄傲地讲，咱们国家用十年的时间走完了西方世界几百年的进程。小时候我容易晕车，每次一听这句话就想，正常的人生进程我们的灵魂都不一定受得了，更何况还加速的呢，我们的灵魂是不是在晕车啊？"

我还记得，王书传说完这句话笑得很腼腆，就和小时候一样。

我那天突然决定要回老家找许安康，便是因为王书传来找我。

王书传是我初中、高中的同班同学，自小便是温厚的人，说话声音很轻，长得白白净净的，从小到老，都留着流川枫样式的发型，经常话还没说，就先笑着，眼睛透亮透亮的。他小时候家里是开纺织厂的——他和我一样，也是因着父亲发家了，小学时从村里搬到镇上来读的。

王书传来找我，是为了他在我开发的平台上买的那些理财产品。他是到我位于观音山CBD的公司来找我的。公司本来租了一整层，我在一个地方听一个设计师说过："最好的设计就是你想象的在这里即将展开的生活。"因此租下这层办公室以后，我就经常开车到还是工地的这里，一寸一寸地想象，即将在这里展开的生活。

只是现在，这里展现的生活，是被那些债主打砸得像刚被轰炸后的战场。这倒是这个地方最诚实的样子，我这么告诉自己。

现在，只剩下一个前台和我来上班了。因为没有收到工资，保洁阿姨都不肯来了。我和前台每天按照正常上班时间点来，日常的工作，是打扫清理能清理的部分，以及接受债主的追问和辱骂。

我来上班，是因为，我以为，只要我每天的秩序是正常的，公司就似乎有了开始正常的部分，然后这个正常的部分，或许又有机会继续长出更多正常的部分来。

我其实也很好奇前台为什么每天坚持来，她三十多岁，山区农村出来，职高毕业的，每天见到我总笑盈盈的，有激动的客户要打我，她挡在我面前的时候也笑盈盈的。有一天她帮我挡了一个耳光，我难过地说："其实你不用来上班的。"她很骄傲地看着远方，而不是看着我，她说："我不是为你，如果我能守着你把公司翻转过来，那就是我这么一个笨拙的人一辈子最大的成就了。"

每个人都在拼命为自己找存活于某种境况的逻辑，她的眼睛在发光，我因此不忍看她的眼睛。

那天，王书传找我的时候，一副胆战心惊的模样，似乎做错事的是他自己："那些产品还能兑付吗？如果方便，能优先帮我退出吗？"说完，偷偷瞄了瞄我。

我不是故意低头的，是因为觉得脸火辣辣的，还变得很厚很重。王书传善良得紧张起来了，他语无伦次地唠叨起每天要被自己的妻子半夜掐醒，现在身上都是一块一块的瘀青。他说，他理解妻子，他妻子是穷人家出身，还是学会计的，每笔钱都性命一般。他说，按照规划，这笔钱获得收益后是要给儿子买个好学位的。然后又说着，其实好学位有什么用？现在多好的学校都不值钱，多好的学历都不值钱……

他既不知道哪句可以安慰我，也不知道哪句可以适当表达自己想拿回钱的意思。

我听着难受，头更低了。王书传走过来，拍了拍我，说："千万别把债主那些话往心里去。他们是因为难受才说那种话的。你也难受，所以你能理解的。"

我心里想，王书传真是个温柔的人。我什么都做不了了，但至少要安慰他吧。我撑起一口气，嬉皮笑脸地说："以为我这么惨啊？我只要把跑路那家伙在河源的楼盘卖出去就可以了啊。"

王书传被我安慰到了，问："确定吗？"

我说:"当然。"

最容易安慰的,便是渴望安慰的人。王书传释然地微笑起来,他终于要到了一个可以回去交差的理由。

一开心王书传就感慨:"这时间过得可真快啊!"

王书传说:"怎么感觉一不小心中年了?反正我没习惯。"

王书传继续念叨:"以前读书的时候,总听到老师很骄傲地讲,咱们国家用十年的时间走完了西方世界几百年的进程,我是个容易晕车的人,我最近老琢磨,那咱们灵魂受得了吗……"

我跟着笑了,鼻子一直发酸。

王书传继续自言自语:"你记得我高三复读那年,我父亲正在走公司破产的流程吗?那一年,我咬着牙,拼命地死磕,最终竟然超常发挥,考上了厦门大学。我当时想,所以人生经历挫折还可以是好事啊,所以很多时候老天爷要给你的礼物的包装纸是苦难啊。但是,也不知道为什么,我从入学第一天开始就突然不想活了。"

我是记得大概在读高二、高三那几年,家乡一度有一家又一家的企业接连倒闭,我还记得,那几年我回老家,道路两旁都是贴满了封条的工厂。但我倒是第一次听到王书传这事,在我记忆中,王书传一直是这么温柔的人,而他至今的人生,似乎也都很温和。

然后我知道了,其实每个人的人生里,或许该发生的都发生了，只是，有人温柔到，连撞到他人生里的每个张牙舞爪的事情都最终显得温柔了。

我讶异地看着王书传，他继续自言自语：

"那天，我半夜里睡不着，偷偷溜出宿舍跑到学校的湖边，想往里跳，旁边有许多对男男女女正抱着对方啃。他们好奇地看着我，可能不理解为什么在自己的身体和欲望终于摆脱父母看管，终于可以享受各种可能的时候，还有人这么悲伤。我看着他们，他们看着我。然后我突然想，我要不要挣扎一下呢？我要不要给谁打电话呢？我掏出手机，看着一个个名字，不知道要给谁说。突然，莫名其妙地想到了许安康。许安康你也知道，对谁都那副样子。但我竟然，就想给他打电话。

"电话打通了，安康接了，我也不知道他有没有想听，我就乱七八糟地讲了，讲完我说：'安康，糟糕了，我好像想哭。'安康说：'你哭，我这边听着。'然后我就哭了。哭完了，我等着安康安慰我，可等了好久对面都没有任何声音。我问：'安康啊，你不安慰我吗？'安康说：'这很正常啊。你的一切反应也都很正常啊。'

"正常？我如何都想象不到，许安康是这么安慰人的。但我觉得这样的反应让我感觉很安全，那段时间，我经常打电话给安康，然后我就好多了。"

说完,王书传笑眯眯地转头看着我:"要不,你有空去东石找找安康吧。你不是从小和他关系就很好吗?你知道他回来了吗?"

我才知道许安康竟然回来了。

王书传说完,突然站起身:"那就这样,我得赶紧去赶公交车了。"

他解释说:"我家那地方比较偏,就一班公交,司机经常偷懒,有时候半小时不来一趟。"

又说:"不过有个好处,我家所在的村,菜价真低,而且空气好。"

"对吧。我现在其实过得挺好的。"最后他这么说,眼睛扑闪闪地看着我。我知道他需要我确定。我赶紧点了点头。

送完王书传,我就下地库发动了车,直直往老家开了。

然后才发现,原来回老家的路,早已经没了。

如果不是王书传一定不会说谎,我是不相信许安康会回来的。

从小我就知道,许安康是一定要离开家乡的人,正如我们这一代很多人一样。

王书传说得对,我是应该去找许安康的。

我知道的,这几年来自己的内心正在发脓,一张嘴,就闻得到心里冲上来的一股恶臭——那是我内心无法自愈导致的。

我还知道的，许安康一定能帮到我，正如他一定能帮到王书传。因为，他是最早碰到那些东西的人。

这几年，好几次我都觉得，自己一定得找他了，但挣扎了多次之后，我最终选择找出他的微信和手机号码，全部删掉了。我想，或许是因为，如果我没去找他，他永远于我是某种希望，如果我去找他，他却也无能为力，我或许将很难再说服自己如何把人生进行下去。

人在绝望的时候总会给自己安排一个最后的希望，而这个希望，通常最终又是不敢去碰的。

小学三年级，我突然被父母从村里的小学转到这镇上来。我就是那个时候认识许安康的。

在那之前，虽然生活在海边，但父母从来就不让我出村子，更不要说看过海。海被我的父母藏得严严实实，或者说，我被父母藏得严严实实。

关于在那个村子里的童年，虽然我确确实实亲身经历过，但回想起来，还是觉得那么不真实。直到后来，我去看过话剧，看到舞台随时更新场景——这边的房子拆了，那边的房子建了，这条路拓宽了，那条路消失了，看到参与演出的角色们，手忙脚乱追着这剧情的变化跑，我想，这不就是我童年的生活吗？而且，大家比那些演员更跟不上拍子。

时代从来就是很难跟得上的,虽然我们生活在其中。

母亲怀我那一年,父亲还是个农民。我还记得母亲唠叨过,外婆当时计较着想给她找个当工人的丈夫——工人是城镇户口,可以去粮站领国家配给的粮食。而农村户口只有地,只能自己管土地要一家的生计。

结果母亲真嫁过来,锄头是拿过,但好像没超过一个月,父亲就莫名其妙地从农民变成了老板。而她,还没当过正经农民,就当起了老板娘。

至于父亲怎么突然从农民变成老板,按照母亲的说法,只是因为父亲"好事"——他听说,镇上有种专门吃油,吃完就突突突冒着黑气,可以驮着几头牛跑起来的新鲜玩意儿。他好事地走了半天路赶到镇上去看。他想着,既然好事地来看了,就好事地摸一摸。既然好事地摸过了,就好事地问怎么开。然后他就学会了。然后那老板就雇他开了。然后他赚了钱就自己买了。又然后,他发现自己每几天拖着村里的猪到镇上卖赚得更多。再后来,他干脆把村里养猪的好手集中在一起,开了家养猪场。

我认真搜罗过自己的记忆,确实没找到父亲当农民的样子。记忆中的父亲,就总要穿着不合身的西装,配着总是被母亲擦得锃亮的皮鞋,背着手,走到一家家临时搭建的农舍里,去查看猪仔的情况。

父亲说话应该是学电视里那些领导,半仰着头,像在望着天空，嘴一撇："得养好啊，养好才有好日子啊。"那人家答着："会的，会的。"那西装着实太大，风吹过，衣角总要像旗帜一样飘扬，而父亲生怕皮鞋有折痕，走路总要顶直着脚板，因此总不得不外八字地走着，看上去，就如同唱大戏的。

父亲心思浅，经常平白无故地自言自语："我怎么就这么有钱了？"第一句还是困惑的，然后又重复了一句："我怎么就这么有钱了！"这句话就有庆幸的感觉了，自己乐得摇头晃脑的。

我从小就知道我的父亲母亲并不很适应自己身上披挂着的角色。比如母亲，我忘记从几岁开始，她就只穿旗袍，这应该是她从电视剧里学到的。只是她穷过，太记得饥饿和紧缺的感受，只要有好的吃食，终究管不住嘴。她每天把自己塞进旗袍的时候，我总要听到呻吟。

而我父亲，则显得更为笨拙。有次听说老板应该要去泡夜总会，就开着载猪的那辆拖拉机突突突了好几个小时，去隔壁镇区唱K（卡拉OK），然后回来的时候，累到连人带拖拉机，冲进路边人家的粪坑里。

还有一次，有女人追到家里来，说我父亲和人乱搞关系。母亲拿着鞋跟把父亲的脑袋敲出好几块包，他疼得呜呜直哭，说："我又不是故意的，老板们都这么搞啊。我只是想当个合格的老板。"真是一副委屈的模样。

父母自然也没放过我。我从四五岁开始，就得穿得像电视剧里的小少爷：皮鞋、吊带裤，还一定要别上蝴蝶结。

我的妻子第一次看我小时候的照片时，用不可思议的口气问："你那时候就每天穿成这样骑猪玩？"

"是啊。"我一开始还不解妻子的激动。

"一定要穿着吊带裤，戴着蝴蝶结才能骑猪玩？"妻子又问了一句。

我这才反应过来，跟着妻子，笑得喘不过气，口气认真地说："就是。好几次我赶着要去骑猪，忘记戴蝴蝶结，我母亲硬是拿起蝴蝶结穿着高跟鞋追过来，边追边喊：'夭寿死囝仔，不戴蝴蝶结就不许出门去骑猪了！'"

父母突然在我小学三年级要开学的时候对我说："你必须离开家里了。"

我当时困惑地看着他们，母亲郑重地努力解释。她说："这世界变化好快，你父亲和我不知道未来怎么变，我和你父亲都很害怕。我们只是偶然撞上一个还比较幸运的角色，我们不知道能不能守得住这个角色。但我们知道一件事：得盯着跑得快的人跑，只要跟得上，肯定就不会差。"

她说："我们感觉世界正在加速往前跑，你现在就得赶紧跑。"

那时候我怎么可能听懂母亲的话，我想，母亲其实也不懂她正在说的那些话。那些话是从母亲混乱亢奋的内心里挣扎着自己跑出来的。

但母亲话里的那种恐惧和兴奋震撼着我。我感觉那一天我被带到世界的面前了。

于是,我穿着吊带裤戴着蝴蝶结梳着个油头,走进镇上最好的小学,在一间教室门口等着被介绍。母亲穿着一件大红的旗袍,像俄罗斯红肠,和我挤眉弄眼,说:"都是最好的!"

我被叫进去了,被安排到一个座位上,同桌就是许安康——这所小学这个年级连续三年考试第一名的学生。

盯着跑得最快的人跑,我不断告诉自己。

第一天,我就学会转笔。因为,许安康做作业时,经常边看题目边转笔。第三天,我学会抖脚,许安康做作业的时候都要抖脚,第一周我就有区别于老师安排的课程表了——许安康上课不听老师讲课,完全按照自己的节奏自己学习,我则偷偷瞄着许安康的进度跟着学……

但我发现,我还是不理解为什么许安康成了我们这个年纪跑得最快的人。他究竟看到了什么?

我好奇地打量着他。无论上课还是下课,他总爱半昂着头,望着窗外。我一开始觉得,那是高傲——用身体语言告诉所有人,他不愿意和任何人说话。但我后来知道不是,因为他眼睛里没有冷漠,而有种莫名的悲伤。

许安康盯着窗外看，我盯着他望向窗外的眼睛看。我看到许安康的眼睛是条隧道，但我看不到隧道那边是什么。我想，那边肯定是有什么的，所以他的眼睛愿意看着又远又深的地方。近处的这些事情，包括这个小镇、这所学校和他自己，都显得没有意义——或许那是我所不知道的，他能跑在前面的秘密。

我是如此迫切想看到许安康的内心。

那时候，从各个乡下发家搬来镇区上学的学生不少，一个班级六十多个人，乡下来的占了十几个。我们一起住在学校分配给老师的宿舍里。宿舍是用原来的教室隔开的。原来的教室是那种人字形的木头屋檐，水泥工估计觉得有斜边的部位难砌，通常修建到屋高的三分之二处就空着。睡起来像是用墙象征性隔开的大通铺。

刚来镇上，大家都新鲜。大家隔着墙，讨论着自己私密部位正在发生的事情，讨论着他们知道的这世界又新长出来的某种东西——这世界和自己都在发育，大家因此总要亢奋的。那段时间，他们老爱组织去哪里探险——他们去过鬼屋，去过海边，去过娱乐城……我都没去，下了课，我就往学校后面那些屋子里扎——许安康就住在这里面。

那是一排密密麻麻的平房，有的是用石条砌成的，有的是用土加蚝壳垒成的，杂草一般。许安康就住在这些房子里。他每天掐着点走进教室，掐着点离开教室，扎进这些房子里。

我一次次远远跟在他身后扎进去,在那里看到一只只瘦弱的狗,懒散地坐在巷子中间。我从一家家人的门缝里探进头看,看到里面黑乎乎的,像一只只眼睛。我盯着它们,它们也在盯着我。我逛了一圈又一圈,从来没看到过许安康。

父亲母亲每周五下午,便来接我回村里,然后周日晚上再送回镇上。接送我用的,就是平时运猪用的拖拉机。每周五来接我前,父母会很认真地清洗好拖拉机——虽然我早已经习惯猪的臭味,但父母不想让同学们在记忆中把我和猪联系在一起。

我忘记是转学后的第几周,那一天,坐着拖拉机回村里的路上,母亲突然和我说到了许安康:"你那个同桌还真挺可怜的。"

"可怜?"我没想到母亲用这样的字眼形容。

"他可真是可怜。"母亲又重复了一遍,"你在学校里没听说过?他的父亲是东石镇有名的一个笑话。"

"笑话?"

母亲见我完全不知情,得意地讲了下去:"他父亲原来是咱们供电所唯一一个大学生,毕业回来东石镇,才上班的第一天,就碰到了台风。台风刮断了高压线,得去抢修,当然是技术骨干大学生去啊。他父亲去了,那一天整个镇上都以为,高压线很快就要修好了,结果左等右等,等到半夜,有人忍不住顶着雨骂咧咧地出来找原因,这才发现,十字路口的高压线上,许安康的父亲被电直直地粘在上面,据说身体还冒着烟。"

"你干吗给孩子说这个?"正在开拖拉机的父亲想打断和我坐在后车斗的母亲,或许是他为同样身为男人的失败觉得难受,又或者不喜欢母亲那好事讽刺的口气。

母亲生气了,说:"我给孩子说这个是有道理的,我得让他知道——"母亲犹豫了一下。我知道她本来只想说个八卦,现在她得找到个理由。

"得好好学习,要不会变成一个笑话。"她成功找到了理由。

母亲继续说:"尸体放下来的时候,就是一块黑炭了。你同学许安康那时候才七岁,抱着烧成黑炭的父亲,说什么都不肯放。他身上沾满父亲烧焦的灰,好多天都没洗干净。据说,好多年了,他身上还一直有他父亲被烧焦的味道。"

拖拉机刚好开到镇上的十字路口,母亲激动地指着挂在电线杆上横跨过道路的高压线喊:"他父亲就被电死在这儿的,就在镇上的最中心。"

那个周末,我一直想象着许安康抱着自己父亲黑炭一般的身体哭的样子。我觉得,我终于知道他的秘密了——他是我们同龄人中最早认识死亡的人,是我们同龄人中第一个碰到这世界变化带来坏处的人,所以他的目光才会像条隧道。我知道了,他内心里有个伤口,大家还把这个伤口带来的其他东西当作了天赋。

我本来打定主意要安慰他的,熬到周一上学,见到他,却最终说不出口。因为我发现,我一点儿都不认识那些东西,所以无法建议他如何面对那些东西。

从此,我每次看到许安康,就看到一个抱着黑炭号哭的小男孩。我充满同情地看着他,想着,无论如何我得帮他离开这里。我想送他父母托人去厦门买的北京四中的练习本,想送他最新的圆珠笔和圆规,我甚至还想偷偷把自己节俭下来的钱也塞给他……但他都拒绝了。他总是很奇怪地看着我对他的善意。

那一天,大家拍完小学毕业大合照,许安康依然考了全年级第一名,我很为他开心,特意邀请他和几个同学去我家骑猪。我们还去我家后面那些不知名的溪流玩水。我们一起脱光了衣服跳进溪水里。那一天,他第一次开心地和我打闹在一起,我想,我应该是他最好的朋友了,所以我应该可以安慰他了。

晚上,我们一起在家里屋顶打通铺。我们看着当时还看得见的星星,说着以后要干吗干吗的。然后,我鼓起勇气突然和他说:"许安康你知道吗?我一直特别希望你要过得很好,一直希望你要赶紧离开东石。"

许安康不解地看着我。

我继续说道:"我知道你父亲的事情了,我理解你的难过的,但你想,你正在成功地洗刷你父亲带给你的羞辱……"

许安康的脸涨得通红通红,眼睛里突然都是血丝。

我有些紧张,还想解释:"这不是你的错,是你父亲……"

许安康愤怒地突然朝我脸上狠狠揍了一拳。我被打蒙了,他继续朝我的头上抡拳。同学们赶紧把我们拉开。我被打疼了,哭着问:"安康你为什么打我?"许安康哭着嘶吼着:"没有人可以这样说别人的父亲!没有人可以!"

许安康哭着冲出我家。我父亲母亲追出去找了许久,直到凌晨才在溪边找到。那天,许安康坚持要我父亲连夜开着拖拉机送他回家。

果然,时代不是那么容易追得上的,生活中有人是会退场的。读初中的时候,和我一起从村里转到镇上的学生,有一大半都不来了。他们有的家里破产了,有的年纪很小就干脆退学去工作了。

我父母给镇上的中学捐了间教室,因此初中我又和许安康同班。只是,整个中学期间,许安康再也没有和我说过话。我几次想和他和好,他总是不搭理我。他不仅不搭理我,在班上,也摆出一副不会和所有人来往的样子。

镇上的这所中学,是市里的重点,汇集了来自各个镇的精英。许安康不知道是有压力还是学习方法出了问题,从初二开始,就不断掉队。

当时学校开成绩总结会,学生和家长按照成绩排名依次坐下,前十名在第一排,可以和老师亲切握手,坐到后面的,经常听不到老师说了什么。

我从初一开始,就从两三百名一路往前坐。每次开总结会我都会紧张地到处找许安康。

许安康的母亲是个小学数学老师,看上去像所有小学数学老师那样,戴着眼镜剪着短发,沉默严肃。我看到他们不断往后坐,甚至到初三下学期,有次他们恰恰坐在我们身后。

我母亲还记着许安康打我的仇,发现了,嘚瑟地转过头,对着许安康的母亲说:"别怪孩子啊,安康一直很努力的,可能能力不行吧。"

他的母亲盯着我母亲,什么都没说。我看见他母亲的眼睛里,也有条又深又长的隧道。

升高中的时候,父母和我说,他们帮我买了厦门重点中学的学位。母亲说:"咱们得继续往前跑。"

我当然很想去厦门。厦门是大城市,中央电视台的天气预报里就会说到它。但想了许久,我第一次拒绝了父母。我找了个很好的理由:"镇上的中学也是重点中学,而且,这里的学校领导老师你们都打点得很好,厦门肯定有省里各个像你们这样的家长,咱们没有优势的。"

父母被我说服了。

其实我真正不想离开的原因是,我担心着许安康。我希望他一定要追上来,我希望他要尽可能成功地离开他的屈辱之地。

高中那三年,我比初中更殷勤地去讨好许安康。虽然他依然不搭理我。回想起来,这样的执着到了后来,甚至有点奇怪的暧昧。

他每天早上会提前一个小时进班级预习,我也提前来。他每天晚上经常要复习到十一点才回家去,我也跟着复习到晚上十一点。

有次台风天,不大,但学校还是选择停课停电,我想着许安康会不会也来呢,我就还是顶着大雨到了班级。

他果然在,点着一根蜡烛,坐在角落里安静地做着作业。我选择在另外一个角落坐下来。我没带蜡烛。

过了一会儿,郑秋月也来了,她是我们的班花。其实我一直知道她喜欢我,我想,那天她是为我来的。果然,她看到我没带蜡烛,便开心地拿着自己带的蜡烛点上,对我招手:"耀庭同学,你来和我一起看书吧。"我犹犹豫豫地还是坐过去了。

我知道郑秋月一直没有在看书,而是一直在偷偷瞄我。而我其实也没有在看书,一直在偷偷瞄许安康——我担心他会误解，以为我是故意来炫耀、气他的。

许安康果然误解了，才看了一会儿书，就站起身吹灭蜡烛准备回去，我赶紧起身，问："你怎么就回去了？"

许安康说："我不打扰你们了。"

我当时着急坏了，说："你别误解啊，我根本不喜欢郑秋月，我喜欢的是许真真。"虽然我说的是实话，但我不知道当时自己为什么要这么说。

郑秋月气哭了，打了我一耳光就跑了。许安康这么多年来，第一次在我面前笑了起来。

那次之后，我们关系好像缓和了一些。

整个高中阶段，我就这样一直为许安康捏着一把汗。我记得许安康是在高三省普查后，才像突然开窍一般，排名不断上升的。终于高考了，放榜那天，我早早赶去了学校。我看到自己的名字了，我考上了想要去的厦门的一所大学，母亲激动地抱着我一直叫嚷着，我却着急地不断搜索许安康的名字。我从第一百名往前走，却怎么都找不到他的名字，我难过到眼眶红了。终于，我看到了，年级第二名，许安康考上了北京一所重点大学！我激动得哭起来。

我正哭着，突然感觉有人在拍我的肩膀，转过头看，是正在抹眼泪的许安康。

那个下午，我们绕着操场边走边聊天，聊到各自的人生终于要展开了,聊到自此展开的人生可能会把我们带入不同的生活,我们未来不一定有交集了,聊到大学毕业后估计就更要很少见到了。我们聊得有些感伤,毕竟我们也算是一起面对过岁月的战友。

然后,他突然问我了:"你知道那个时候我为什么生气到动手吗?"

我说:"我知道,这是你不想提起的事情。"

许安康摇了摇头:"是因为,你不知道,其实你根本不知道那个事情,但你就敢如此轻佻地评论了。"

那天,许安康终于和我说了他父亲的故事真实的样子:在当时那个特殊年代,他父亲读到小学二年级就辍学了,但因为性格质朴,一直勤勤恳恳地做些公家的事情,大家便商量推荐他当标兵。后来中国突然恢复大学招生,要各地推举政治过硬的好苗子。大家讨论来讨论去,最终还是觉得应该推举他父亲。说起来,这在当时真是天大的幸运:谁去读大学,谁的人生便就此进阶了。但是,他父亲哪读得懂,他此前才读到小学二年级,如何跳这么大的级去读大学。大学读了四年,毕业包分配,可能是成绩实在差,其他同学都分派到重要岗位上,他父亲被分配回镇上的电力所当骨干,然后,报到的第一天就碰到了台风。

许安康说:"从小到大我不是难过,我是愤怒和不解。我父亲真的是很好的人,父亲真的很努力很珍惜,大家明明是因为认可他才给的机会,为什么他最终却活成别人口中的笑话?!小学生直接读大学,是笑话,但这是我父亲的错吗?读完大学第一天,没有老师傅带,从来没修理过高压电就得上,这是我父亲能拒绝的吗?镇上唯一一个大学生回东石镇第一天就被电死在镇上的十字路口,这确实是个笑话,但我从小到大反反复复地想,我父亲能摆脱当这个笑话吗?我发现,他不能,他就是要来当这个笑话的。"

我再抬头看的时候,许安康已经泪流满面。

我也跟着泪流满面。

我流泪,是因为愧疚,还因为,我知道了,原来这世界上还有这样的命运:无论人怎么努力,最终还是会成为一个笑话的。

"所以也请你以后千万不要轻易评论任何人,因为你根本不知道别人真正的处境。"许安康对我说。

那天,我后来一个人爬到学校办公楼的楼顶,靠在扶梯上看着操场上大喊大叫激动地庆祝毕业的一个个同学。他们都很激动地沉浸在对未来的想象中。我看着他们,难过地想:"几十年后,他们最终将披挂上如何的人生呢?我们中会不会最终也有人终究要活成一个笑话呢?"

风开始越来越大,胡乱地刮着,毕竟是在高速路上,而且在高架上,几次感觉车都要飞起来了。从车窗眺望出去,蒙蒙的雨中一栋栋房子像受惊的动物,蜷缩着,瑟瑟发抖的样子。

电话响了,是母亲。我想,应该是妻子和她说了什么。

这么一想,我先是开心了一下,妻子还是在意我的。然后又马上难过了,妻子还是在意我的——这样,我要是去看台风发生了意外,她该多难过。

犹豫了一下,我还是接通了电话。

"你在哪啊?"母亲问。

语气还是尽量显得兴高采烈的。从小到大,她总是用这样的口气和我说话。

我大学毕业那一年,父亲的养猪场倒闭了,她是用这种口气告诉我的。三年前,她也是用这种口气告诉我,她和父亲给自己找了份新工作——帮人杀猪。她还说:"你别多想啊,我就是喜欢干这活。"然后问,"你需要钱吗?你母亲现在又有钱了。"说完,她自己开心地咯咯笑。

母亲果然年纪大了,容易忘事了,她忘记,在我小学的时候,她曾和我说过,杀猪的时候,猪总是要不解地盯着人,刀子一进的时候,猪还会哭。"我看过一次就被吓到了,我太害怕那个眼神了,我可不愿意杀猪。"

母亲忘记她和我说过这个事情,母亲似乎也忘记了害怕,终于也开始杀猪了。

这几年,妻子还偶尔带小孩回老家去。而我则一直不愿回去,即使过年的时候,我也是借口忙,让父母来厦门。我知道,其实是我不敢去看父母现在过的日子。

妻子零零星星和我说过,父亲早就已经不穿西装,母亲也不穿旗袍了,他们穿着我不穿的运动服,有时候还穿我高中、大学时候的校服。父亲现在不开拖拉机了,骑一辆电动自行车。他们每天早上五六点就起床,赶着天蒙蒙亮,一圈圈绕着附近的村落喊着:"谁家要杀猪啊,专业老手哦。谁家要杀猪啊,专业老手哦。"

我还知道,他们之所以开始杀猪,是因为三年前我的一个高中同学在平台兑付不出钱了,跑去问他们要过钱。我小时候邀请他去过我家骑猪,他竟然凭着小学时候的记忆找到了我家。

他是要到钱一个多月后,才突然打电话给我。

他说:"不好意思啊,我父亲生病急需用钱,所以一着急就去找你父母了。"他说他父亲现在病情稳定下来了,所以拖到现在才打电话给我。他还说我母亲听他讲完,就一直道歉,然后让我父亲带着他到村口的银行取了钱。整整用了七个银行本。他说他看到我母亲眼眶红红的,但对着他一直笑呵呵的。

我是用了将近一周时间,才有勇气打电话给母亲。我问:"是不是有同学来找你们啊?"

母亲兴高采烈地回:"有啊,还随手带了茶叶,真太客气了,你同学都真好。"

我问:"他是不是还找你说了其他?"

"没有啊,真的没有啊。"母亲哽了一下,"儿子,什么时候回来啊,我可真想你了。"

我担心自己哭泣的声音被她听到,吞着哭腔快速说了句:"我看看时间啊。"就赶紧挂断了电话。

"在哪儿啊?"母亲又重复了一句。

我犹豫了一下还是说:"在回东石的路上。"

"怎么台风天回来啊?那回家吗?我杀只鸡,自己养的,味道比城市里的好多了。"

我说:"不用了,我就是回来找下许安康,找完就回去了。"想了想,还是不要说回来看台风了,这确实很不正常。

"许安康回来了?"母亲很吃惊,"他怎么会回来呢?"

"我在开车,要不先这样?"我想挂掉电话。

"等一下,真的不回来吗?"母亲的口气难过且着急,"真的不回来吗?有事和我商量好不好?我现在更不懂这个世道了,但和我商量好不好?"

"我没事的。"我赶紧挂断了电话,正如这几年每次母亲打电话过来一样。

其实读高中的时候,父母就和我各种明示暗示,养猪场快不行了。他们不避讳和我谈论这个,甚至不厌其烦地和我分析:"我们错在两个地方,当时政府建议我们扩大,要买地买设备，我们担心买了就没钱了，错过了。后来有家大的养殖企业让我们合并，我们没答应，他们就在隔壁村买了好大一块地，那当然就没咱家什么事情了。"

分析完这个，他们总要有个得意扬扬的收尾："但没事啊，我们从一开始就知道，我们注定跟不上时代，所以我们把你从乡村里送出去了，而且我们把你培养成了啊，还给你买了厦门的房子。三套啊，一套大平层，两套小户型。我们的任务完成得不赖吧！"

我看着父母得意的样子，知道他们确实尽力了，知道他们确实了不起，他们确实太爱我了。我赶紧夸他们："你们可真棒！"父亲当时还穿着西装，嘚瑟地半昂着头，母亲当时还穿着旗袍，硬是抱着我亲，边亲边说："一棒接一棒的，咱们家配合得可真好。"

那几年，说起来真是我这一生最幸福的时光了。毕业后我便住在父母买的那套大平层里，另外那两套小户型开始对外出租。然后我在一家外贸公司找到了工作。当时中国外贸行业正在迅速扩张，随便一家外贸公司都在迅速扩大，而我也一路升职。然后便有客户问我要不要干脆自己做，然后我做了自己的外贸公司，不大，但一年也有一百多万元的净利润。然后我遇到妻子，结了婚。父母隔三岔五来厦门住，但坚持每周都要回老家，因为他们得回老家去和人嘚瑟。在城市的鸟笼里没有人听他们吹牛，那不白白浪费了他们这么好的人生故事？

那时候父亲的日常生活有个固定节目——突然从家乡打来电话,问得很大声:"耀庭啊,那两套房子的租金是不是该涨了啊,你别看着人家年轻初来乍到不容易,心软就不按照市场价收租啊。"

我知道他电话开着免提,身旁坐着的,应该是村子里的亲戚街坊。我虽然翻着白眼,但还是努力配合,说:"知道啦,知道啦。"他还不肯挂断电话:"记得靠筼筜湖那套是一个月三千的,靠会展那套两千五……"

我后来反复寻思,自己是什么时候跟不上时代的?又或者,自己的人生是从什么时候开始出错的?

我曾经懦弱地把原因归结到女儿的出生。

在女儿出生前,我已经清楚地知道这世界是不断变化的,但我一度觉得和我关系不大,我已经过上我要的生活了。记得那天我抱着她,第一次知道当父亲是什么样的感觉。我看到她的人生刚要展开,而且会伸展到我覆盖不到甚至看不到的地方,我终于清晰地知道为什么父母会在我三年级的时候把我送到镇上去了:父母总要知道,自己的孩子终究要去到自己到不了的地方,因此总会更着急做点儿什么。

然后我又记起那句话:"得盯着跑得最快的人跑。"

女儿出生后,我到处报名各种经营班,花钱参加那种百亿富豪出席的活动,我饥渴地想知道,这世界下一步要干吗呢,我得看到领跑的人是如何跑的。

然后,在花光了此前的积蓄后,我以为我看到了未来——做一个小额金融服务公司。"未来的金融必定是如阳光一般普惠的。"记得听到这句话的时候,我激动到以为自己终于成了掌握这个世界秘密的人。然后,五年后,公司破产了。

我安慰自己,是整个行业都没了,不止我一个。但我知道,我最终身处于这世界失败的那一部分了。自己也是这世界失败的一部分了。

父亲应该是在三年前就不再提醒我去收租的事情了,我想,他或许知道了。毕竟现在这个世界,所有信息都是到处飞的。

但他们不知道的还有许多,比如,我上周去房地产交易中心,是把父母给我买的那三套房子的最后一套抵押给债主了。比如,我三年前就带着妻子和孩子住到租的房子了,因为总有债主追来家里,女儿还曾被一个拿刀的债主吓到惊厥。又比如,其实我的妻子早已经是前妻了——就在去年,我逼着妻子和我离了婚……

车开到加油站,右转,便是仁和大道了。再往前开,就是那个十字路口了——许安康的父亲就是被高压电粘在这儿的。

因为台风,路上没有行人,也没有多少在行驶的车。我把车靠在路旁，抬着头一直看着十字路口上方。

前几年管道下地，十字路口早已经看不到交错的高压电线了。但我知道，那个可怜的笑话还在。在很多人的记忆里，在许安康心里，现在，还在我身上。

算上这次，这是我今年第十七次回老家了。

有时候是我从自己的公司开出来，一个拐弯，就上了跨海大桥。也有几次，半夜实在睡不着，悄悄起床，穿着睡衣开着车，又开到了老家来。然后赶在妻子醒来的六点之前回家，躺回妻子的身边，假装正常地每天早上九点起床。

前几次来，我还假装自己不是来找许安康的。我一开始假装想念玉和街上那家牛肉面，还特意到那家店点了一碗面，最终一口都没吃下。

再后来，我不假装了，我知道，自己的内心崩塌到没有一块完整的地方，我越来越担心最终会拉不住自己了——不能寻短见，这是我的底线。我不想让我一辈子辛苦的父母，最终养出了一个会因为失败放弃生命的儿子，这会让他们在剩下的时间里，不断逼问自己到底做错了什么。甚至会让他们觉得，自己的一生都是错误的。我也不能让自己的孩子，拥有一个懦弱的父亲，这样他们的一辈子注定笼罩在失败的阴影之中。

我必须去找许安康了，我必须期待他能告诉我如何活下去。

我走进学校后面杂草般的房子，循着小学毕业册上的门牌号，找到了许安康家里。

许安康家里还是传统的石头平房。我绕着房子逛了一圈又一圈，始终没有等到他出门。然后我敲门了，里面没有人应；我喊了，里面没有回复的声音。我想，是不是今天恰好不在？我第二天又来了，甚至是一大早六七点就到了。我敲门了，这次门开了，是许安康的母亲。他母亲错愕地看着我，她还是透过这发肿和衰老的皮囊，认出了我。我着急地问："听说安康回来了？"

许安康的母亲愣了一下，犹豫着没有回答，眼神很是悲伤。我探进头想去看，她却把门关得更窄了。

许安康的母亲说："没有的，他没有回来。"说完，就关上了门。

我本来应该回去的，但我的直觉告诉我许安康在的，我知道我必须找到他，要不我快拉不住自己了。

我一圈圈绕着许安康家不断喊："许安康，你在吗？许安康，你能帮帮我吗？许安康，轮到你帮我了啊！"

我叫得附近的狗都跟着叫了，叫得邻居们被吵醒了。有人探出头来骂："神经病啊！"

许安康的母亲开门了，惊恐地跑出来拉着我，哭着对我说："求求你别喊了，安康没有回来，安康怎么会回来啊。"

我不知道许安康的母亲为什么会如此惊恐，但我还是怀抱着最后的希望挣扎着又问了一句:"许安康真的没有回来吗?"

她点了点头。

我突然感觉全身的力气都散开了,我知道自己没有力气再做什么了。随便找了块路边的石头,瘫坐在那儿。一坐,就又是一个半天。

我已经接受,许安康不在东石了,我把自己关在公司许多天,但最终还是在几天后又开车来东石了。我不是去许安康家里,我就在东石镇上到处窜,指望着哪个街头巷尾我会突然撞上许安康。

我在小学门口撞见过一个小学同学,他正在那儿卖卤料。他已经开始秃顶,一笑,露出一口熏黑的牙齿。他说:"大老板你怎么回来怀旧了?"他看了看我,看了看自己,不好意思地说:"想象不到我会最终活出这个模样吧。"我想安慰他——我也活出了我想象不到的样子——但我只是张了张口,却说不出一句话。

我在工业区撞到过郑秋月,她穿着蓝色的工服刚从水暖厂下班。我没认出她,是她一路小跑追上我的。她激动地拉着我说了很多。她说后来考了所专科院校,毕业后就到水暖厂了。她说听其他同学说我现在是有成就的企业家了。她说当时她的眼光果然没错。她说如果当时她再勇敢点,是不是我现在的妻子就是她了。

我不知道该如何向郑秋月解释我现在的处境,虽然岁月在她身上堆积出臃肿的身材和开始斑驳的脸庞,但她的眼睛透亮透亮的,还闪着希望和憧憬的光。我该如何说,她现在过得比我好很多了——我已经没有那样的眼睛了。

我知道自己和这世界的维系越来越脆弱,唯一攥着我留在这世界的原因,只是我无法抛下最后的信念:我可以被生活打败,但我不能当一个懦夫。我不能让我的父母养出一个懦夫,我不能让我的孩子拥有一个名为懦夫的父亲。

我知道我的灵魂在这人间的风里轻飘飘地发着抖,我紧紧攥着这个最后的执念。但我太累了,我知道,那条线终有一天还是要断开的。

就在我不知道怎么办的时候,那一天,在厦门的房地产交易中心,我无聊刷起了视频,看星图里蔚蓝的海面上,这个世界,为我生下了一颗台风。

我突然明白为什么有人要去看台风了。

车在小学母校的停车场停好,我换上了全身的装备——雨衣、雨鞋,还有那个防水相机。

沿着石板路往右直直往下走,便是去海边的方向,沿着石板路往左走,是去许安康家里的方向。我告诉自己,最后找一次许安康吧。即使他不在也没关系,毕竟我已经有台风了。

这片房子已经再熟悉不过了，但今天走起来，却感觉莫名的厚重。我每走一步，就似乎看到了小时候走到上面的每一个日子。我看到当时少年的我，和少年的许安康，我看到我们身上还没有堆积这么多岁月的模样，是那样的轻盈和明亮。

我走到许安康家，这次我不敲门，也不喊。我淋着暴雨，站在他家门口，我告诉自己，就在这儿站41分钟，如果41分钟后他没有从这里出来，我便不等了，我便去看台风了。

为什么是41分钟？这也是我刚刚想的，因为我今年41岁了。我的生命在这人间每努力过一年，我便给自己一分钟的机会，应该也是合理的吧。

然后，41分钟过去了，除了雨更大了，风更大了，什么都没变。这41分钟里，甚至没有人出现过。是有几只狗，应该是流浪狗，在暴风雨中呜呜地哭着，跑着。有一只狗，路过我的时候，一直看着我，我不知道它眼里是泪水还是雨水。它看了我许久，或许是希望我能带它去没有风雨的地方，或许是希望我救它。但抱歉啊，我现在没有一点心力去救起什么了。

我走出巷子，走过小学母校。我转身看了看母校，还是挥了挥手。我也不知道自己为什么要挥手，但挥完手，我想，我应该可以去看台风了。

电话响了，显示是女儿的电话手表拨出的。我知道这是妻子让女儿打给我的。

但已经晚了，我已经要去看台风了，我只能去看台风了。

我想了想，就不接了吧，最后的努力是，我也不去按掉，如果按掉，妻子一定知道，接下来发生的事情都不是意外。在台风里，听不到女儿的来电很正常的。毕竟，这是台风啊。于是我就在电话铃声中，一步步往海边走去。

雨真是大啊，直扑扑往脸上扫。脸不一会儿就火辣辣地疼。我突然明白了，为什么小时候看到的曹操，在台风天跑的时候总要缩着脸，因为被台风直直地打，可真是疼。

石板路上已经有些积水，路两旁的房子地基矮，水开始往一些人家里灌。我看到一个和我父亲差不多年纪的老人，光着膀子，正在拼命地从自家舀水出去，看到我往海的方向走，急急地冲着我大喊："喂，台风啊，赶紧回家啊！"

我当作没听清楚他说什么，对他微微笑了笑，继续往海边走去。

那老人生气了，从后面又追上来吼了几句什么，但我已经往前走远了，我听不清了。

走到妈祖庙再往右拐，就是海了。风雨太大了，妈祖庙被信众们细心地绑了一圈帆布。我躲在妈祖庙背风的地方休息了下，顺便隔着帆布对着妈祖庙拜了拜，然后站起来，一步步冲前走。

雨扑着面打来，在我脸上炸开了一块块水花。我已经看不清前方了。我听到风声、雨声,它们都在呜咽着。我感觉我走在天地的呜咽当中。它们是在可怜我吗?还是它们在可怜这世间所有人?

妈祖庙再往右拐,是新修的沿海大通道。沿海大通道那边,是海堤跑道和一片沙滩。沙滩旁边,有块巨大的礁石。

我想,我不能直直通过沙滩就往海里走去,那会让人怀疑。我应该爬上礁石,礁石是一个想来给台风拍照的人必须走到的位置,礁石也是人容易滑倒的位置。

雨太大了,我已经无法站立着往前走了,只好弓着身子,顶着头往前走。头实在太低了,几次被地上卷起来的水打到脸上。我突然间想起台风天里的曹操,是啊,我现在也活成鸭子的样子了。原来是这样的人生,会让人活出鸭子的样子啊。

我不再挣扎站立了,就像只鸭子一样一步步往海边的礁石走去。风越来越大,几次把我刮走,我不得不走几步抬一下头确定一下方向,然后再低着头继续往前犁去。然后,我好像看到礁石上边,似乎有一个身影。

我不知道是不是自己的错觉,便赶紧抬起头再看一下,风雨像挂在天地间巨大的纱幕,我只看到礁石孤独地矗立在那儿。我想,是不是这就是以前听老人说的,站在生命终点会浮现出的幻象呢?

多年不运动和睡眠不足,我身体果然也接近被掏空了,走到礁石底下的时候,我喘不上气。我瘫坐在礁石底下,拼命地喘着粗气。一停下来,我身体就不断在发抖。我知道,我越来越没力气爬上那礁石了,但我必须爬上去,因为这样台风才有机会把我卷进海浪,这样我才会以一个无聊的好事者身份终结我的人生。

我给自己打气:就剩这几步路了,你得扛起来。我拼命让自己站起来,抬起头想确定下如何爬上那礁石。

我又看到那身影了。

是的,我确定了,礁石上有人。我拼命想用手抹开眼睛里的雨水,但雨水又扫了过来。我用手遮着眼睛,透过指缝想看清楚。我发现那身影好熟悉,我全身鸡皮疙瘩都起来了,我认出来了,我哭着喊:"是许安康吗?"

那身影似乎听到了,那身影回过头看了看礁石底下的我,那身影似乎慌张了起来,着急地要往海边跑。

我知道了,是许安康。我知道是他,我知道他真的回来了。

我边哭边嘶吼着:"我知道是你,许安康!你为什么不见我?你为什么明明知道我来找你了,你还不帮我?"

喊着喊着,我突然明白了。我知道,他为什么回老家来了;我知道,他和我一样,也成了来看台风的人。

"不行的,你怎么能也落败了,你不能落败的!"我说不出的愤怒,疯了一般往礁石上冲。但风太大了,我冲上去几步，就又被打下来。我最终像只狗一样，贴着礁石往上冲。礁石布满了各种贝壳，我感觉到自己的手被割伤了，脚被划伤了，但我没有感觉到疼痛，我只想着，我必须追上他。

气象主持人这次真的没有骗人，台风掀起来的浪，真的有十层楼高。十几层楼高的浪，就在我们的跟前一次次起来，一次次崩塌，重重地压在我们身上。我看到那身影滑倒了，我赶紧手脚并用地追上去。我追上了，我的手抓住他的脚，我哭着大喊："是许安康吗？你不能来看台风的，你不应该来看台风的。"

那个身影还匍匐在地上，两只手捂着脸。我们就像两块石头一般，一次次被崩塌下来的浪拍打，掩埋。

我完全没力气了，趴在礁石上一直喘气。我忘记过了多久，那身影开口了："是蔡耀庭吗？是耀庭吗？"

我知道，他也哭了。

我感觉他还想说什么，但什么都没说出来：我本来也想说什么，但我终究还是说不出来。我们就像两块石头，一直接受着巨浪的鞭打。

忘记过了多久，我似乎听到许安康说："我们回去吧。"

我不确定，但我好像听到了。于是我也说："我们回去吧。"

许安康听到了，我看见他一直看着我，我在台风中想看清他脸上的表情，但我看不清楚。但我知道他在哭，我知道他在笑。最终，我看见他挣扎着要站起来，我也挣扎着站起来。我伸出手想拉住他，他也一把抓住我。

我们相互搀扶着一直往回走，一路上，我不敢抬头看许安康，许安康也没看我。一路上，我什么话都说不出来，许安康也什么话都没说。还好，有风雨不断缠绕着我们，我们可以假装是因为风雨而不便说话。

终于走到小学门口，这是我们认识的地方。我们似乎不得不说话了。许安康先开口了："抱歉啊。"

我知道他说的是什么。我摇了摇头，说："是我应该抱歉。"

许安康笑了，说："谢谢啊。"

我笑着说："我也得谢谢你啊。"

我们正在尴尬着不知道如何给这次奇特的相聚结尾，突然有个初中生模样的人骑着摩托车朝我们开来，边开边哭着喊："爸爸，你在哪啊？"我看到许安康往后缩了一下，最终踮起脚跟，努力挥着手，喊："我在这儿，我在这儿啊。"

我看到那个少年发现我们了，我看到他劈开了风雨直直朝我们冲来，我看到他哭着，愤怒又高兴地一下子抓住许安康的手。他嘴里喊着："我找到你了，我终于抓住你了。"那少年长得可真像我当年认识的那个许安康。

许安康眼眶再次红了,他说:"那我先回家了。"

又转过头问了句:"你也赶紧回去吧?"

我说:"是啊,我也得回家了。"

我莫名着急起来,发动了车往村里的那个家开去。

不知道是不是台风的原因,抑或是村里早已经变成这副模样,我感觉整个村子莫名空荡荡的。一座座房子从外面锁了,好多房子甚至都塌了。我知道,自己的家乡正在衰老,我知道我的家乡,曾拼命想跟上,但最终发现自己跟不上时代了。就如同我父母一般。

回到家,一开门,我看到妻子正呆坐在窗口,而父亲母亲在为我的孩子擦洗着湿漉漉的身体。

我看到妻子的身上很湿,我看到父亲母亲身上很湿。我知道了,他们刚刚应该抱着孩子,疯狂地在海边找我。

是母亲先看到我的,她挣扎着不让自己哭出来,激动地拍着手。"哎呀!"她叫着,"哎呀,我儿子回来了。"

我父亲看到了我,但脸撇一边去,用手不断抠着自己的头,我知道他在安慰自己。

妻子看到我,忍着眼泪,最终只是带着哭腔平静地问:"你回来了啊?"她顿了口气,又问:"你去哪儿了啊?"

我忍着情绪,装作若无其事地说:"我就是回来看下台风,顺便去找许安康啊。"

我知道妻子明白了全部，但她只是问："找到了吗？"

我说："找到了。"

妻子突然用祈求的口气说："那咱们台风天就不出门了，好吗？"

我一下子又难过了，忍住不哭出来，说："好的，我再也不看台风了。"

妻子难过得笑了起来，她说："会过去的，一定会过去的。"

我不知道她说的是我现在的处境，还是台风，但我很认真地点了点头。我的头发太湿了，满满的都是雨水，它们在我低头的时候，一颗颗扑簌簌往下掉。

故事就说到这里，蔡耀庭不好意思地笑了几声，我知道，他想掩饰情绪。缓了好一会儿，蔡耀庭问我："这个故事你一定会写出来吧？"

我说："会的，我会整理出来的。"

蔡耀庭问："这样的故事会像你之前写的那些一样，被刊登到杂志上，或者出版成书吗？"

我说："应该会的，如果我最终整理得不算太差的话。"

蔡耀庭似乎有些着急，问："这个故事应该会有很多人看到吧？"

我说："我也不知道，我也希望是。"

我还是忍不住问了:"你为什么那么希望大家看到这个故事?"

蔡耀庭沉默了好一会儿,好像自己也不知道为什么。终于,他似乎想清楚了,他说:"或许,现在想去看台风的人其实很多。以前很多,现在很多,未来还会很多。"

他说:"或许,得有人告诉他们,你不是一个人在那儿的,我也在那儿的,很多人都在那儿的。"

我听到蔡耀庭在电话那头哽咽了,但他坚持继续说下去:"这样的话,那些人会不会也最终像我一样,就有力气,觉得自己还是应该努力着赶紧回家呢?"

我张了张口,不知道如何回答他。但我很笃定,我确实应该努力把这个故事整理出来,这或许就是所谓作家一定要做到的事情吧。

转　　学

手机一直在响。打电话过来的是钟老师。

钟老师即将是儿子的班主任,也是自己初中时候的语文老师。电话号码还是三年前,许安康应邀从北京回到母校做演讲时,留给钟老师的。

台下是特意陪他回来参加活动的妻子、儿子、母亲,以及在校的师生,台上是他和主持人钟老师。他刚做完"我这一路上的人生风景"的演讲,钟老师便握着他的手,激动地说:"到了我这个年纪,经常在想,我在这样的一生里到底有什么意义?今天知道了,我的人生非常有意义,因为我能有机会陪你这样的学生成长。"

许安康当时鼻子也酸了,还没等下台,就说:"钟老师我留个电话给你好吗?你来北京我陪你走走。"

许安康记得,钟老师当时眼眶一下子红了,紧紧握住他的手,说:"我一定来,你一定得陪我去爬长城。"

钟老师去年暑假确实到北京了,也如约给他打电话了。他没有接那个电话。

当时他努力想接起来的,撒个自己不在北京的谎便好。但那段时间他实在不想说话,对谁都不想说话。他更没力气说谎,说谎是需要力气的。那时候,他把自己关在房间里,除了妻子和儿子,他已经几个月不和其他的人说话了,包括自己的母亲。

现在,在老家,在父母修建的那栋石头房里,他窝在小时候住的房间,听着钟老师的电话响了,断了,响了,又断了。

"安康,在睡觉吗?钟老师找你。"门外,母亲轻声问。

看来,钟老师也已经打电话给母亲了。

"安康,钟老师说,浩宇转学回来东石的手续,需要家长去学校签个字。"母亲说。

他依然没有开门,走到门边,隔着门,对母亲说:"你让张丽给钟老师回个电话,你让张丽和钟老师说,我没有回东石,说,我出国了。"

张丽是许安康的妻子。

说完,他才意识到,刚刚他在让原来是小学数学老师的母亲,对自己的老师撒谎。许安康突然耳朵红到耳根。

"你出国了?"母亲不知道是没听清楚,还是不相信他说的这个词语。

许安康犹豫了下,干脆不说了,躺回床上去。母亲站在门外，等了好一会儿，终于也走了。

是许安康决定带着一家人从北京搬回老家的。

三个月前，妻子张丽盘点好家里所有的收支，走进房间里来，问："安康，方便说话吗？"

张丽的口气温柔得有点悲伤。

许安康坐起来了，脸上赶紧堆着笑。他也不知道自己为什么要笑，或许是愧疚，或许是害怕。"咱们得做决定了，按照买卖合同，房子得在下周腾空给对方了。卖房子的钱扣去此前各种欠款，还有二十万元。就这二十万元，咱们得决定去哪，如何开始新的生活。"

许安康听到妻子一直用的词，是"咱们"，还是隐隐地感动。

他犹豫了很久，试探性地说："可以去你老家吗，闽北山区空气好，物价也便宜？"

许安康边说边偷偷瞟妻子的脸。他看到妻子的脸越来越红，眼眶里的泪水快溢出来了，他说不下去了。他知道，自己又自私了："抱歉啊，不能回你老家的，大家应该都会追着你父母问，咱们一家人怎么突然从北京回去了。"

"我们一定要离开北京吗？"妻子还是想再确定一下，"我应该还是能找到会计的活儿的，如果你暂时不想工作，我想，咱们应该还是可以熬着的。"

许安康低着头有些愧疚:"抱歉啊,我真的住不下去了。"

许安康说的是实话。自从公司破产后,他总觉得心口憋闷得很,整夜整夜地睡不着,连呼吸都经常要格外用力。他知道自己心里生病了。

"那就回我老家吧。"许安康下定了决心。

"可以吗?"张丽很担心。

"可以啊,没什么不可以的啊。"他装出一副无所谓的样子。

"回老家成本最低,咱们腾挪的空间大些,"他说,"就是得想想,怎么同我母亲讲。"

妻子站了好一会儿,最终也没能再说什么。转身要走的时候,妻子突然想到了什么,说:"要不,儿子那边我来说吧。"

许安康感激地看着妻子。

张丽说:"儿子和母亲总会容易沟通点的。这个事情就我来吧。"

"你怎么说呢?"许安康还是愧疚了。

"我想想啊,反正,儿子一定会理解的。"张丽说。

许安康和张丽演了快半年的戏了。

幸好,儿子读的学校离家有些距离,一大早出门,中午在学校吃,下午下课时候才回来。他们需要演的,就早上和晚上的戏份。

每天六点左右,妻子张丽就起床了。给儿子准备好早餐,认真对照着课程表,清点了当天要带的课本,才把儿子叫起床。

叫儿子的时候,妻子总要假装喊一下许安康,说:"你也抓紧起,咱们待会儿得赶地铁了。"

许安康不知道,妻子到底是和他一样,一整个晚上没睡着,熬到天亮才赶紧爬起来,还是就是这么早起。晚上失眠的时候,许安康不想让妻子发现,总是把身子转到一边去,假装自己还睡着。许安康不知道,妻子是否也如此。

许安康很久没有听到妻子深睡时舒缓的呼吸声了。他认得那个声音的,刚和妻子结婚的时候,他经常会因为一些微小的事情感觉到幸福,比如,闻着自己的衬衫有香香的洗衣液味道,比如,晚上睡觉的时候听着身旁如此舒缓的呼吸声。

每次等儿子走之后,妻子就会一个人窝在客厅的沙发上。许安康自己昏昏沉沉的,继续躺在房间里的床上。熬到身体实在扛不住了,有时候疲惫会突然揞着他睡下,再醒来时,妻子就已经做好午饭了。

妻子总会说:"赶紧吃个饭吧,吃完出去走走。"

"这样回来,鞋子底才有沙砾。这样才更像我们真的从外面工作回来。"妻子此前解释过。

这半年，他们因此算是彻彻底底地认识了北京。每天按顺序沿着一条地铁线找一个站点下，就在那个站点走走，看到时间快到了，就又坐车回来。

许安康性子急，总是一个人急匆匆地在前面走，边走边回头看妻子，直到觉得太远了，他也不说话，就站在那儿，一直看着妻子慢慢朝他走来。

他在菖蒲河公园边上，看着穿着一袭灰色长条羊毛裙的妻子走来，妻子身上浮着柔柔的光。他在亮马河边看到河水折射出的粼粼波光，在妻子脸上一晃一晃地流过……每次，他心里都会想，这么美好的人，怎么会被自己拖入现在如此丑陋的生活里啊？

许安康是福建人，妻子也是。从东石小镇考到北京上大学后，他先是感觉到兴奋、自由，然后马上迎来了孤独。他才发现，整个少年时光，他一直只想着逃离家乡，但从来没有思考以及准备，如何自己去面对生活。

这么多年，他都是在考试以及准备考试的过程中度过的，他因此想，就像一道题目不会了，是不是应该先去看一下别人的解题思路，然后再来试着回答。

他最终在网页上搜索到一个福建人在北京的论坛。他经常泡在论坛里，看同样来自福建在北京孤独地生活着的其他人，如何展开自己的生活。论坛里有一搭没一搭地试图组织一些聚餐或者团游活动，他每次都潜着水不吭声。在小镇的时候，他就习惯孤独一个人，不那么擅长和人来往。

有一天，论坛组织了一个读书会。他想着，读书会挺好的，有个明显清晰的意图。分享书，有个明确的流程：各自带几本想分享的书，然后轮流讲讲。这个他懂。而且，如果自己实在不好意思和人说话，还可以拿着自己带过去的书假装翻阅。

他带过去的书是《麦田里的守望者》，他听到一个来自闽北、现在就读于农业大学的女孩，也在分享这本书，他听到女孩说，自己从小到大就是孤独地守着自己麦田的人，而边上就是悬崖。

他一下被触动了。我也是啊，他这样想着。

活动结束后，他人生中第一次主动走上前和人说话了。开口第一句，是他刚刚紧张地反复抠了半天的话："你好啊，不知道你看到了吗，我也守在那个悬崖边？"

女孩扑哧一笑，回敬他："那两个人守，应该就不孤独了吧。"

他却紧张到接不上话了。

女孩问："化工大学的人还读小说啊？"

他说："因为农业大学的人也读啊。"

女孩说："那不一样，我专业对口，这本书是讲麦田的。"

关于许安康离开国有的研究机构下海创业，并且在半年内把积蓄赔光的事情，张丽从来没说起过。

妻子越是不肯说，许安康越觉得，这个事情就卡在他和妻子中间，越长越大。许安康几次开口想挖开这个事情，有次他突然说："对不起啊，搞研究的干不了企业家的事，我还是天真了。"

张丽一副若无其事的样子，说："没试过怎么知道呢。现在我们知道了，挺好的。"

"知道得真快啊，"许安康自嘲着，"就半年，我还没习惯被叫许总，就没机会了。"

妻子说："还是许老师这个称呼适合你，你就长着那样的长相。"

许安康其实还挺希望妻子责怪他，甚至咒骂他的。但妻子没有。

许安康心里空落落的。

妻子是那种越难过越冷静的人。

当时他们租的办公室有一百五六十个平方米，他把自己的办公室放在走廊的尽头，妻子的办公室则在自己办公室门口旁。他想妻子挨着自己近一点，这样他还可以经常坐在妻子的办公室里看书。

公司资金链快断裂的时候，有合作伙伴不知道从哪儿找来满身刺青的壮汉,一路骂骂咧咧地冲进来。他惊恐地想怎么办,妻子突然跑出来,把他的门一关,说:"我是公司负责财务的,钱的事情得找我来处理。"

他听见妻子把那些人带到会议室去,他听到有凶神恶煞叫骂的声音,有敲打的声音。他发现自己恐惧到浑身发抖,甚至连冲出去的力气都没有。

他记得过了三个多小时吧,妻子来开他的门。他愧疚得无法直视妻子,但他知道妻子还是微笑着的,从她的语气里他听到了:"没事了,你没出来是对的,对女生他们干不出什么激烈的事情的。"

她还试图安慰许安康:"你看,我们还是能在最糟糕的事情上找到最好的处理方案的,对吧。"

许安康没和妻子说,事实上,妻子在外面面对那些彪形大汉的时候,他一度恐惧到似乎尿了一点。回到家,他赶紧洗澡,还假装洗澡时不小心裤子掉地上弄湿了,因此干脆自己手洗了内裤。

儿子回来了,问:"我爸呢,又在自己房间里加班?"

妻子说:"是啊。"

儿子说着学校里发生的事情,说北京要新开一个水上乐园,同学们在约他去。还说:"今天收到一封女孩子的情书。"然后口气害羞地说:"其实我也挺喜欢她的。"

儿子还在说着,妻子突然打断了:"浩宇,今天妈妈有事和你谈谈可以吗?"

许安康躲在房间里的门边听,他感觉又回到了自己办公室的门那边了。

他听到妻子说了点什么,但听不清楚。他听到儿子中间声音有些大,但,很快都平静了。

然后,妻子来敲门了,只开了一小条门缝。妻子探头进来,说:"儿子知道了。没事的,你放心。"

那天晚上儿子关在房间里不肯出来吃饭,但也没有其他声响。妻子打好饭菜,端进儿子房间里,她说,她陪儿子边吃饭边聊聊天。再端出来的时候,许安康瞄了一下,饭菜各少了一大半。他欣慰地想,儿子还是懂事的孩子。

半夜两点多,躺在床上的许安康终于还是问了:"你和儿子怎么说的?"

妻子没有回答,可能是睡着了,也可能没有。

他一直没睡着,一个晚上,一直想等妻子那个舒缓的呼吸声。他似乎在凌晨四五点将睡未睡的时候,终于听到了妻子抽泣的声音。

第二天妻子起床了,妻子做好早饭了,妻子叫儿子起床了，妻子这次不用假装叫他起床准备出门去上班了。

他躺在床上，一直等不到那句话，心里空落落的，真难受。他甚至觉得自己因此不需要起床了，直到妻子喊："午饭做好了，吃吧，咱们下午还是出去走走吧。"

本来按照顺序，今天该去七号线的地坛公园站走走的。但许安康觉得自己实在不想出去，他有点想尽快离开北京了。

许安康说："要不咱们开始打包行李吧？"

妻子说："还是出去走走吧，一打包行李，儿子回来看到肯定会更难过吧。让他晚一点难过吧。"

许安康的脸，瞬时又烫红了，他意识到，他再次只考虑了自己。

许安康说："对不起啊。"

"对不起什么？"妻子在穿着准备外出的衣服，说，"我是这么想的，在儿子少年时我们就通过自己的人生展现失败给他看，是不是也算陪他早点认识这人世的暗面了。"

"反正我就是这么安慰自己的。"妻子说。

许安康实在厌恶现在这个买家。

要卖房子的时候，妻子打了一把钥匙交给中介，说："让人都下午一点到四点来看房吧，那个时间点我们都不在。"

妻子每天出门前，会小心地把所有照片和奖杯奖牌都收纳在盒子里。毕竟房子就在原来的单位旁边，保不齐有同系统的人看房子的时候发现。而之所以最晚不能超过四点，是因为，妻子想赶在儿子回来前把照片和奖杯拿出来重新摆好。

签约的时候，一定得他们夫妻在场的。对方签完字后，才突然间问："请问是许老师吧？真没想到能买到你们的房子。"还说："我进橡胶研究所的时候您刚辞职要去创业，您是准备换别墅了？"

这次成交，对方看着他们着急，压价压得厉害，而且明明再两个月就放暑假了，对方却和中介说，他们一定要在暑假前一个月就住进去。

妻子借机开口了："是啊，是我们，就是，能不能帮个忙，我儿子还得参加期末考，能否让我儿子期末考完我们再搬。"

对方一听马上收起笑脸，激动地摇手："那可不行！许老师还请理解啊，暑假我父母想来北京看我们买的房子，我们想在之前，做一些调整，添置一些东西。"

许安康也分不清自己是难过还是生气，他站起来冲了出去。但又不知道去哪儿，就站在马路边，一直站着，直到妻子也走出来，拉着他的手，说："咱们回去把字签了吧。"

许安康签字的时候故意用力把纸划破，这个细节没有什么意义，不会影响任何东西，甚至中介都没察觉，机械地盘点着备案需要的材料。妻子倒是看到了，拍了拍他的肩膀，说："没事的，都会好的。"

2000年许安康从老家考来北京的时候就一个背包。母亲本来想准备很多东西的,许安康说:"不用买了,如果方便,直接给钱,我自己去北京买。"母亲因此给他带了一万块。

当时自己一年大学的学费就一千多元,一万显然不只是给他交学费和生活费的。

母亲偷偷哭了,许安康嫌弃着母亲的感伤,但其实眼眶也红着。母亲凑过来,想在他耳边说什么,他习惯性地往后一躲,母亲愣了下,便没凑过来了,但把本来想轻声给他说的话,直接说了:"我知道你心里想的是什么,别舍不得我,能留北京就留北京。"

许安康点点头,他确定了,母亲知道他恨透了东石这个地方。

虽然是自己的家乡,在东石镇这十几年,许安康就是家里、学校两点一线。他害怕到东石镇其他地方去,因为一不小心,就要路过镇中心那个十字路口——他七岁的时候,父亲就是被电死在这里的。

他记得,自己抱着父亲被烧焦的尸体哭的时候,还听到旁边有人尖着嗓子在笑:"不是刚大学毕业回来吗?怎么第一天就被电死在这里了?"他气到浑身发抖,但他说不出话来,他说不出,这不是自己父亲的错。

当时的他不知道,该怎么理解父亲的命运。但他知道,父亲在东石已经成了一个笑话，他因此恨透了这里。

到北京这几年，即使读大学期间，他就买了些难以长途运输的东西，比如书啊，茶几啊，甚至在读研究生的时候，其他同学将就着用学校里的配置，他却买了全新的冰箱、沙发、洗衣机。他想着，反正就要在北京住下了。

最终是在不得不搬家的前一天，才动手打包行李的。妻子提议，咱们不要让儿子看到家里这么苍凉的模样。搬家前一天，全部打包好，等儿子放学，就接去酒店住了。

许安康很认可这个想法，但就担心："一天打包得好吗？"

妻子说："或者这几天就偷偷收拾些不那么明显的，比如书、衣服什么的，其他的，等儿子那天一上学我们就抓紧干。"

那天儿子一出门，许安康就从床上跳了起来。他很紧张，觉得这是场自己无论如何都得赢下的战役。

这次要搬家了，他才发现买的东西是真多啊。仅仅书就二三十箱，已经多年没有翻出来的DVD片也有五箱，黑胶唱片有四箱。不适宜搬回老家的东西是如此之多，比如一张长条八人位的西餐桌——在闽南老家，如何的场合用得上？还有每个房间都配备着的加湿器——家乡可是海边小镇……许安康边收拾边似乎听到自己过去的那段人生，在挣扎着发出追问：真的要回去吗?

许安康这才想到:"我们打包好弄哪去?"

妻子说:"我安排好了,我们就带些常用的回去,那些回去也没法摆的,我在京郊租了个小仓库堆着。待会儿五点约的车就来拉了。"

妻子说:"我看到网上有人离开北京,也这么放。那种小仓库还有个条款,如果几年后不续租金,房东就会自行打开仓库,把能卖的卖掉,其他的帮忙处理扔了,倒也方便。"

许安康知道那种仓库,一小间一小间,用铁闸门关着。铁闸门上贴着编号和承租人。

许安康开玩笑说:"倒真是合适。以前看那小仓库的时候,总觉得莫名像一座座坟墓,现在倒真是物尽其用了——"说到这儿,他突然觉得不能说下去了,但心里想着,真成了我们北京生活的坟墓了。

但妻子知道他在说什么。妻子说:"别这么想,就是冷冻仓,哪天想回北京了,还可以让它们复活的。"

在北京住的最后这个月,本来妻子是谈了两间如家大床房,两间一起租一个月,价格还可以打折。许安康想象了那个月儿子在里面的生活,还是提议:"要不就住儿子学校旁边那个海逸五星酒店公寓吧。"

妻子愣了一小会儿，但马上明白了。

这家酒店公寓房间是两室一厅，一个小小的厨房和客厅，甚至主卧还有个浴缸。以前他们研究所邀请一些教授来交流的时候，就安排住那儿。

终于，他们确实在一天之内把行李打包好了，甚至在下午就把该送去小仓库的都送去了，该寄回老家的寄回了。许安康和妻子带着这个月可能要用上的东西，商量着，要不，干脆去儿子的学校门口接，毕竟，酒店公寓就在学校对面。

但后来还是决定不去了。他们想，就带着打包好的东西在门口等，如果儿子不想上来和他的房间告别，他们就直接打车去酒店公寓。

邻居不怎么来往，但还是脸熟的，带着行李站在楼下，总有从来不讲话的邻居突然问："这是搬走了啊？"他们点点头。对方也笑一笑，就各自继续各自的事情。

远远地就可以看到儿子低着头往家的方向走。儿子是走进大堂才抬头的，一看是父母拖着行李等在这儿，也知道了，转过头就要走。

妻子赶紧叫住："去哪呢？你又不知道去哪。"

儿子停下来，什么话都没说，一直低着头。

许安康知道自己的儿子在哭，许安康自己也在哭。许安康知道自己的儿子真是懂事,他可以发脾气的,但他什么都没说,什么都没做。这么一想,许安康哭得更厉害了。

酒店公寓是没有厨具的,妻子从家里带过来了,甚至所有酱料调料都带上了,终是倒腾了一整桌菜。看上去和原来在家里的差不多。

第二天一早,妻子本想比原来的时间晚二十多分钟喊儿子起床,毕竟酒店公寓就在学校斜对面。但儿子倒如原来的时间醒来了。他如以前一样吃完饭,如往常一样说我上学去了,就走了。

许安康这才有机会走进儿子的房间。儿子除了衣服,其他行李都没打开,他喜欢的手办、书本一个都没摆出来。

许安康站在窗边,窗口可以看见学校。他看到儿子出了公寓并没有直直往学校走,而是往左一拐,绕去他们原来住的房子的方向,过了一会儿,再假装如往常那样走回来。

母亲打电话来了,小心地问:"安康啊,家里收到好多东西啊,把咱们下厅堂都堆满了,这都是要摆出来的吗?"

许安康想象得到,母亲将一件件包裹打开,看到里面的东西,想象着自己在北京这将近二十年的生活,想象着他们在北京的生活。他知道,母亲看到了自己曾经的生活的遗迹。

"妈,我带着家人回来住一阵,可能得劳烦您去和中学校长说说,浩宇下学期读书的事情。"直到寄东西回东石前,他还是不知道怎么和母亲说,现在这结果挺好的,那些包裹代替他说了。

母亲在电话那头沉默了一会儿,最终什么都没问,她用尽量正常的口气说:"好啊,今天有点晚了,我明天去找校长啊。"

他在犹豫要不要和母亲解释什么,他感觉,母亲应该也在犹豫着要不要问。最终电话两头都沉默了好一会儿。

"欢迎回来啊。"最终打破沉默的是母亲。母亲说:"回来好啊——"然后不知道如何说下去了。

期末考最后一科考试是物理,那是儿子擅长的。儿子甚至还入选了学校的物理奥赛队。

儿子那天很早就考完了,考完后一直站在教室门口等。

陆陆续续,先后有考完出来的同学,问他:"你站那儿干吗,等谁啊?"

儿子说:"等你呗。"

同学回:"切。"

儿子向他挥挥手,同学也向他挥挥手。

儿子喊:"保重啊。"

同学回:"神经病啊。"

儿子就这样一直等着,喊着,等到所有同学都考完,走出来。走完了，他还站在那好一会儿。

许安康和妻子其实就一直坐在远处的长廊上看着，他们想着这可能会是儿子最难过的时刻。他们本来想来接他，但现在他们知道了，他们无法安慰到儿子。许安康知道自己难过到说不出话。许安康也不敢转身看身旁的妻子。

直到儿子要回去了，他们才赶紧起身，想赶在儿子之前，跑回酒店公寓，假装他们没有来过，也不知道发生了什么。

那天晚上吃饭，儿子第一次开口问了："所以我们是去哪？"

许安康说不出来，还是妻子说了："回去，回东石去。"

儿子没回答，继续吃着饭。过了好一会儿，才又问："明天吗？"

妻子点点头，儿子就没再说什么了。

许安康不愿意在儿子面前哭，他起身去洗手间。他用水冲着自己的脸，突然想到，儿子此前不是想着要去新开的水上乐园吗？他想着，儿子从小到大每次去水上乐园他都没陪着去。他想着，如果这次没有陪儿子去，下次不知道得什么时候了。

他突然觉得，无论如何明天一定得带儿子去水上乐园，后天再回东石。

他觉得这个想法很好，出来和妻子、儿子说了。

他们都没有说好也没有说不好。许安康觉得，这就是认可了。

许安康在网上订好了票,查了水上乐园的攻略,他还想到要买防晒霜。他记得的,自己上一次去水上乐园就是刚到北京的时候,忘记买防晒霜,结果全身被晒伤,疼了一周多,还不断掉皮。他记得楼下就有便利店,就赶紧下楼买了,他还认真看了防护指数,得100才够。

第二天是他推搡着妻子和儿子,起床、吃饭,然后他还监督着他们全身涂抹好防晒霜才出发的。

那一天妻子和儿子都玩得无精打采的,甚至称不上玩吧。妻子和儿子除了被他推着去一些项目,大部分时间,就坐在泳池边,眯着被阳光刺疼的眼睛,发着呆。

太阳还是毒,回到家,他觉得自己的脸颊辣辣地疼,一照镜子,才想起自己脸部忘记涂了,两边红红的,像是被打了巴掌,他觉得也挺好的,自己是该被打巴掌的,终于有阳光代劳了。

晚上要睡觉的时候,他觉得自己心脏往下隐隐作痛,起床到洗手间查看,一低头,发现原来是自己凸起的肚腩晒伤了。

他是没想到,自己的肚子已经凸起到可以被阳光晒伤的程度了。他看着那片红红的肚腩,觉得确实太搞笑了,他上一次去水上乐园还瘦得像竹竿,就五十四公斤,涂防晒霜的时候,还以为自己没有那么胖。他觉得实在太好笑了,笑着笑着,呜呜地哭了起来。

从酒店公寓退房，打车，到机场，登机，儿子一路低着头。许安康知道，儿子应该是不敢抬头看窗外。许安康知道儿子这么想，是因为，他也不敢。

他知道自己一抬头，会看到，北京的每一个部分——在向他告别。路在告别，路边的树在告别，柳絮在告别。

妻子倒是静静地用手支着头，一直看着窗外。

妻子在想什么呢？他想了很久，还是没有答案。

许安康看着离去的北京，想着，回去之后的日子怎么填满呢？儿子还有两个月不用上学，而他和妻子也不需要演戏了，回家乡的日子要如何过下去呢？

他们到东石镇的家已经是晚上十一点多了。

许安康的家在一条巷子的中间。巷子太窄了，车只能停在巷子的入口。

车一停下来，他就看到巷口边上蹲着一个人，看到他们来了，赶紧站起身，是母亲。

他没有给母亲说航班以及他们到达的具体时间，只是说大概晚上到，就是因为，他不想母亲在巷子口等。

看来，母亲就一直站在这里等。他知道母亲的，他知道母亲应该是吃完晚饭后就站在这里了。

母亲看到他们了，笑得很开心，又有些无措，母亲说："回来好啊——"

然后,母亲又不知道如何说下去了。

回到家,母亲问:"饿不饿啊,我去煮碗面线糊给你们吃?"没等他们回答,就去准备了。

许安康看到母亲已经把他们寄回来的东西都收拾好了。

自从大学毕业后,许安康每次回老家,都住到酒店去。自己的东西,第一次被放进他过去的生活里。自己和儿子拿的奖杯,摆满了供奉着神明的供桌;获得的奖牌和奖状,母亲还去装裱成一个个相框,放在一个个窗台上——这座石头砌成的房子,实在不好挂相框。他每日需要用到的咖啡机,母亲实在找不到地方,干脆把一个圆形餐桌搬到厅堂中间。厅堂本来是供奉神明和祖先的,估计祂们在纳闷,为什么摆了这么一个东西放在祂们面前……

许安康和妻子的房间,就是他从小到大的房间。母亲应该用力清洗过,地上的红砖和墙壁的石头,都干干净净的,甚至干净到发光。母亲真的尽力了,窗帘全部换新的,换成那种网红款,房间里摆了现在流行的藤编椅子和小桌子,桌子上还摆着一小盆蝴蝶兰。许安康都可以想象,母亲戴着老花镜眯眼刷着购物软件,猜度着自己喜欢的样子。

儿子被安排在偏房,偏房的床上,整整齐齐地叠放着新买的篮球服,这是母亲精心准备的礼物。

儿子进屋后,本来就一直靠着大门站着,站了好一会儿,察觉到偏房应该是自己的房间,走进去,看见床上的篮球服随手一拉,拉到一旁,衣服都不脱,就此躺下了。

母亲做好热腾腾的面线糊,一碗碗端出来,喊着:"趁热来吃啊,我还加了醋肉和海蛎。"许安康和张丽到餐桌上去吃了,但儿子没有回复。

母亲看孙子没从房间出来,便小心翼翼地端着面线糊,走到偏房门口,说:"不是喜欢吃奶奶做的面线糊吗?"

儿子没有回复。

母亲小声地问:"是累了啊?那就不吃,赶紧休息啊。"

虽然这么说,但母亲还是捧着面线糊,在门口站了许久。

妻子一大早就起床了,推门出去的时候,母亲已经站在门口。

母亲轻声地问:"昨晚睡得好吗?安康一般什么时候起啊?"

许安康没睡着,问:"什么事情啊,母亲?"

母亲说:"校长听说浩宇要回来读书非常高兴,校长说,感谢安康对母校的信任,他们一定不负托付,争取能跟得上北京的水平。"

母亲说:"校长说方便的时候,想来家里拜访你,想听听你对母校发展的建议。"

许安康也不理解自己为什么生气了:"谁让你和别人到处

说我们全家回来的,你为什么要到处宣传我回来的事情!"

被责怪的母亲低着头,眼眶红着:"我没有到处说,我就是去问校长,浩宇转学的事情,其他什么也没有多说。"

许安康知道是自己迁怒母亲了,但他不知道如何解释,最终只说:"你和校长回复,我回来后马上就回北京了。"

"对东石镇所有人都这么说!"许安康补充道。

他突然意识到自己喊得太大声了,老房子隔音差,他担心地想,儿子是不是听到他这么撒谎了。儿子会如何看待他呢?

中午吃完饭,妻子就出门了,过了一个多小时突然骑了一辆摩托车回来。妻子说过,她人生中最高兴的一件事情,就是父母在她高中时,买了辆摩托车送给她。她老怀念自己骑着摩托车在那个山城里兜风的日子了。

妻子在门口按着喇叭,叫着儿子的名字。

本来沉闷了大半天的儿子还是被叫起来了。

妻子对儿子说:"走,我带你去海边,我教你骑摩托车。"

儿子犹豫了一下,还是去了。

许安康知道,妻子还在做着自己的努力。

家里就剩下许安康和母亲了。

母亲说:"安康,要不要我陪你出去走走?咱们东石,这几年变化可大了。海边那里还修了个海堤跑道,我经常和寺庙义工团的姐妹一起去散步。"

许安康抬头看了看大门,心怦怦地跳,他听不见母亲还在说着什么,他想着,走出去会一不小心抬头看到父亲被电死的那个十字路口吗?他想着,走出去邻居会问他怎么回东石了吗?会不会碰到以前的同学或者老师呢……

他觉得自己头疼到快呕吐了,他说:"不了,母亲。我有些累。"说完就回到自己房间,在躺下之前,还把门给拴上了。

"记得不要和任何人说我回来了。"许安康隔着门又提醒了一句。

他听到母亲似乎拿了把竹椅,就坐在他房门的旁边。

他不知道母亲为什么坐这儿,不知道母亲在想着什么。

妻子尽力了。妻子做了个东石清单,把自己和儿子的生活排得满满当当。他听到过几个,比如昨天妻子对儿子说:"我们今天要去走海路,捞蛤蜊。"比如今天,他们好像去海边的地瓜田挖地瓜烤地瓜。

妻子出门前总要问他:"一起吗?"他拒绝后,还会和他叮嘱下:"我们出去了啊,你舒服点的时候,也出去走走啊,被阳光晒过的空气暖暖的,呼吸进身体人会舒服很多的。"

他每次都说好啊,但每次就只在家里走来走去,走得累了,就回自己的房间躺下。

他发现,母亲也窝家里了。

除了每天出去买菜,掐着时间准备吃的,母亲就一直保持着距离陪着他。

他每次在家里走来走去的时候,母亲就从自己的房间里悄悄探出头来看,他一回房间,母亲就搬把椅子坐在他房门旁边。

"母亲,你不用去干吗的吗?"他试着问过母亲。

"我不用啊。"母亲说。

"你还是出门去做点什么吧!"

母亲说:"我退休了啊。我没事了啊。"

"那你这二十年如何过日子的啊?"问完,许安康才发现,这么多年,他从来没有问过母亲的生活。

"我啊?"母亲竟然还有点开心,"你想知道吗?我和你说说。"

母亲开始说了,说的却不止这二十年:"你父亲去世后,我其实难过挺久的,但好在有你,那日子终究是好过的。我就是努力工作然后盼望着你长大。第一次感觉过不去的时候,就是你长大了,考上北京的大学了,我知道你就此要离开我了。但我告诉自己,我是老师,我知道的,我不能当那种要绑着孩子的母亲。你去北京那天,我一个人在家里哭了好久,空落落的,也不知道要干吗。但好在我还有工作,而且我的工作是和一堆孩子在一起。最糟糕的时候,便是前几年我退休了。

我和学校说，不用给我钱，我继续帮忙。学校说，让我考虑年轻毕业生怎么办，如果老教师都不退休，就没名额招他们了。然后我退休了……"

许安康听得心里难受："那后来你怎么办？"

母亲说："我一开始就拼命去散步，到处看其他人退休后怎么生活。我从早走到晚，有一度三餐就都在镇上边晃边吃，你知道的，咱们小镇像我这样有退休金的老人不多，他们都各自有要忙的事情，不像我。后来，我有一次晃过观音阁，观音阁里的人在忙着收拾，人手不够，有个大姐问我能不能帮忙，我就进去帮忙了。自此，我心里就多个事了。"

"对哦，偷偷告诉你啊，"母亲突然声音压得很小，"我是知识分子，哪像其他人那么容易信什么菩萨啊。其实我到现在还是不信菩萨的，但我信这套体系。我想，菩萨或许就是一套认知和互助体系吧。"

"你可千万别和我结拜姐妹说，特别我大姐蔡桂花，她心里和菩萨可是称兄道弟的。"母亲偷偷说话的样子，还真是可爱。许安康忍不住莞尔。

"母亲你还有结拜姐妹了啊？"许安康还是有些吃惊。

"是啊，观音阁的几个义工拉着我结拜的。我们会一起去海边散步，会拼团到镇上新开的咖啡店试试什么是咖啡，有时候还会突然发神经一起去偷地瓜烤地瓜，真是一帮疯姐妹，改天我拉她们和你认识下啊。"母亲说。

"好啊。"许安康很高兴地回。

这几天许安康一直在想象,母亲说的那些结拜姐妹。想着,是该陪母亲去观音阁走走,看看那群老人。

正在想着,他隐隐听到,有人在门外喊:"许安康在吗?"

心一紧,赶紧小跑进房间里,把房门关上。母亲不是没有和其他人说我回来了吗?难道是那天从机场回来,下车的时候被人看见了?

那人又喊了,这声音熟悉又陌生:"安康在吗?"

许安康也不理解,为什么自己身体发起抖来。妻子出去工作了,母亲出去办浩宇的相关手续了,儿子骑着摩托车去哪了呢?他就一个人在家。他感觉自己莫名恐惧。他安慰着自己:还好母亲把门拴上了,只要不出声,没有人知道他在的。他蹲在房间最暗的角落里,动都不敢动。

外面的人又喊了:"我是蔡耀庭啊,耀庭啊。"

是蔡耀庭啊。他有些惊讶。

蔡耀庭是小学三年级从他们村里转到镇上读书和他成为同学的。后来初中高中也一直是同学。他记得蔡耀庭自认识起就对他很亲,总突然很严肃地和他说,想帮他离开东石。蔡耀庭考的是厦门的大学,后来大学毕业后就留在厦门,前几年好像创业了,蔡耀庭还发了媒体对自己的报道给他。他记得蔡耀庭在微信上给他留言:"安康啊,我就想告诉你,我也在努力,我在咱们这小地方也是在拼命跑着的,遥遥地跟着你跑。"后来他看同学群里有人说,蔡耀庭公司好像也出事了。当时他自己公司也陷入困境,他几次想给蔡耀庭发句什么,只是打开了对话框,却什么都发不出去。

"安康你在吗?我需要你帮忙了。"蔡耀庭的声音疲惫、怯弱。

许安康认得那种呼唤声,他知道蔡耀庭确实需要帮忙了,正如他一样。

"抱歉啊,蔡耀庭,我也没有力气了。"许安康心里难过地想着,把自己缩得很小的一块,像石头,连呼吸都不敢发出一点儿声响。

傍晚,家人们陆续回来了。许安康一直窝在房间里,直到母亲催着他吃饭,他才挣扎着爬起来。

母亲好像是发现了什么,问:"今天怎么又窝房间了啊?"

"没有啊,没事啊。"许安康假装不在意地说,然后没头没尾加了一句,"大家出门的时候一定把门锁好啊。"

晚上睡觉的时候,张丽突然和许安康说,她去隔壁安海镇的工厂找了个会计的工作。妻子说:"那老板怪有意思的,面试我的时候一翻简历,自言自语着说:'哦,这么优秀的人怎么来我们这小地方啊?'我本来还想解释,他自己还打住了,说：'您别说，要不是落难的凤凰能跑到我这鸡圈里来？老天爷让您遇到些苦处不得不到我们这小地方来，就是为了帮我吧。那苦处我不敢问，一问，怕是说出来后你想着尴尬，说不定就不来了。'"

张丽是乐呵呵说的，许安康有些难过："你怎么能去这种小公司工作呢？"

张丽说："我想着我不会开车，到市区里找工作，路程受不了，总不能抛下你们自己去市区租房子吧。我又不想在东石镇上找，总会被人知道点什么。隔壁镇好，现在村村通公交，就咱们家出门右转一百多米就有公交站，四五十分钟就到安海了。"

"你不催我吗？你都这么努力了，我还赖着。"许安康又内疚了。

"你会好起来的，我知道的。"妻子说。

"你怎么知道啊？"许安康突然对自己生气了，"我至今的人生如此失败，现在连出门的力气都没有……"

"你怎么失败了？"妻子打断了他，"你看，你还是从这么困难的人间里伸手要到了我们啊，你不觉得自己很了不起吗？"

"是啊，我还是要到了你和浩宇。"许安康喃喃着，没想到妻子会这么说。

"而且那么困难的时候，你也没有弄丢我们，我还在啊，浩宇也陪着你啊。"妻子说。

"那是因为你们好,不是因为我。"许安康说。

"那是因为我们记得你的好啊。"妻子说。

第二天一大早,六七点钟吧,许安康刚睡着,迷迷糊糊中,他好像听到,外面有什么在叫着。一开始以为是外面的狗在嚎叫。他记得小时候每次来台风,总有流浪狗被雨打得太疼了,呜呜地哭叫着。

但后来再一辨认,好像是人的叫声,好像是蔡耀庭。他知道那种声音,那是最后试图抓住点什么的声音。

他蜷缩成一团,用被子捂住自己。他听到母亲开门去了,母亲说了什么。他听到母亲似乎生气了,他听到蔡耀庭又激动地叫嚷着什么,然后,有被吵醒的邻居探出头来骂了,然后,四下的狗真的吠叫起来……他听到母亲关上了门,轻声地走到他的门前,用很低的声音唤着他:"安康,还睡着吗?"

他没有回答,假装还睡着。他听到门外的母亲舒了一口气,搬来了椅子又坐在自己的房门口。

回老家一个多月,儿子就晒黑了一个颜色。儿子一黑,母亲经常盯着他看,开心地说:"黑才像东石人嘛,越来越像当年你的父亲了。"

儿子说:"我可比他高,比他帅多了吧。"

母亲说:"当然啊,当年你父亲七八岁开始就一副老气横秋的样子,走路都低着头。"

许安康在旁边听到了,插嘴说:"我那时候就背负着压力啊。"

儿子回许安康:"说得好像现在我没有一样。"

还不依不饶:"一代人有一代人要背负的东西,别老觉得自己背的才是最重的。"

许安康笑了起来:"那是,我儿子比我明白。"

儿子说:"爸,你不能老这样窝着,我会骑摩托车了,我带你走走去,现在东石我可熟悉了。"

许安康一听,又笑了:"现在就比我熟悉东石了啊。"

"当然啊,不信哪天我来给你当导游。"儿子得意地说。

那天,妻子去上班了。母亲笑盈盈地敲开许安康的门,"你媳妇交代给我一个任务,说带你出去走走。"

许安康靠着自己的房门,看了看出口的大门,还是觉得那扇门像只黑乎乎的嘴巴。

母亲看到他的神情,说:"不急,要不改天?"

儿子突然闯进来,拉着他,说:"爸,我骑摩托车带你走走。"

许安康还在犹豫。儿子说:"爸,你想想,是奶奶带着你走好,还是我骑摩托车带你好?你坐在摩托车上,不用和谁说话,别人来不及看出你,这不挺好?"

许安康觉得儿子说得真对。

摩托车就停在门口,儿子走在前头,许安康跟在后头。儿子的身高原来已经比自己高了啊,许安康这才发现。然后他也发现,跟在儿子后头走自己不用低着头:以前是因为总觉得有些莫名的目光会看他,才低着头的。现在不用了,现在有长大的儿子帮他挡住了。

儿子坐在车头,双手把着引擎,问:"爸,坐好了吗?我要开动了哦。"

他说:"好了。"

儿子引擎一动,突然冲了出去,把他吓了一跳,喊着:"小心点啊。"

儿子开心地咯咯笑。

儿子说得对,骑摩托车是自己和家乡目前相处得最好的方式了。摩托车在东石镇里穿行,快速地路过一户户人家,一个个地方,一块块石头,一阵阵风。许安康认出了它们,它们也认出了许安康。

儿子说:"走,我带你去海堤跑道那边,沿着海堤跑道过去就是跨海大桥。"儿子加速了起来。

摩托车在老街里穿梭着,许安康眼光扫过,他认出了那个讨海的阿小,认出了正带着痴呆的儿子到街上买菜的秋姨……

好像也有人认出他来了,似乎一直盯着他看,试图突破自己披着的这身皮囊辨认出他。他赶紧把头低下。

一不小心,许安康发现快到自己父亲出事的那个路口,他紧张得脸不受控制地抽动着。

儿子通过后视镜察觉到异样,问:"爸,你怎么了?"

他笑了笑,说:"没有。"只是脸还在抽动着,把他的笑,扭曲成一副快哭的样子。

儿子继续往前开,在即将路过那十字路口的时候,许安康下定决心一般,咬咬牙,一抬头,他逼着自己一定要睁眼看,他要看到自己的父亲。

但,那交错的高压线消失了,那曾经高高挂在东石镇上空的父亲不见了。眼里一空,他的心直直往下坠,泪水涌了些出来。

儿子问:"爸,你怎么哭了?"

他赶紧顶住一口气说:"我没有啊,我哪有?"

回到家的时候,母亲已经回来了。母亲说,浩宇的户口在北京,她和学校最后讨论出来的方案,就是暂时办理寄读。母亲说:"好了,我家浩宇终于要在他的家乡上学了。"

晚上吃饭的时候,儿子突然问:"开学的时候谁陪我去?"

母亲抢着回答:"让奶奶陪你去好吗?以前你父亲每次开学,奶奶都要陪着去的。"

妻子也举手了:"我肯定去啊。"

"爸,你呢?"儿子问。

"我应该可以吧。"他说。

儿子高兴了,灿烂地笑起来,说:"这才对嘛,这才是好父亲的样子啊。"

他也笑了,想,大家都这么努力了,自己也不能掉下了啊。

电视上正在播放新闻,台风明天要登陆了,登陆点有可能就是东石。

妻子的工厂早早地就放假了。妻子正和母亲、儿子一起检查着这座石板房可能漏雨的地方。

毕竟是老房子了,坑坑洞洞还是挺多的。他挨个巡视着房子的各个角落,看还有没有遗漏的部分。

妻子和儿子负责抬梯子、扶梯子,支撑着母亲爬上爬下去堵一些孔。几次看得心紧,他对着母亲喊:"你让浩宇上吧。"

母亲说:"别小看我,这几十年我还自己弄呢。"

母亲说:"这房子就像我另外一副躯壳,我还不知道它!"

他巡视到儿子现在住的房间,看到里面乱糟糟的,就随手帮忙收拾。他看到儿子枕头底下压着几封信。瞥了一眼门外正在忙碌的儿子,赶紧展开一封扫了一眼。他看到了:"如果你离开北京,我们也就只能分手了。""你父母考虑过你的感受吗?""永别了,我们就此是两个世界的人了。"……

儿子瞥到他在自己房间,喊:"爸,你在干吗?"

"我再查看下还有哪里有破。"他装作在看着屋顶。

儿子喊:"我房间没有的,我巡视过了。你看看你们房间吧。"

晚上吃完饭,他实在憋闷得难受,他走到儿子房间的门口,问:"儿子,你有什么事情需要和我们说吗?"

儿子想了想:"没有啊。"

他说:"有事你得和爸爸妈妈说哦。"

儿子看着他:"那你有事,也得和我说啊。"

台风的风雨到来前,总是莫名黏稠抑郁的。

已经很晚了,许安康翻来覆去,觉得空气黏腻得实在难受,他觉得自己的气管和心脏都像拥堵的下水道。

他先是坐起来,用喘气的方式呼吸,后来干脆走到厅堂里来。

他走到儿子的房间,轻轻开了一条门缝。儿子抱着被子睡着。他看着儿子,想,其实儿子比我勇敢啊,这次回东石,他要承担的东西比我多太多了。

他走到母亲的房门外,外面路灯的光刚好通过窗户洒在母亲的身上。他看着母亲一头白发在灯里发着光。他有些难过,小时候总以为,自己是如此勇敢地往前冲,而母亲跟不上只能和他告别,而现在他知道了,从小到大,其实都是母亲悄悄在身后推着自己,甚至到了这个年纪,自己这么没用地瘫倒了,还要母亲如此战战兢兢地守着、推着。

正在想着,母亲突然醒了:"安康吗?还没睡啊?"

"是啊,我透透气。"

"需要我陪你吗?"

"你不一直陪着我吗,赶紧睡啊。"许安康想自己得赶紧走回房间,要不母亲又该爬起来了。

他走回房间,关上门,听到母亲果然起床了,轻声地走到他房间门口,站了好一会儿。

再醒来的时候,都将近中午了。

许安康记得台风是下午两三点登陆的。吃完午饭,他的眼睛就不断往大门方向寻去。他想,自己是应该出去走走。台风天里人总归少点,应该没什么人会发现他回来的。

他在房间里摸索来了一把雨伞,站在门口看了许久,突然下定了决心,对着家里面喊了一声:"我出去走走啊。"

没来得及听清楚家里人的回应,便像个潜水的人一般,深吸一口气,遁入这满天的风雨中去了。

母亲追出来,喊着:"等等我,我陪你啊!"

他也不知道为什么,突然一紧张,撒开腿就跑。边跑边喊:"你们不用跟过来啊,我一个人走走啊。"

雨伞在台风天只是装饰,全身很快湿透了。但他还是不想扔掉。拿着雨伞,感觉自己是正经在散步的,而不是失魂落魄走在路上的。而且雨伞还可以掩护着自己,给自己安全的感觉。

从家里走到小学门口。门当然是关着的,他趴在学校大门的栏杆上往里看,以前上学的教室早已经全拆了,地面都铺上了塑胶,红红绿绿的。他心里空落落,突然瞥到,教学楼最边上那棵凤凰木还在。他记得,小学时候有次台风把这棵树连根拔起,第二天上学的时候,他看到树平躺在操场上,悲伤地看着他。那几天,上课的时候,他不断透过窗户盯着那棵树。直到过了三天吧,他看见那棵树被吊起来了,被重新栽进去了,然后树活下来了,活到了现在。

他看着那棵树,莫名有些开心。

从小学走到中学。中学的校门当然也是关着的。中学的时候他成绩一度一直下滑,越拼命越下滑,他没有和母亲说,没有和老师说,也没有和同学说,他经常一个人爬到后山那片墓地里,一直看着观音阁里面的安息堂——父亲的骨灰就放置在里面。

走到那个十字路口了。毕竟是台风天,没什么车,他就站在十字路口的中间,昂着头看着早已经消失的高压电线。三十多年前的那个台风,他就在这里,抱着自己烧成黑炭的父亲,一直哭着。他记得,父亲身上的焦味,他还记得焦味中竟然有种香香的味道。他记得,在抽泣的时候,感觉到父亲身上的炭末被他吸了些进去,他觉得恶心,但想着,这是他最后一次能触碰到父亲了,最终拼命呼吸着。

对于父亲,这三十年来他在记忆里碰都不敢碰,但他今天站在这里,拼命回想,却发现,原来自己根本记得很少。

他记得,父亲总是对他笑呵呵的,父亲总喜欢抱起他抛得高高地再接住,父亲总爱让他骑在脖子上带他去看高甲戏,父亲在他害怕的时候总喜欢说:"爸爸在的,安康不怕。"他还记得,有次他在甘蔗林走丢了,哭着到处喊爸爸。爸爸找到他的时候,抱着他浑身颤抖,哭着喊着:"宝贝,你吓死我了,你吓死我了,爸爸以为失去你了。"……而现在,他已经失去父亲三十多年了。

风雨越来越大了,不远处海浪在剧烈地拍打堤岸。他听到风雨声中,似乎有呜咽的声音。他想,究竟是台风在哭泣、暴雨在哭泣、大海在哭泣,还是这块容纳着多少人生命和生活的土地,在疼得呜呜直哭呢?

他想,要不就去看看台风吧。

他记得,从小到大,总有好事的人会在台风登陆的时候去看台风。他还记得，东石镇有个叫曹操的人，平时总是如此温和的笑眯眯的，但每次台风一来，总要发疯一般，着急地驱赶着还滞留在堤岸边的人。小时候的他，不理解为什么有人会去看台风，正如，他也不理解，为什么曹操对那些想看台风的人，会急迫到发疯一般。

现在的东石，没有曹操了，他去看台风也没有人拦着了。

台风真的好大，一层浪追着一层浪打，像一个个巨大的巴掌，远远地从太平洋上赶来，朝陆地上的每个人恶狠狠地扇过来。

他一开始用雨伞顶着风，像推着怪兽一般一步步往前，但走到沙滩上的时候，又一个巨大的巴掌过来，雨伞被打飞了。他干脆把脸迎了上去。一巴掌来了，他快站不稳了，又一巴掌来了，他感觉全身冰凉凉火辣辣地疼。还不够的，他觉得还不够的。应该打得再用力些。他爬上礁石，想尽量靠近海面，靠近老天爷的巴掌。

铺天盖地的声音包裹着他，一个个巨大的巴掌一次次拍向他，他激动地想，终于有人骂我了，终于有人打我了。

风雨越来越大，他越来越站不住了。好几次，他差点儿被甩入海浪里。他俯下身拼命抓住礁石。

他发现有一个想法偷偷爬了上来——他知道为什么有人来看台风了，他知道的，只要自己的手一松，他就滑下去了。

不是以一个失败者，而是以一个意外的样子滑落下去。

他蹲在礁石上，也像是一块石头。他拼命呼吸，想着："我该不该松手呢？"

他知道自己犹豫了很久，他忘记自己待了多久，然后，突然听到有声音在喊他。

"是安康吗？"

他在风雨声的缝隙里听到了："是安康吗？"

他心里还是莫名惊慌了，站起来想跑。听到后面追着喊："是安康吗？是我啊，我是蔡……"

风浪声太大了，塞满了他的耳朵，雨和台风卷起的海水太多了，他一次次被糊住了眼睛，一片模糊中，他看到了，好像是蔡耀庭。

他心里的难过全涌上来了，他知道蔡耀庭来干吗。

蔡耀庭也成了要来看台风的人了。

他知道自己要尽快做决定了。他全身颤抖起来，心怦怦地跳，要不要就此滑下去呢？要不要呢？

又一个巨浪来了，又一个滑下去的机会来了。他脑子一片空白，想起父亲、想起母亲、想起妻子、想起儿子，他还在想着，突然发现，自己的脚被抓住了。

有个人像只狗一样，在巨浪中贴着礁石爬过来抓住他了。

"是蔡耀庭吗？蔡耀庭吗？"他对着那人喊。

他看到蔡耀庭对他拼命地喊着什么。但蔡耀庭太喘了，一张口，发出来的声音马上被风雨撕裂了。他努力想听清楚，但终究还是听不清。他的脚被抓得太紧了,感觉都发疼了,但他突然很安心,他想,既然自己被抓住了,再大的浪,都无法让我滑落了。他干脆也坐下来,和蔡耀庭一起坐在巨大的浪里。

他忘记过了多久,他似乎听到了蔡耀庭在说什么。他问蔡耀庭:"你是说,我们回去吧?"

蔡耀庭喊起来:"我们回去吧。"

他感激地看着蔡耀庭,挣扎着站了起来。

他们相互搀扶着走到小学路口,他看到有个少年骑着摩托车在雨里边哭边喊着:"爸爸,你在哪啊?"

他知道是自己的儿子。他先是想,不能让儿子看到自己这般模样,不能让儿子看到自己父亲可怜得像只狗的样子,于是往蔡耀庭身后缩了一下,但又想着,儿子该多着急啊,他着急地挥起手,向儿子喊着:"浩宇啊,爸爸在这里,爸爸在这里。"

儿子也看到他了,撕心裂肺地喊着:"爸爸啊,你干吗去了啊,我到处找不到你啊……"

儿子在前头骑着摩托车,他坐在后头抱着儿子的腰。雨一大片一大片不断朝他们劈头盖脸打来。"对不起啊,儿子。"许安康还是努力让自己说出了口。

儿子没有说话,他知道儿子还在生气,他知道儿子还在哭。

"对不起啊。"他又说了一遍。

儿子开口了，还是愤怒的语气："你知道妈妈是怎么和我说为什么要转学回老家的吗？你知道我为什么愿意转学回来吗？"

风雨声里，他听到儿子哭着说："妈妈说，爸爸生病了，妈妈说，我们得陪着爸爸好起来，就像小时候我生病，爸妈也会一直陪着我，直到我好起来。"

儿子喊着："爸，我们赶紧好起来好吗？我很努力了，你也努力好不好，你让我陪你好起来好不好，你为我好起来好不好……"

许安康不敢哭出声，他大声回答着："爸爸好了，爸爸真的好起来了。"

是开学日了。一大早，妻子和母亲来回确定，儿子没有忘记带什么吧。

吃完早餐，妻子和母亲陪着儿子要往外走。许安康突然跟了上去："我陪你们去吧。"

"你可以吗？"妻子问。

"我可以啊，我可以了。"许安康说得很确定。

儿子开心地冲向他，但毕竟过了可以牵自己父亲手的年纪，犹豫着，最后只是咧着嘴笑着，拍了拍自己父亲的后背。

走过石板路,很多人看到了他,和他打招呼。他有的记得名字,有的忘记了。他们对他说:"回来了啊,回来好啊,回来好好休息啊。"他一个个点头致意:"谢谢啊,我会的。"

走到学校门口,他想起以前每个学期自己第一天开学,母亲也坚持一定要陪着他来。他挽起母亲的手,妻子挽着儿子的手,一起往学校里走去。

儿子的教室在行政楼后面,行政楼中间有个走廊,两边做了个荣誉校友墙,他知道的,往左数过去第三排第五行便是他。

儿子看到校友墙,就在找自己的父亲。他看到了,激动地说:"爸,你看,是你,当时你多帅啊。"

他还是不敢看荣誉墙上的自己,低着头笑着。

他担心地想:"这会不会给儿子添麻烦啊?儿子该怎么解释,一个立在墙上荣誉榜的北京的杰出校友,为什么要把自己的孩子送回东石呢?"

儿子猜出他在想什么,拍了拍他,说:"我很开心读你的母校的,那样,我就会一直知道,我的父亲原来有多好。这对我非常重要。"

许安康感激地看着自己的儿子。

送到教学楼门口了,儿子突然转过身对着他喊:"爸,你觉得是你的病会先好,有力气了,带我转学回北京,还是我先考上北京,带你们重新回去?"

他没有预料到儿子会这么问,一下子愣住了。

儿子显然不是找他要答案的,对他喊:"咱们父子都加油好不好,看谁先能帮到谁!"

他有些鼻酸,但最终让自己摆出打气的姿势,对着儿子喊:"加油啊!"

儿子蹦蹦跳跳地上楼去了。看着教学楼,许安康想起,自己高中的时候,分数怎么都上不去,整夜整夜睡不着。母亲担心他,每天偷偷跑来学校,躲在教室边上瞄他。

他和母亲说:"告诉你一个秘密啊,其实那个时候看到你了哦。"

母亲笑盈盈地说:"那我也告诉你一个秘密啊,其实,是我故意让你看到的。你当时什么都不和我说,我也不擅长说什么,就想到了这个办法。"

"原来是这样啊。"许安康恍然大悟。

"当时我想,我唯一能做的,就是得让你知道,有人爱着你,你是有家人的。"母亲说。

许安康有些鼻酸,转头看见妻子对着他一直笑。

他知道了,现在妻子、儿子和母亲,何尝不是用这个方式,又一次试图帮自己呢?

"你记不记得高考前最后一次模拟考,你哭着和我说,你完蛋了,你考不出福建了,你去不了北京了。"母亲突然说。

"记得啊,当时你安慰我说,没事的,咱们考不上就复读一年继续考,再考不好,再复读,复读到好为止。"

"是啊,我当时看着你,一直担心地想,我的孩子还没准备好,就要自己一个人去远方了,就要去到一个没有我、没有家人、没有家乡的地方了。我难过地想,他就要一个人到完全陌生的土地,重新找到活下去的方法了,我知道这有多难,而我什么都做不了。但还好,你终于回来了,我终于还是有机会陪你找办法了。"

许安康眼眶红了:"这几天我老在想,或许这次我就是回家乡复读的。"

"那这次咱们也不着急,没准备好,没考好,咱们就不出去了好不好?"母亲问。

许安康愣了一下,一旁的妻子帮忙说:"好啊,反正北京我们现在也没有家了,反正咱们这里有家。"

秋姨 的 赌博

要说我在家乡曾经有害怕遇到的人,那便是秋姨了。

也不知道为什么,我一回到家乡,秋姨总会知道。甚至好几次,似乎我刚下车,沿着石板路往家里的方向走,风就把消息捎给她了。我拖着行李刚到家,母亲刚给我开门,秋姨就到了。

秋姨总是满脸堆笑,笑容快溢出来了。

以前她的身后是她怀孕的患有痴呆症的儿媳妇,后来,身后便是她儿媳妇生下的孩子。

然后秋姨说:"你能摸摸吗?"

以前是让我摸她儿媳妇怀孕的肚子,后来,是让我摸她孙子的头。

这个怪异的举动开始于八年前。不过因果或许很早就埋下了。

中学时期,我去北京参加作文比赛拿了个一等奖,这样的消息,在小镇很容易被传说成类似于古代进京赶考的大事。本来因为父亲生病,低着头憋着劲儿生活的母亲,好不容易有个抬头扬眉的机会,见人就问,知不知道她儿子去北京拿奖了。然后,便要回忆我成长的各种故事,中间不断穿插强调她作为母亲做得尤其好的部分。

那段时间,母亲逮住人就说,一说便总要将许多细节夸张化,说得多了,那些夸张的东西,她倒因此笃定得千真万确了。比如我小时候有段时间不太爱和人说话,在母亲嘴里变成了我一度痴呆过,她还补充了细节:"我找医生,医生说糟糕了,你儿子可能是痴呆儿。我说怎么办啊。医生说,我们没有办法了,你得去求菩萨了。"按照她的说法,她就领着我到处去拜菩萨,结果有天我突然开口说了,然后一说,还出口成章。故事的结尾是,她后来特意跑观音阁问,到底菩萨如何帮忙的啊?观音阁的师父说,是菩萨特意来摸你儿子的脑袋了……

故事就此被加工出某种传奇的粗糙的样子。

在这人间生活过的人应该都知道,传奇如杂草一般,总是容易生长且不容易去除的。有时候长久不见,以为它已经消失了,哪阵风过雨来,再出门,发现,在某个墙角里就又冒出来了。

我不知道秋姨具体是在哪听到这个故事,但她听到了,激动得当夜跑来敲我母亲的门。

母亲虽然不解秋姨的激动,但时隔多年,竟然有人愿意重新说起带有她荣光时刻的传奇，她当然愿意非常笃定地承认，甚至还带点感激："是啊是啊，就是这样啊，真没想到大家现在还记得啊，真是不好意思。"

一承认，秋姨更激动了："那可得让你儿子帮帮我一家了。"

母亲纳闷了，她不解我能帮什么忙。

秋姨认真地说："你儿子的灵魂是被菩萨摸过的，菩萨的佛光应该在他身体里，我得请他来摸我的孙子啊。"

秋姨这个怪异的想法，母亲没当回事，还当作故事和我说了。只不过说完，她自己也感慨："阿秋也是太辛苦了，辛苦到都如此魔怔了。如果你真能帮她，该多好啊。"

结果那一年过年，我从北京回老家，拖着行李刚到家还没五分钟，秋姨就到了。她当时领着的是她的儿媳妇。

看样子，出门前，秋姨用很短的时间帮儿媳妇收拾过，头发包着一块头巾，脸是被擦干净过的，只是她儿媳妇又流了鼻涕和口水。衣服看来来不及换，全身都是吃饭时滴漏的酱汁的痕迹。挺着个小小的圆圆的肚子，看见秋姨对我笑，她也跟着笑。

秋姨把她往前推，推到我跟前。秋姨笑着用祈求的眼神看着我，说："帮忙摸摸啊，顺时针的方向摸三下，再逆时针的方向摸三下，然后轻声和肚子里的宝宝说，早点开智慧啊。"

虽然听过母亲的讲述，我还是没有预料到，真会有这样的场景发生在我的人生里。我内心受到巨大的震撼，愣了很久，看着那个小小的圆圆的肚子，一时手足无措，连推脱的话都不知道如何说。

秋姨有些着急，把儿媳妇又往我身边推，用祈求的口气说："求求你帮个忙了，求求你了，我问过算命先生，我问过寺庙的师父了，说这样可能有用的。"

"可能"，我知道，应该是秋姨把她想象的逻辑告诉对方，对方在她如此可怜的眼神注视下，不得不如此应和吧。

我向母亲抛去求助的眼神。母亲刚刚应该也是被吓到了，她自己是后退了三步，缓了好一会儿，看看我，再看看秋姨，看到秋姨眼眶已经红了，她自己跟着眼眶也红了。

"你就摸摸啊，摸摸又怎么样。"母亲最终这么说。

我没有想到母亲是如此反应，心提到嗓子眼，却也实在没有其他办法了，我紧张地伸出手，我摸到了，那软软的、暖暖的、圆圆的肚子。我手够到的时候，肚子里那小生命似乎感受到了一般，踢了一下。我不由得吓了一跳。

秋姨激动了，她噙着泪花说："宝宝有反应了，有反应了，你快说，赶紧开智慧啊宝宝，赶紧开智慧啊宝宝。"

我一字一句跟着念了。

秋姨满意地感动着，然后问我："我们明天早上九点来会方便吗？"

我没反应过来。

"还是十点?对哦,你好不容易回趟老家,是该好好睡些觉的。"秋姨试图理解我的表情。

见我还是一副不解的样子,秋姨又补充了:"师父说,每天摸效果更好。"

我不相信师父这么说。我无法想象接下来每天都要做这么奇怪的事情,我生气了,拉着脸,一声不吭。

母亲却帮我答复:"好啊,那就十一点吧,大概中午吃饭的时候,他肯定得醒来的。"

我困惑地看着母亲。

秋姨一走,我刚想把气发出来,母亲倒抢着先开口了:"你也知道阿秋在绝境里,难道你不想帮她吗?整个东石镇的人都希望自己能帮,你怎么能不帮她呢?"

"但是……"我还没说完,母亲就打断了:"是啊,这种想法很奇怪,但再奇怪的想法,只要是某种希望,就是好的吧。"

母亲探出头去,看着石板路上秋姨牵着自己儿媳妇那欢欣的背影,自言自语着:"反正我还挺敬佩她的,挺想帮她的。"

我把话噎了回去。是的,母亲说得对。对绝望的人来说,只要有创造希望的能力,即使再古怪,都值得尊重。

那几年，秋姨的事情俨然成了东石镇上大家最揪心的事情。

每次回老家，走在街头巷尾，总要听到街坊们相互更新着秋姨家里的风吹草动，调整评估着秋姨的胜算。但每次算着算着，总要觉得绝望，说得难过的时候，是会跟着掉几滴泪水的，掉完泪水，却又突兀地愤怒起来："该，偏偏要做这样和老天爷当对手的赌博，该！"

人的愤怒经常来自对自己无能的察觉。街坊们不理解，秋姨为什么要开这么个一定会输的赌局。

秋姨的赌博，是从十几年前就开始了。东石镇上的人也跟着揪了十几年的心。在那之前，秋姨是我小时候最期待见到的人。

应该是我七八岁的时候，国家在改革开放，大家突然有钱了，曾因贫穷死去的节日，也开始在东石镇复活。那些被贫穷欺凌了将近一辈子的老人，竟然在埋自己的土都堆到胸前时，突然有了机会，便报复性地想弥补此前人生的遗憾。他们用生命最后的力气到处搜索着记忆和典籍，只要依稀找得到线索的节日，便迫不及待郑重地提出来。而年轻人也特别愿意复活节日，他们刚拥有财富，又还不知道如何表达心里的窃喜，因此，节日是多么好的东西。

我由此越来越经常见到秋姨，因秋姨的丈夫阿福，是我们家族最受欢迎的乡宴厨师。

阿福是我同一个宗族的亲戚,可能算是堂叔吧。本来是顶班他父亲在东石镇上的酱油厂工作,每天给酱缸"戴帽子","脱帽子",偶尔拿根棍子把正在发酵的黄豆搅拌一下,工作还算清闲。

那一年,宗族长老提出希望恢复六十年一次的宗族进主大祭祀。长老们很激动,因为这大祭祀上一次还是清朝时办的,此后整个民族蒙难,虽然中间几次挣扎着想复办,最终还是流产。而如今,"要是能在这一代重新办成了,我们到地下见老祖宗可长脸了"。长老们越想越是激动。

老人们翻箱倒柜,竟然翻找出祭祀的流程,以及相应的筵席。找到了,便又发愁了。这些祭祀的菜单,原来的底子是西晋时期第一波迁徙到闽南的祖宗拟的,后来历经不同朝代,家族中有飞黄腾达的人,在当时见着了新的精致东西,再提增补的。这些增补,也是严谨得很,需要家族的话事人请得神明和祖宗认可后,才能归入菜谱,并最终结合到祭祀仪式中去。只是,国家经历了百余年的贫瘠和苦难,现在到哪儿去知晓这些菜式的做法!

家族长老们琢磨了半天依然没有头绪,有人提议,要不最后努力下,誊写几份,分给各个家庭去辨认。兴许,有些家庭藏有这些菜式的记忆的碎片呢?

阿福的父亲也因此拿到了一份,他就随手放厅堂里了。阿福从酱油厂里回来,一看,就没放下,琢磨了好些天,对他父亲说:"好几道我好像知道如何做。"

阿福的祖父的祖父经营过航运和布料,是阔过的,但到了他爷爷那代,早已是真真切切的无产阶级。他的父亲都没尝过祖上阔绰时候的讲究吃食,更何况阿福呢?

父亲当然是不信的,但阿福那天下午就自己琢磨着做了一道。像个样子,而且还好吃。父亲激动地唤来家族长老们。长老们让阿福再做个几道。最终成品,大家觉得有些菜的味道和卖相应该不对,但大部分菜式,真切觉得,对得有点神奇。

那场宗族大祭祀,由此让阿福来担纲主勺了,据说办得可是轰轰烈烈,许多人边吃着筵席边激动地说,死而无憾了。

可能实在好到有点匪夷所思,宗族里的人还偷偷议论,说不定阿福是家族此前的祖宗再投胎回来的,还说,估计孟婆汤只喝了一半就偷跑回来了。他们还说,只喝了一半孟婆汤的魂灵,怕是会被发现突然抓走吧。

但传说总归是传说,好吃却是真真切切地好吃,阿福就此成了东石镇的厨神。宗族的大小祭祀和每户人家的红白喜事,大家都想请他来掌勺,后来他也干脆不去酱油厂,就此搭了自己的队伍。

节日到那时就已经如此之多,我其至每周都是要见到秋姨的：她坐在丈夫阿福的自行车后座上，两只手搭在阿福的腰上，穿着裙摆很长的白色连衣裙。

阿福的皮肤黝黑黝黑的，应该是长期被火烤出来的，骑自行车的时候嘴巴总是开心地咧着，露出白白的牙齿。阿福蹬自行车每次都蹬得格外起劲儿，骑得飞快，镇上的海风总是到处乱窜，偶尔再撞上些海风，秋姨的白色连衣裙就要飘起来。

那时候，东石镇上的女人，大部分连自己好好轻松地走路的机会都没有，总要拎着点、抬着点、挑着点、扛着点什么，她们一天天看着穿着白色连衣裙的阿秋，从自己眼前一次次欢呼地飞过去，总要愤愤不平："爱卖弄。"然后又酸酸地自己回："谁让人家命好。"

阿福的身后，一般会跟着三个人、两辆三轮自行车，像跟着巡游一般。

一辆是个胖子骑的，载着一个巨大的锅炉。胖子叫阿山，长得确实像座山一般，小时候我和另外两个小孩手拉手围成一圈，才能抱住他。他就负责锅炉。

另外一辆有两个瘦子，一个叫阿海，一个叫阿波。他们是亲兄弟，年岁不算很大，估计也就十三四岁吧。他们轮流一个人骑三轮车，一个人看着堆满车斗的铁锅、蒸笼……以及一把鸡翅木的交椅和一张可以折叠的圆形小桌子。

那把鸡翅木的交椅，是当时东石镇最有名的交椅。每次阿福领着大家到了目的地，便会勘查好设置炉灶的位置，就此自然可以定出备菜、炒菜、出菜的动线。他总会在可以正对着炒菜台又不会被油烟熏到的位置，用帆布铺好一个底垫，再搭好一个顶棚，然后把那把鸡翅木的交椅搬下来，调整好位置，对着秋姨说："试试，这样坐舒服不。"

秋姨点点头后，阿福才开始烧菜。

说实话，当时的秋姨真不算招人喜欢。

秋姨自小说话就是夹子音，走路一小步一小步的，像迈着莲花步的小娘子。如果是生在那种豪门世家，这样的娇滴滴，应该算是美德，偏偏她生在一个讨小海的渔民家庭里，因此总让人觉得气恼。尤其她还喜欢干净，从小闻不惯海腥味。她父亲母亲从小打是打了，骂是骂了，她也捏着鼻子去帮忙干海里的活儿，但每次总要呕吐到脸色发白。秋姨的母亲很发愁，哪个家里没点腥臭的人家肯娶这样的女人？她怎么也望不见自己这个女儿的未来。但偏偏，一次亲戚的筵席上，阿福见到了秋姨，回去就想着念着，一定要娶她。阿福的父母也不敢阻挠，想着：说不定阿福回这趟人间就是为了要寻这个人的，说不定这姻缘是哪一辈子就定了的。

秋姨就这样成为镇上的女人最羡慕也最不待见的人。是说不出秋姨有哪里做得不对，她见人总一副热情的模样，只是东石镇的女人们，看着自己眼前望不到边、无尽波折的生活，总是要愤愤不平地想起那个穿着白色连衣裙的秋姨，想着，这人间真有天生注定命好的人吗?想着,这人间本来就是波涛汹涌的,怎么有人就是风平浪静呢?想到生气处,还会私下咬耳根:不是说,人是来人间历劫的吗?劫难呢?

估计老天爷也想不到,秋姨的命好,还动摇了镇上女人们本来的安分和认命。

果然,难处确实来了。

秋姨嫁给阿福后的第二年,生了,生的还是儿子。那段时间,鸡翅木交椅上,坐着穿着白色连衣裙的秋姨,和他们那又胖又白的儿子。只是,那孩子看来是有些怪的,自出生似乎就不太爱回应人,一开始大家还善意地解释,可能是以后要当官的,矜持。但是又过了好几个月,那孩子矜持得仿佛不知道这世界还有其他人。

阿福和秋姨带着孩子到处寻医,据说厦门、广州都去了,那一年多,宗族里的几场筵席不得不为此挪后了时日。等到阿福和秋姨回来了,却关在家里许多天。最后是秋姨出来和大家说话的。她已经找到了逻辑。她说:"是啊,我家孩子是痴呆儿。"她说:"是啊,阿福受到很大的打击生病了。"她说:"但是我们放心了,这世间哪有一好再好的事情,对我们不好的事情就落在这儿了,我们家就此全部都要很好了。"

她应该就是用这个逻辑安慰了自己和阿福。秋姨为此找到大儿子的名字了——天助,她觉得,老天爷是用这个特殊的方式来帮他们的。她觉得,全家都得感谢天助帮忙挨了这世间对他家里不好的部分。

后来,秋姨又怀上了,生的还是个儿子,而且健康且聪慧。秋姨见人就说,你看,老天爷还是帮我们的。

阿福开心地把这个孩子叫作天成。

天成刚出生,要把屎把尿。天助虽然出生很久了,也要把屎把尿,而且长得越大,把屎把尿的难度越大。就此,秋姨再没跟着去做筵席了,她和镇上所有的女人一样,每天在家里柴米油盐,再没穿过白色连衣裙了。

自从秋姨终于过上了穿不上白色连衣裙的生活,镇上的女人们发现自己突然喜欢秋姨了。比如我母亲,那段时间隔三岔五、大惊小怪地夸秋姨:"那阿秋,想不到啊,娇滴滴的还能那么利索,天助不是痴呆吗,大便完屁股夹着屎突然要跑,她一个虎扑,把他按着,手抓着纸准确地一抠,干脆利落,真是厉害啊!"

母亲尤其夸一点:"阿秋在大是非上门儿清,天成才三岁,但已经知道自己哥哥笨,老爱欺负天助。阿秋每次都要恶狠狠地教训天成,然后告诉他:'是哥哥的牺牲才有我们一家的顺遂。天助是我们家的菩萨。'"

阿福似乎也是这么想的,虽然天助确实管不住屎尿,阿福还总喜欢带他出去做筵席。天助就坐在那把鸡翅木交椅上,阿福边做菜嘴里边发着一些旁人听不懂的音节和天助说话。但总有主人家忌讳的，特别是婚宴，毕竟天助随时随地拉屎拉尿，而阿福又总在出着菜，哪知道哪次刚帮天助处理完屎尿，阿福手来不来得及洗干净。

总会有人憋不住，在订桌的时候要问一句：天助会来吗？阿福就会直接说："你家我不做了。"

任谁来劝，开再多钱，都不做。

我记得那场筵席，在祠堂前面的广场上整整摆了三百多桌。我忘记那到底是什么节日，好像是先祖来东石镇开疆辟土第几百年吧。到那个时候，被打捞复活的节日已经实在太多，我都记不全了。但我记得，那场筵席是阿福掌勺，上了他拿手的"山海汤""万般红"……

筵席是流水席，一道道上菜的。阿福的人手一直就那些，所以每上一道菜，中间就总得隔个一二十分钟。大人就趁着这一二十分钟猜拳喝酒，小孩则赶紧去打闹。当时的我不大不小，十五六岁了，老爱去后厨看阿福做菜。阿福那天很高兴，他听说我喜欢写作，和我说有空时给我讲一道道菜他是怎么悟出来的。他说比如山海汤，就是有一天他知道了，每种活法，老天爷都放着味道在身上的。山珍有山珍的香味，而且山顶山腰山尾的味道不一样。海味也是如此，比如入海口的鱼和大洋里的肯定不一样。他说，山海汤就是用山珍加海味来谱香味的交响曲……我听得不甚明白，但自此倒也知道如何煲汤了。后来我在北京工作，试着用猪肉、鸡肉、牛肉等，搭着不同的海鲜煲汤，总会有些特别的味道。

倒数第二道菜是"多子多孙"，用各种坚果和糯米做成的菜。这道菜是给干粗活的人顶饿的。顶饿对他们来说，是食物最高的美德。然后就剩下最后的甜汤了。

"多子多孙"端出去了，阿福笑嘻嘻地和我说他有些累，他说最后一道菜容易，就是把熬好的花生汤盛出来，放几颗自己包好的汤圆。他说他眯着休息一下，也让那些还没喝过瘾的人把握最后的机会冲一冲。

我回到自己的座位上，看到家族里话事人三叔公喝得满脸红光，激动得到处猜拳。前几年他老病恹恹的，见着任何人都抱怨命运不公，到老了才碰上人间的好光景。现在看，我估计他应该不会那么轻易离开这人间了。

虽然是特意给喝酒的人留的，但给得也太久了。三叔公喝完第二圈，着急了，叫人去催阿福。催的人边哭边喊着回来，说甜品没了。

为什么甜品没了？

那人说，阿福没了。

参加筵席的人涌到后厨围观，阿福就坐在那把鸡翅木交椅上，像是睡着了。

三叔公哭着感慨了句："哎呀，看来还是被发现，叫回去喝孟婆汤了。幸好,幸好他把菜都给带回来了。"

时隔多年后,总还有人会说起,阿福的最后一场筵席真是绝。说实话我忘记确实的味道了,但记得,那真是我吃过的最好吃的筵席了。那段时间,我总在想,或许阿福叔便是老天爷派来帮这个好起来的世道庆贺的吧。只是复活了菜谱就让他回去,老天爷也太不把人当人了。都来人间了,他已经在这里有妻子有孩子有牵挂有不舍了,说召回就召回?

毕竟是家族的大筵席,人到得全。阿福走之后,女人们留下来清理,男人们把阿福抬回家,然后大家再赶回祠堂继续还没完成的祭祀,祭祀一结束,再赶场到阿福家。

再赶到阿福家的时候,他已被整理得干干净净,在厅堂中间躺得好好的了。秋姨搬来鸡翅木交椅,就对着阿福坐着,如以往一般。

秋姨一副不解、愤怒的样子,嘴里反复唠叨着:"不是说好了,这世间对家里不好的东西,天助已经受了啊,凭什么还要让阿福走!"

女人们围着秋姨安慰,她们知道,秋姨果然和她们一样,甚至,比她们还可怜。她们跟着也愤怒起来:先把最好的给了,再全部拿走,这老天爷,是戏弄人啊。这样子,还不如不给。

宗族里一直有人在生生死死，相关流程和配套都是现成的。

流水线一般，开始有人帮忙在大门口搭大棚摆桌椅。按照老家的风俗，下葬前几天，亲戚朋友都得来陪阿福这最后的时光，得有地方让大家喝茶吃饭打牌嗑瓜子。厅堂里，宗族里糊纸最好的人鬼手七已经正在支灵堂。他嘴里叼着根烟，边搭边自言自语着："阿福你要什么，我都糊好捎给你，我给你糊多几瓶茅台？"想来想去，实在不知道阿福喜欢什么，末了他还要问一直用夹子音呜呜哭着的秋姨："我糊个美女先过去陪阿福可不可以？"

三叔公来了，说："去祠堂那儿问了祖先，去九龙三宫庙问过王爷，合适出殡的日子有两个：第三天以及第七天。

"要不就第三天吧，现在大夏天，身体容易臭的，让阿福走的时候清爽点。"

秋姨不吭声。

三叔公走近了，又问了一遍。

秋姨突然站了起来，靠在阿福身边，激动地喊起来："这不对，这太不对了！"

三叔公当然理解秋姨的难过和愤怒，像哄孩子一般劝着。

但哪劝得住。秋姨自己想明白了。她说："我杠上了，老天爷真是坏，它给我家一个白事，我便要还它一个红事。"

"你是要做什么？"三叔公听不明白。

"三叔公,我记得的,咱们这儿的风俗,父亲死了,儿子要么在他入土时赶紧结婚,要么就得五年不娶亲对吧?"

三叔公大概知道了,又惊又气:"别添乱了!"

秋姨说:"我选第七天的葬礼。"

其他长老也来劝了,宗族们的女人们也七嘴八舌地劝着:"你如何在七天内给天助找媳妇啊""痴呆儿找的也一定是痴呆儿,你如何背得起""阿秋啊,你何苦把自己逼到绝路啊"……

秋姨说话还是夹子音,因为激动,声音更尖更锐了:"我家是从天助身上开始不好的,所以我要从他身上正常起来,我要赢回来。"

秋姨走到供桌边,翻找出圣杯,用她的夹子音对着阿福的尸身倔强地问:"阿福我问你,要不要给天助成亲?"

两块木片落在地上,一阴一阳,意思是肯定。

秋姨哭着用夹子音喊着:"阿福,我再问你,咱们要不要赢回来?"

大家还想劝着什么,她捧着圣杯往地上一扔,一阴一阳。秋姨用夹子音尖声地喊着:"我们必须赢回来!"

灵堂在当晚就搭好了,我被母亲叫上,一定要和大家一起给阿福守灵。大家是真舍不得,镇上但凡和阿福搭点亲戚关系的人都来了。女人和女人凑在一起,总要各种感伤,各种回忆,然后各种说头。

那晚，她们说得最多的是秋姨——秋姨六点多就自己找阿海打来了饭菜，边守着阿福边吃。晚上八点多，她把阿山叫来灵堂前，当着大家的面叫他回去休息，叮嘱他明天早上六点骑车来接自己。她说："咱们只有七天。咱们要在两天内跑完镇上所有媒人，还要跑完附近镇所有媒人。"她说："咱们得在第三天或第四天开始安排相亲，最好必须在第五天前相完亲，这样还有第六天、第七天筹备婚礼。"说完，九点不到她和大家招呼都不打，就躲到房间里睡觉了。

秋姨说得很大声，大家都知道她是故意说给所有人听的。

"哎呀，怎么能和天杠呢。"有人这么说。"是啊，阿秋此前太顺遂了，所以才不懂，这世间就是这样啊，低头把能过的日子过下去便是了。""但确实是过分，真不如同我们一样，从一开始就不给。尝过甜再来尝苦，总是更苦的。"……

不过最终大家都决定不劝了，想着，七天内给痴呆儿找痴呆媳妇，这本来也是不可能完成的事情。"让她发泄下也好。"大家最终这样认为。只是终究还是要为阿福叫屈："人毕竟只死一次，妻子不亲自给自己守灵，是不是也显得可怜？"

第二天秋姨五点多就坐在灵堂前等阿山。本来她应该披麻戴孝的，但毕竟是要去讨个婚事的，她想了想，换去那身白色的丧衣，换上以前穿的白色连衣裙，头上也不戴麻了，簪了一朵白花。有看不惯的人说，穿得这么喜庆，去哪啊？秋姨当作没听见,眼睛直直看着自己死去的丈夫。

那应该是我见过最诡异的相亲了。因为念着阿福叔的好,那几天我上学前会绕过去给他烧点金纸,上完课就去守灵。第二天就看见有穿着红艳的媒婆,在灵堂里进进出出的——她们不断更新着收集来的信息。到晚自修下课后,还看到,几个媒婆正坐在灵堂前,拿出一张张照片,和秋姨激烈地讨论。第三四天,就看到竟然还有媒婆干脆领着前来相亲的女方,在灵堂排队等着,一个个轮流去和天助对看。这些女生,都是痴呆的,有的还是特意从精神病院领过来的,因此,阿福叔的灵堂前,经常停着来自各地精神病院的车。

我好奇过秋姨的标准,毕竟痴呆儿如何判定哪个好?她和媒婆讨论的时候我大概听到一些。好像就是把女生和天助放一起,如果不会打架就是好的选择。

第五天晚自修下课回来,秋姨正在努力说服宗族亲戚帮她筹备婚礼。她说:"你们刚才看到了啊,这阿屏一走进去,天助就一直笑,阿屏也一直笑,你也看到了啊,天助刚才还说了'喜欢'。"

三叔公又气得脸红彤彤的:"怎么就不听劝,你考虑过后果吗?先说着,如果以后再生个痴呆孙子,宗族不帮你养的。"

秋姨生气了:"我什么时候要宗族养?我自己养。"

"你养不动啊。"三叔公急到直跺脚了。

秋姨突然想到了，说："咱们问阿福，这个事情得问阿福，能尊重阿福吗？"

三叔公张了张嘴，气到说不出话。

秋姨燃上香，详细地讲述了阿屏和天助互看时的样子，说着："你是一家之主，就由你来定。"

然后她要掷圣杯了："阿屏是你给天助挑选的媳妇吗？她是不是一定会给我们生下健康的孙子，帮天助延续香火？如果是，阿福你给我一圣杯。"

圣杯落在地上，一阴一阳，代表肯定。

秋姨高兴到眼泪一直淌，拿着圣杯说："这事，我就听我丈夫的，你们谁都不能拦。"

阿屏和天助最终在第七天结婚，也就是阿福出殡的那一天。

这丧事喜事怎么合在一起办，宗族大佬们也讨论了许久，还翻找了宗族保存的记录。还好历史上是有的，民国时期有两例，清朝时期有一例，明朝时期有三例。不过，这些都是本来就谈好婚姻，或者富裕的家庭想在老人走之前赶紧促成婚事，趁老人的灵魂还在的时候，最后让他高兴高兴。

最终商量的办法是先办喜事，按照原来的习俗该怎么办就怎么办，然后大家再一起换上丧服，再办丧事："让阿福看到天助结婚再走。"

难度大就大在，按照祠堂卜卦确定的时间，阿福必须在下午两点前入葬。

我记得那一天整个家族的人都很忙，大家都先穿着喜事需要的大红衣服，如正常的喜事那样，一进门就说恭喜恭喜，早生贵子。然后新娘坐着车入场了——婚车是精神病院的车改造的，因为担心新娘结婚当天过度亢奋会闹出事，结婚前一天医生还是建议在医院里观察——新郎新娘开始拜天地父母和对方。

整个过程确实艰难，阿屏和天助以为在玩过家家，开心地四处跑。最终是双方的母亲各自盯着自己的孩子，硬是按着头拜完了。

一送进洞房，主持人大喊："开席。"阿海、阿波就赶紧出菜，因为抢时间，菜是两个两个上。主持仪式的三叔公，拿出了祖传的怀表，到一个时间点就喊着："大家抓紧着，第三组菜必须十二点四十分上，十二点四十五分撤，换第四组……"大家像打仗一般吃着婚宴。

终于最后一道甜汤上了，就是阿福叔此前没上的花生汤圆。三叔公大喊："甜头甜尾，幸福美满，礼成！"我都还来不及盛一勺吃，三叔公又大喊一声："阿福送殡仪式，正式开始！"

我听到三叔公的声音有些发紧，再一看，三叔公在台上老泪纵横，喃喃地说着："阿福啊，你高兴吗？今天你儿子天助结婚了啊。"边难过边看怀表,再着急地喊:"诸位亲友赶紧换丧服,万万不能误了时辰。"

婚礼办完了,葬礼也办好了。大家又笑又哭一天后,都各自回家了。

按照习俗,结完婚大门还要开着七天,大家还要连续七天去闹洞房似的放鞭炮。我每天晚自修下课后还是会绕过去看看,但秋姨家里总空荡荡的。大门口也没有放鞭炮的痕迹。

我回到家,心里很不是滋味,问母亲:"你干吗不去闹洞房?"

母亲说:"哎呀,我们也不知道,心里怪怪的,这究竟到底算是场葬礼还是婚礼,我们也不知道,自己到底是生气还是难过。阿秋如何能让自己背上这样的人生,她不知道人生累起来多累吗?"

当时我父亲已经偏瘫,我母亲已经知道了人生的累。

"我是知道那种不服气,但是如何把这日子一天天过下去啊?"母亲在那儿难过着。

生气的不只是母亲。那几天,我每天上课下课,去菜市场吃早餐、陪母亲去买菜,总要听到东石镇上的女人们各种讨论,一开始肯定是难过,再后来是担心,然后是生气,最终她们彼此安慰对方:"但还好,两个痴呆儿应该不会那个事情,应该不会有小孩的。"还有人提议:"我们这几天都去各个庙里拜拜,请菩萨保佑千万不能让这对夫妻有孩子,要不阿秋可怎么办啊?"

镇上的人们为秋姨捏把汗,秋姨倒把日子过得斩钉截铁的。阿福走后,阿山、阿海、阿波合计了一下,找到秋姨,说他们想把这个乡厨队继续做下去。他们问,利润的百分之三十给秋姨如何?秋姨不认可,她说:"这乡厨队我们家就此使不上任何力气,拿你们的钱,买的东西我都吃不下口。"他们担心秋姨如何养活这两大一小,何况这两个大的都是痴呆儿。秋姨说:"如果担心,你们就偶尔救济我们一些吃的,没有谁的性命该让别人担的。"

秋姨知道自己无法出门的,痴呆的大儿子和大儿媳吃喝拉撒都要她,经常大儿子拉在裤子里的大便还没清理干净,儿媳又来找她,开心地说:"便便拉在裤子里了。"

秋姨最终找到的方法是,拼命争取些能拿到家里干的工作。她先找到的工作是剖牡蛎。东石镇的人从古好吃牡蛎:牡蛎煎、牡蛎饼、牡蛎地瓜粉汤……这么多种做法,都需要把牡蛎剖开,一只只铡到盆里养着。她每天四五点抢在儿子儿媳醒来前,跑去码头买进那些刚从礁石上剥下来的带壳的牡蛎,然后回到家支起桌子来,一只只剖着。牡蛎的壳很锐,不好剖,剖牡蛎又是用那种尖锥去撬的,经常一不小心手一滑,直直往肉里戳。秋姨的手坑坑洼洼的，都是伤。

操持过日子的人，都知道秋姨的日子是如何的难，镇上的人一想就难过。

阿福的徒弟们每次承接的筵席有剩菜，隔三岔五就往秋姨家里送；有女人自己今天过得太累了，晚上吃着饭的时候，想着阿秋太难了，盛了些饭菜就往秋姨家送……我母亲也是，记得有次过年我们好不容易炖了只鸡，她刚喝了一口，说："真甜啊。"突然一想，"哎呀，阿秋年夜饭不知道有没有着落。"说完，找了个汤碗直接分了半只鸡就要往外跑。我偏瘫的父亲看了着急地喊："我好久没吃鸡汤了。"母亲白了一下他，说："你不知道单独挑一个家的女人多难，别叫。"

只不过，经常送东西去关心秋姨的人总是气呼呼地回来的。送过去的东西，秋姨总是要感激地接过去的，只是，关心的人总要唠叨，说着："哎呀，谁让你太倔强了，硬是自己往已经很难的担子上再加难处。"说着："你看你现在过的是什么日子，哪天是个头。"说着说着，关心的人就要难过，难过到最后便又生气了："该啊，该啊，看你怎么办？"嘴里是骂着的，泪倒是哗哗地流着。

秋姨说："不会啊，等天成长大有出息了，等天助和阿屏生出个绝顶聪明的孙子了，我的日子就好了啊。"

听的人更生气了："你真是疯了，还想要孙子。"

秋姨认真地说："怎么不要，就是得要，不要怎么找老天爷讨回道理来。"

关心的人因此气到骂骂咧咧地离开,但过几天,总要担心着又来了。

毕竟是家族的人,总不能撒手不管的。一开始家族的大佬组织着节日的时候来送点油粮以及钱,然后好几次来动员秋姨把天助或阿屏送去结扎。然后,就被秋姨真的拿起扫帚给扫出来了。边扫边用她的夹子音骂:"宗族长老要宗亲断子绝孙,你看老祖宗怎么收拾你!"

经历过几次,宗族的人不爱来,也不敢来了。

但好在,半年过去了,阿屏的肚子没有任何动静。大家窃窃私语:"老天爷帮阿秋啊。他们两个不懂这个。"

两年过去了,阿屏的肚子没有动静,镇上的人终于安心了,见面都要彼此庆幸一番。

结果,秋姨反而着急了。夫人妈的庙婆惊恐地和来拜拜的人说,秋姨突然每天都要去夫人妈庙求赐子。每次秋姨求完,她就悄悄地燃起了香,和夫人妈解释,说:"刚才那个阿秋不懂事,乱求的,夫人妈千万别显灵。"

但庙婆没把握,夫人妈会听谁的祈祷,赶紧拉众人商量。最终得出一个方法:秋姨能出门的时间只有挑完牡蛎回家后到天助和阿屏起床前,庙婆观察过,一般秋姨六点就到,然后七点就得走。要不,夫人妈庙干脆改到八点才开门?

第二天，夫人妈庙门口挂了个牌子：根据夫人妈董事会会议决定，即日起开山门时间改为夏令时早上八点。特此公告。

据说，秋姨气到早上六点到夫人妈庙门口敲门，整整敲了三个月，边敲边骂。那住庙的庙婆说，她屏住呼吸躲在庙里，大气都不敢出。

天成读小学了，天成读初中了，天成不仅是懂事的孩子，还是读书很好的孩子，果然是老天要成全的。镇上的人，心越来越放松，想着，再熬个六七年，天成大学毕业后，秋姨该轻松一些了吧？

但是，又认真想想："天成结婚的时候，又如何会有姑娘接受这样的家庭？"

另外，大家知道秋姨的，秋姨肯定会觉得天助和阿屏是自己的事情，她是不会让天成来帮她挑的。但是，秋姨会老啊，老到挑不动了，这可怎么办？镇上的女人们讨论到这里，就又要愁眉苦脸长吁短叹的。

我记得是到北京工作的第二年吧，那天我正在报社值班接听热线电话。母亲打来了电话，我按掉，她又打来，我又按掉，她还是再次打来，我好不容易听完热线电话之后，赶紧接起母亲的电话，没好气地说："什么事啊，非得这么着急？"

母亲的口气着急坏了："糟糕了，糟糕了啊。"

"到底怎么了？"

母亲上气不接下气："真的有了，怎么就有了啊，这可怎么办？"

我没反应过来："到底什么有了啊？"

"阿屏啊，天助他老婆啊，怀孕了啊，这可怎么办啊？阿秋怎么办啊？"

母亲说，就今天早上，秋姨激动地拿着两条杠的测孕棒，到处给人看。秋姨的脸上虽然一直笑，但手一直一直地抖。"她估计也开始害怕了吧。"母亲说。

那年春节，镇子上弥漫着一股紧张的气息。很多人心里都默默在数着这个赌局几次开盘的时间。医生检查，到春节已经是第四个月了。那么第一次开盘就在六个月后，看生出来的孩子，是不是身体健全的。第二次开盘，估计得有个两三年，这才能确定这孩子智力发展如何。

因为我摸过秋姨儿媳妇的肚子，我也成了众人紧张追问的对象。我去买春联，卖春联的阿玉婶赶紧放下其他客人，把我拉到一旁盘问："怎么样啊？"

我问："什么怎么样啊？"

阿玉婶自个儿念叨："我也是神经了，你用摸哪知道怎么样。"说完自己不好意思地咧着嘴笑，但还是忍不住又问了："那摸起来怎么样，就是，感觉健康吗？……"

事实上我感觉那段时间，很多人都魔怔了。我听她们自己说，有的人睡到半夜一个翻身不小心打到自己丈夫，突然坐起来愣愣地发呆："哎呀，天助是不是和阿屏还睡一起啊，哎呀，天助哪懂轻重，会不会一不小心打到阿屏的肚子，如果恰好打到肚子里宝宝的脑袋，那可要出事了。"想着着急了，等不到天亮就去敲秋姨家的门。

那个春节我干脆不出门了，大家很紧张地和我打听，然后又都知道我哪懂什么，但还是要问我。她们还会和我说她们如何紧张的故事，听着听着，我也跟着紧张起来。而且，我依然适应不了要摸阿屏肚子这个事情。每天早上，在秋姨祈求的目光下，我一次次强迫着自己的手伸向那个肉乎乎暖绵绵的肚子。我的胃紧张得快要痉挛。

但那句祈祷的话我倒是非常真切地说："赶紧开智慧啊宝宝，全东石镇的人都在等着了。"

好几次我难受到想提前回北京，但是，最终还是告诉自己必须坚持住。从高二我父亲生病，家里开始面对接踵而来的那么多痛苦，这帮族亲、邻居也是这么不懂分寸地关心。我试图理解他们，我想，面对着生活他们根本没分什么大家小家，只是简单地把所有人都当战友。这种活法，是会拥挤喧闹到让你不适，但终究还是温暖的吧。

而且，我发现了，我和东石镇上所有其他挣扎的人一样，是那么希望秋姨能赢。

仿佛这场赌局,是秋姨代替我们东石镇上的所有人,代替在生活里匍匐挣扎的每个人,向命运吐了一次口水。我们也早已经对这世间无尽的波折如此愤怒了。

孩子是在七月出生的,比医生算的预产期早了一点。五斤二两,体重也偏少一点。听母亲说,东石镇的诊所害怕自己出错,没敢给阿屏接生,最终还是阿山开车帮忙送去泉州市区的医院的。

毕竟是如此特殊的父母,孩子还早产了,医院的医生强烈建议让孩子住保温箱。但家里实在没钱,秋姨给小孩住了一天,就打算抱回来。三叔公拉族亲召集了个会,说,这是家族大家的孩子,大家一起保。最终由宗族发动自愿捐款,让孩子住了十天的保温箱。母亲电话里说:"三叔公总算是英雄了一回。下次宗族大佬选举咱们继续投他吧。"

那几个月,如同我预定的线上连载故事一般,母亲到了每周六晚上十点,便自动打电话给我,和我说孩子的故事。因为说得多了,她也不绕绕弯弯了,直接说:"上周不是说到,大家担心阿屏不肯给小孩喂奶吗,结果你家阿招姨想了个办法,阿屏一给孩子吃奶,她们就奖励阿屏吃糖。结果,后来阿屏每天追着秋姨想抱孩子……""这周发生大事了,夫人妈庙的庙婆和董事会商量,能否请夫人妈真身移驾到阿秋家里住上一个月，帮孩子安住神。一问卦，三个圣杯，夫人妈也特别愿意。现在夫人妈就住在阿秋家里了，大家如果还要去找夫人妈求事的，都直接去阿秋家里了。"

我说："所以连神明也想阿秋赢啊。"

母亲说："那当然啊，阿秋必须要赢，要不这世间太不值得来了。"

每次听完母亲讲的故事，我总在心里想，这个可爱的东石啊！然后就会庆幸，幸好我出生在这么个地方，要不，我面对着自己命运中的惊涛骇浪，还会误以为，从来只能一个人去面对。

再一年春节，我提前把年假也放在和春节假一起。

虽然不只是这个原因，但我也确实想早点回家看看那孩子。我甚至还随手买了本婴儿养育手册，想着，在飞机上看看，想着，看能不能从科学角度也帮点什么忙。

下了飞机，打了车到东石。拖着行李沿着小巷往家里的方向走，我还在自己分析，这次秋姨应该不会追过来了吧。毕竟孩子已经生了，而且还不满半年，不好就这样顶着冬日的风抱出来吧。哪想，一开门，就看见秋姨正坐在客厅里抱着孩子和我母亲有说有笑地聊着天。看见我来了，她笑盈盈地对宝宝说："这不，黑狗达叔叔来了，我们让黑狗达叔叔摸摸头啊。"

我虽然预想过有这种情况，但又一次着实愣了一下。

我说:"要不我先洗洗手吧。秋姨啊,以后谁要抱小孩或者摸小孩都要让他们洗手。这是科学,记得啊。"

秋姨还是笑盈盈的,说:"赶紧摸赶紧摸。记得啊,一定要说,赶紧开智慧啊。"

那个春节,我感觉大家还信心满满的,各自回忆着自己带过的小孩,对比着类似月份的小孩。秋姨的这个孙子,该有的反应都有,你挠他痒,他咧着嘴赶紧缩,你和他咯吱咯吱,他就开始笑。甚至,母亲还在隐隐期待,应该是聪明的小孩的,因为母亲发现,他特别容易受惊。有人路过说话的嗓音大点,他就要吓得身子一缩;巷子口的狗叫了,他也要哇哇地哭。"小时候越胆小的人越敏感,长大越聪明,比如你。"母亲觉得自己不会看走眼。

唯一的担心就是,六个月了,还不见他有学话的迹象,甚至连发一些音节都没有。大家安慰着秋姨,不怕的,贵人说话晚。母亲赶紧又拿出我来说:"黑狗达一岁多都还不说话呢,我还以为我完蛋了,这辈子要被拖累死了,后来一开口,话可太密了,比我还唠叨。"

我生气了:"我哪有话密,明明是你先说我的,每次你先挑我,然后又……"

"大家看,话密吧。"我还在生气地解释着,母亲一副生无可恋的样子,"听得我头都疼了。"

虽然大家这么说着，其实各自隐隐担心。我回北京工作后，母亲总要隔三岔五和我焦虑："阿秋的孙子怎么还不开口，我都不知道怎么安慰了。"我问母亲："去看医生了？"母亲说："大家早拉着她带小孩去看了。医生说目前没有检查出什么异样情况。我们问医生，所以那就代表小孩是好的吧？医生说反正目前没有检查出什么异样情况。"

"你看，书读多了，话就不老老实实说。"母亲最后这么总结。

再一年我回老家去，秋姨又带着孩子来了。孩子依然没有开口。秋姨还是笑盈盈，只是母亲一副忧伤的样子，拉着秋姨的手："阿秋啊，你要相信，要相信。"

秋姨说："我很相信啊。"

母亲悲伤地说："那就好。一定要相信。"

秋姨带着孩子走了，母亲难过地和我说："这一年，大家一起把能想的办法都想了，无论医学的，偏方的，还是各种拜庙，甚至连咱们家斜对面那个神婆，把她家不外传的秘方都给了，但就是没有动静。"母亲难过地说："阿秋比天助大二十三岁，阿秋比那孩子大四十五六岁，也就是说，如果孩子也出了问题，阿秋哪怕坚持到七八十岁最终要走了，得把这四五十岁的天助和阿屏、二三十岁的孙子交给谁啊。她如何合得上眼啊？"

母亲说得太难过了："整个东石镇上的人都快绝望了，但还好，阿秋相信。她老给人说：'黑狗达不也说话晚？甚至他十岁的时候有段时间也不会说话了，后来不都开口说了？'"

"我不应该为了吹牛乱夸张的，这下都害了阿秋了。"母亲难过地说。

东石镇上的人似乎已经接受了孩子可能无法正常成长的事了。听母亲说，宗族里最终还是特意召集了会议，大家商量着，要不大家捐点钱设立一个基金，有担心的人，在有余力的情况下就捐点钱，由宗族统一管理，以后一起照顾秋姨家里。除此之外，宗族还在讨论，等秋姨身体没那么好的时候，是不是大家排班轮流去帮忙。

"自告奋勇的人还是挺多的，我想了想，也报名了。"母亲和我说，"当然，这些事情阿秋都不知道。大家想了想还是不能给她说，她听到了，估计第一反应不是感激，恐怕是要愤怒的，她会生气，大家不相信她能赢回来。"

宗族里的人还特意让母亲叮嘱我："孩子的头，秋姨让摸还得认真摸，千万别泄露任何一丝放弃的情绪。"

又一年过去了，我结婚了，安家在北京了，犹豫了一下，过年还是带着妻子回老家。妻子问我，为什么不把母亲接来北京过次年。我说，我得回去摸秋姨孩子的头。但再一年妻子怀孕了，而且算下来，到春节时就八个多月了，实在不适宜长途旅行的。我焦虑地问母亲："这可怎么办？今年我回不了东石了。"母亲说："要不你自己电话秋姨解释下？"便把电话号码发给了我。

我还是拖了好多天，才拨通了秋姨的电话。

秋姨一听到是我，先是非常高兴，激动地问我："在北京啊？北京好啊。北京天安门是不是很大啊，是不是很好看啊？你在北京买房子了吗？……"

然后她说："以后我孙子肯定要考到北京去，要留在北京工作的，我肯定要他带着我去看天安门升旗的。"

我听着难过，说："秋姨你随时可以来北京找我啊，我带你去。"

"不，我就要我孙子带我去。"秋姨说。

然后，秋姨开心地问我妻子好不好，以及作为东石镇的女性长辈总要谈到的话题："你们什么时候要小孩啊，得赶紧要啊。"

我抱歉地说："秋姨啊，我们要到小孩了，春节的时候八个月左右，所以今年回不来了。"

秋姨愣了一下，然后意识到自己发愣是不应该的，赶紧笑得很大声地说："好事啊，我们家黑狗达也要当爸爸了。"

我说："秋姨对不起啊，我今年没法去摸你小孙子的头了。"

秋姨说："怎么会，已经麻烦你好多年了。"

"你都很帮忙了,大家都很帮忙了,而且,而且……"秋姨突然哽住了,"是不是我错了啊,是不是我错了啊……"

我说不出话,眼眶红着。

秋姨在电话那边突然恶狠狠地说:"反正我想明白了,我不会认输的,大不了,我死之后,再去地府闹,我一定要讨个说法!"

春节过完几个月,我的女儿便出生了。带小孩很辛苦,我们日夜颠倒了几个月,还要更努力工作赚奶粉钱,实在更没办法回老家了。连我那个不爱离开东石的母亲,也不得不从东石镇赶来帮忙。

几次累到腰酸背疼,母亲就会感慨:"真是佩服阿秋啊,太厉害了,这么个小宝贝就把我折腾成这样,她家两个大宝贝一个小宝贝,她竟然一个人能照顾下来。"然后她叹了口气,"可怜的阿秋啊。"

母亲在北京住得很不习惯,这里没有她认识的人,她也认识不了人,再加上一累,整天闹着要回东石,还希望我女儿和她一起回去。"这里一点都不像家,过起来没有家味。"母亲总是气呼呼地说。

我鼓励她,要在小区里交些朋友,把城市当成小镇来过,这样才会开心起来,我说:"你试试,把北京这个小区'东石化',这叫'在异乡发明家乡'。"

她还真听了,第二天拎着一些糕点,雄赳赳气昂昂地下楼。我和妻子赶紧抱着孩子,在楼上的窗户边紧张地观看。

我看见母亲先是害羞地慢慢靠近正在说话的一群老太太,然后拿出准备的糕点分给大家,然后就此坐得又近了一点。老太太们开心地说起什么,母亲似乎抓住个话头,赶紧说了什么。我们看见那群老太太,似乎很认真地在听着母亲讲。妻子开心地说:"老妈还是厉害的。"我说:"她是为了我们,努力让自己留得下来。"

我们还在高兴着,却发现母亲突然不说了,然后站起来,一转身,一路小跑,跑回单元楼里来。不一会儿,电梯上来了,门开了,我们看到母亲满脸泪水地跑进来。

我问:"母亲,这是怎么了,谁欺负你了?"

母亲呜呜地哭,像孩子:"没有人欺负我,就是我努力说了很多话,她们很认真听了,然后她们问我,'大妹子,请问能用普通话说吗?'我生气地说,'我刚说的就是普通话啊。'她们一脸震惊,然后全笑开了。"

"我不管了,我要回东石。"母亲往地上一坐,像孩子一样耍起赖来。

自那后,母亲不出门了。没有忙活孩子的时候,她就掏出手机翻着通讯录一个个打电话。她是开着免提的,不知道是老担心对方没听见,还是担心我们没听见她在抱怨,总之,就这样对着电话吼来吼去。从早上吼到晚上，吼到我脑袋嗡嗡作疼。

我和妻子熬了几天，也实在扛不住了。我们商量了一下，由我和母亲讨论如何送她回老家的事情，我刚推开她房间的门，她倒先开口了："儿子，你赶紧给我订票，我今天就得回去。"

我以为我和妻子偷偷商量的话被她听见了，她在怄气，刚想解释，结果她激动得快蹦起来了，大喊大叫："孩子说话了！"

"谁？"

我看到母亲拿着手机的手激动地抖着，里面传来秋姨开心激动的夹子音："黑狗达啊，黑狗达啊。是我啊，秋姨啊。"

我听出来了，秋姨在边笑边哭："黑狗达啊，我孙子会说话了，你听，你听。黑狗达啊，我孙子真的会说话了。"

我跟着激动起来，屏住呼吸，把手机靠在耳边，我听到了，是啊，我听到了，一个奶声奶气的声音在叫着："奶奶，奶奶……"

母亲还是回东石镇了。每天打电话给我就两件事情：第一，想把我女儿接回东石住，说她太想念自己的孙女了；第二，再次连载秋姨孙子的故事。

听起来，她每天都去秋姨家里，连载的故事充满细节。母亲说："你别看宝宝这么小，那小嘴啪嗒啪嗒地说着我们也听不懂的话，机关枪一样，我真被他说得脑袋快裂了。"

"我理解那种感受,那是真难受。"我故意调侃着母亲。

母亲完全不搭理我,只是自顾自开心地说:"但我高兴啊,我听着可太高兴了!"

因为小孩在北京读书,我们确实难得回老家了。忘记过去了多少年,就记得那一年是我小学母校百年校庆,校长打电话要我一定回来参加庆典。有两个环节要我参加,一个是让我给小孩子做个讲座,另一个是和几个校友代表一起给年级前十名的学生颁奖。

那天学校很是热闹,我坐在台上,看到一个个小朋友睁着一双双圆圆的眼睛盯着我,像一颗颗闪闪发光的星星。我真喜欢那些眼睛。

我看到母亲、秋姨和很多个家长站在最后面的角落里,和旁边的人说着什么边开心地对我笑。我想,说的估计又是那些被菩萨摸过之类的"传奇"。

母亲又来了,我知道的。

到了颁奖的环节了。我是给小学三年级的学生颁奖。我一个个和他们握手,一个个对他们说:"加油哦。"

我记得有个小朋友,得的好像是第三名。他有个好听的名字叫蔡众生,我当时看着这名字,很是吃惊,毕竟在东石,竟然有家长给孩子取这样的名字。我问他:"你父母做什么的啊,怎么给你取这个名字啊?"那孩子说:"是我奶奶取的,我也不知道是什么意思。"

秋姨一直在台下等我。我一下台，她就冲过来，紧紧抱着我，说："黑狗达谢谢你啊，这些年来太感谢你了啊。"

"我没帮什么啊，比起秋姨你自己，比起东石镇的人们，我真的没帮上什么。"我说的是实话，说起来，我还挺感谢有机会参与到秋姨这场赌博里面呢，这些年来，我每次想到这个故事，总是莫名地高兴。

"现在孩子怎么样了啊？今天有来吗？"我问秋姨。

秋姨眉毛一扬，嘴角一撇，得意地笑了起来，满脸的沟沟壑壑似乎都在发光："来了啊，你见到了啊。"

"我见到了？"我没反应过来。

"你刚才颁奖的孩子当中，有一个就是我孙子啊，就是你摸着我儿媳妇肚子，让他一定要开智慧的那个小宝宝啊。"

我愣了一下，然后我知道了，我突然知道了："是不是叫蔡众生啊？"

"是啊，就是众生啊。"秋姨脸红彤彤的，眼泪哗哗地流，她像站在旷野上对着大地突然激动地喊起来，"他只能叫众生，他必须叫众生。黑狗达，我赢了啊，黑狗达，众生赢了啊，我们赢了啊……"

我知道，自己的泪水莫名跟着扑簌簌地往下掉。我想，这是这么多年来，我在这人间听到过的，最好的消息了。

冲
啊，
　　　猛
　　虎

一大早,观音阁里正在做早课。七十三岁的蔡桂花突然给七十一岁的黄梨花打来电话。

黄梨花今天的位置是敲磬。大家每吟诵完一章,她便要敲一下,会有清脆又浑厚的声音从她手上蔓延开,然后不断在大殿里跌宕回响。

作为义工团团长,本来她只需要调度安排寺庙的日常配合工作,而这个位置,她确实排了几个人轮流跟着的。只是,最近越来越多人请假,到今天的早课,竟然没有能顶上的人了。仓促间,黄梨花赶紧抓起磬,自己站到了这个位置上。

她因此实在没法接这个电话。

电话那头的大姐,还如以往一样倔强。手机响了,黄梨花按掉;又打来,黄梨花再按掉;再打来……她只得走出大殿接。

还是老样子,电话一接通,便如开闸放水,澎湃的情绪和急促的话语倾泻而出:"梨花啊,咱们好像被观音菩萨骗了!"

黄梨花就站在大殿门口,看了看大殿正中那慈眉善目的菩萨神像,怎么也没预料到,蔡桂花近大半年给自己打的第一通电话,说的第一句便是如此。

情绪的洪水还在通过手机冲刷着:

——"梨花啊,菩萨根本就好久不来咱们东石了。"

——"梨花啊,咱们得去菩萨家找。"

话说完,蔡桂花就斩钉截铁地等在那儿了。黄梨花知道的,大姐等着自己的回复。

黄梨花瞄着神像看了许久,她先习惯性地脱口而出:"是啊。"然后调动自己心里的感受,再琢磨了一下,回想了最近发生的事情,最终,她没想到,自己竟然也这么说了:"对啊,我也感觉,菩萨似乎好久没来咱们这儿了。"

"果然,你也感觉到了,对吧。"蔡桂花激动了。

黄梨花本来还想解释下,为什么自己有这样的感觉,但马上被蔡桂花判断被印证后的急迫打断:"咱们得召集众姐妹商量一下了。"

"我现在就过来。你通知众姐妹快来。"听声音,蔡桂花应该一只手拿着电话,一只手正在打开她那辆老头乐的门。

黄梨花还想询问她是什么事情非得找菩萨,以及为什么她感觉菩萨没在,但张了张嘴,最终放弃了。她想,还是待会儿见面再问吧。

电话要挂掉时,黄梨花才又突然觉得不对:"但是大姐,你不死了吗?"

黄梨花强蛮地追问了一下。

"我哪有空死了啊。"蔡桂花的语气里听得到巨大的怒气,"早前顺我意让我死了,一辈子多圆满啊。偏不让!现在要我死,我可瞑不了目。"说罢,便恶狠狠地挂了电话。

黄梨花想,刚才说这些话时,蔡桂花肯定抽空对着天上翻了下白眼。

会的,蔡桂花是这样的人。

蔡桂花就是因为坚持认为"自己要死了",这才告别观音阁的。

众所周知,东石镇有观音阁七朵金花,黄梨花排行老三,现在寺庙的义工团由她管理,里里外外都称呼她为三姐。

蔡桂花便是七朵金花中的大姐,也是东石镇观音阁义工团的创团团长。

当团长的时候,蔡桂花动不动就爱说,观音阁可是她救起来的。

她特别愿意当着寺庙的菩萨神像说这事,说完,还要嘚瑟地转过头,对着神像说:"不信啊,你们问菩萨。菩萨可记着我这个情的。"

这个位置她做了三十多年,直到两年前,她突然召集大家开了个义工大会,在会上兴高采烈地宣布:"我要死了,这工作以后就交给黄梨花。"

那次义工大会是在新修好的千手观音殿开的。那座大殿修得可真好，主殿楼顶足足有二十米高，斗拱完全用传统的榫卯结构，菩萨的塑像足足有十六米高，真真切切塑了一百只手，每只手掌里的眼睛，都有上四下三七根眼睫毛——这都是蔡桂花盯着工匠一根根画上去的。

那天，蔡桂花站在这尊千手观音神像前面，众目睽睽之下，突然伸出她的右脚，把裤管一拉，露出莫名肥大的腿，激动地说："大家看，我的腿是不是肿得很不正常？"

大家不解，蔡桂花为什么特意召开义工大会？为什么要当着菩萨和大家的面，伸出自己肥胖的大腿？

蔡桂花用手重重地抓了下自己的大腿，大腿翻出白色的手指印。蔡桂花高兴地说："对吧，肿得很严重吧？咱们这义工团前前后后也走了很多个老人了，我知道的，但凡是腿开始肿了，就是人的精气神从底部开始撤退，等撤退到头部，人便可以走了。"

"也就是说，我要死了。"蔡桂花激动地宣布。

四下喑哑，众姐妹和义工们，不知道该发出如何的声音，来回应这个如此兴奋地宣布自己死讯的人。

蔡桂花不解四下的冷场，激动地又重复一遍："我要死了啊，你们怎么了？"

看大家实在不知道要如何回应，蔡桂花也不管了，自顾自说着自己的感想:"我这辈子啊,真是不错。小时候父母兄长疼,嫁了人丈夫老让着我,老了儿子孝顺、事业有成,现在孙子又一个个长成了。最重要的,我帮过菩萨忙,攒了大大的功德,死的时候,我可得用好这些,找菩萨谈判下辈子寻个好去处……"

也不管别人听没听懂、理不理解,总之,蔡桂花说完,就真的开始了风风火火的告别。

庙里的厨房有她从家里带来的老铁锅和勺子,她仔细地清理干净并涂上菜籽油;佛像底下的柜子里存放着她做活动守夜要用的毯子,她先拿到放生池边上的广场晾晒一番,再小心折叠起来;罗汉神像底下藏着她从家里搬来的电动扫地机,她想了想,就干脆留着吧……她一件件整理出来,请义工们帮忙塞进自己那辆老头乐,然后到一尊尊佛像面前去道个别。

道别的方式也很简单,就是合个掌,对着神像鞠个躬,笑嘻嘻地说:"菩萨我回家了啊,咱们天上见啊。"还不忘叮嘱一句:"您可得亲自来接我。"

离开寺庙那天,蔡桂花就去老街那家裁缝店做了几身衣服,她和裁缝说,是自己要办八十大寿穿的。之所以没去寿衣店,是因为寿衣的款式可太老土了;之所以多做几身,是因为她得备着往生后需要出席的场合多。她每天在寺庙里,当然听过佛经里的故事。各种法事、宴席可不少。她憧憬着往生后的日子。

订好衣服后，她还去照相馆约着要拍一组旅拍。她容易晕车，不想折腾太远，就定了现在最火的泉州古城2999元宋元气质古装加东南亚娘惹服套餐。旅拍是早上六点出发，一直要拍到下午一点多。那一天，她在一堆堆年轻貌美搔首弄姿的女游客里，硬生生抢出一次次的C位来。她的想法是，要把这些努力得来的美图，挂满整个灵堂。

然后她回家了，吵着闹着，一定要自己的儿子蔡志强，马上按照老家的习俗，把自己房间里的床搬到厅堂里来。

儿子蔡志强自是不肯，明明母亲吵闹时的中气如此之足，感觉都可以唱她在寺庙联欢会上经常表演的《天路》，哪是要死的样子？何况，作为一个二十世纪八十年代就经商的闽南人，家里和其他最早做生意的人一般，一楼前厅除了佛龛，就是一张金丝楠木的大茶桌——闽南商人大都没有办公室，一楼大厅就是谈生意最重要的地方。

他如何能让毫无往生相的母亲，在他和客人们谈论生意的时候，就躺在那儿满脸期待地等死？

蔡志强妥协过，问："阿母，要不咱们放到一楼后厅？"后厅是厨房和餐桌，反正也算是一楼。

蔡桂花寸步不让："那可不行，按照咱们这儿的习俗，没有死在前厅，没有死在菩萨的注视下，就没法上天的。"

蔡志强说："那要不我把神龛搬到后厅去，这样神明就看得到你了吧。"

蔡桂花犹豫了下，还是觉得不行："这样就死得太不光明磊落了，和我的气质太不符了，反正，我就得在正厅里躺着。"

一旦老人开始像孩子了，就会越来越像孩子。蔡志强从母亲蔡桂花六十岁左右时，就知道这一点了。最终，妥协的当然是蔡志强，他把自己的大茶桌搬后厅去了，蔡桂花就一个人睡在前厅。只是每个要来和蔡志强讨论生意的人，进门先经过前厅，都会喊着："桂花婶好，在准备死啊？"

蔡桂花总开心地回："是啊。"然后招手让来客走近一些。一走近，她就赶紧伸出自己的右腿，得意地炫耀起来："你看我腿多肿啊，我快了。"说完，咧着嘴开心地笑。

蔡桂花就坚持躺了一周。躺来躺去实在没法死去，她躺不住了，就此搬了把椅子，坐在门口。看到有人路过，才赶紧爬上床，招呼人过来，伸出自己的右腿抱怨："明明肿了啊，怎么就死不了？"

或许抱怨也是体育锻炼，一天天动情地抱怨，中气越来越足;或许不断捏腿也是按摩,腿越捏越实,不仅不发白了,最终反而似乎按摩出肌肉的模样来了。

蔡桂花看着自己越发硕壮的腿,知道自己错过死亡了,先是难过了好几天,然后又尴尬了好多天,最后开始生气了——她不断偷瞄自己的儿子,这个时候还不赶紧劝自己别死了啊,劝自己搬回房间去啊。

但儿子迟迟没来劝。

儿子蔡志强每次路过前厅,总是偷偷瞄一瞄她,瞄完,就捂着嘴悄悄笑几声。她知道了,儿子这是在故意和她闹。她又不好挑明,愣是在前厅坚持了一个多月。但路过的人总要不自觉地朝她瞟去不解的目光,他们都知道发生了什么。

蔡桂花实在觉得丢脸,熬不住了,拉下母亲的面子卑微地询问儿子:"好像还需要时间死的,要不,不睡前厅了,睡后厅去?"但还是没忘记提要求,"只是,菩萨是不是也跟着请到后厅来?"

儿子笑嘻嘻问:"您不是说,不在前厅死不光明磊落吗?"

她太生气了,一拳头狠狠敲上了儿子的头:"就你这么不孝,死之后我肯定不保佑你。"

她本来的规划,后厅也只是缓兵之计,她想过渡个一两周,再适时提出回到自己二楼的房间。

哪想,这一睡,她还发觉了好处——以前自己的房间孤零零的，在二楼角落里，她总看不全自己的子孙——家里住着大儿子、大儿媳、大孙女、二孙女、三孙女、小孙子、大孙女的大儿子、大孙女的小女儿……

现在，她卡着家里的交通要道，此前家里人进出大都走后厅，吃饭都在这儿，上楼的楼梯也在这儿，这么多子孙后代，每个人总要路过她的床，总要看到她，总要问候她。

每天躺在那儿，一会儿"奶奶"，一会儿"妈"，一会儿"太奶奶"……她觉得真好听，于是，她想，就此干脆睡在后厅等了，反正人到老了，哪有什么隐私，而且真要死了，也很方便——推到前厅就可以做仪式了。

挂完电话，黄梨花脑子里马上浮现出蔡桂花一路卡着黄灯开着老头乐往观音阁冲过来的画面。

黄梨花记得，蔡桂花的老头乐是粉红色的。老头乐是蔡桂花孙女送给她的生日礼物。本来孙女理所当然地给她买了稳重的黑色，蔡桂花觉得实在难看，硬是要求换成粉红色的。

黄梨花想，蔡桂花现在应该还是那头红发吧，那还是七十大寿那天瞒着家人染的。她记得，那天宴席上，蔡桂花得意扬扬地走出来时，头上那团火红，衬得身旁她儿子的脸也红彤彤的，感觉都嗞嗞冒烟了。蔡桂花看着儿子的表情，得意坏了，自此，就一直染着红发了。

这么多年姐妹，黄梨花可太知道大姐的脾气。待会儿一到,肯定就要狂风暴雨地催所有人的。黄梨花想到这儿,心头一紧,还是赶紧通知为宜。

黄梨花掏出手机,置顶的,便是七朵金花的联系方式,按年龄排序。

第一个是蔡桂花。大姐已经在来的路上了。

排第二个的是二姐黄冬冬。冬冬姐已经去世了。黄梨花想,毕竟魂灵,来得快,自己通知完还活着的其他姐妹,待会儿到观音阁后面的安息堂烧根香,她应该马上就能到的吧?

众姐妹开会,无论谁先往生了,也都得通知到的——这个规矩,二姐去世时,大姐就这么定了。

二姐要走的时候,大家去看她。二姐难过地说:"众姐妹,我先走了啊,咱们是一生一世的好姐妹。"大姐蔡桂花直接不高兴了:"二妹你哪能这么说,咱们可要做几生几世的好姐妹,别以为你先死就可以不履行姐妹责任,你先去给大家探路,我们以后去你得保证安排好。"

二姐捂着肚子咯咯咯地笑,笑到最后,不断咳嗽,一咳,都是血。其他姐妹还在慌张,桂花姐却还要二姐保证做到。黄梨花记得二姐含着血笑着说:"我保证,往生后也会好好努力的,为姐妹们铺好路。"

大姐这才露出满意的笑。

二姐往下,便是老四黄秀根。

想到老四，黄梨花着实担心，毕竟这黄秀根可是不省心的角色，即使最早通知，怕也要最晚到吧。

黄秀根的外婆，是东石镇原来有名的神婆。或许是因为跟着神婆长大，黄秀根讲话总像神婆做法事时那种慢条斯理的咏唱，一个字非得拉好几个节拍说，或许也因着这般说话，后来走路，一步路非得等几个节拍再迈。

外婆要走的时候，黄秀根问："外婆，能把陪着您的神明赐给我吗？"外婆看着她一直笑，说："傻孩子，神明说你不适合。"

为了这个事情，黄秀根怄气到都不去送外婆。后来结完婚生完孩子，她觉得自己完成作为女人的天职了，突然想，一定要活出真我——她一定要当神婆。她因此又开始了新一轮折腾。只是找各路神明，请了半天，最终好像都没有什么神明降临。黄秀根跑去外婆墓地上哭，后来是黄秀根的丈夫蔡建城托人找关系找到蔡桂花，这才让她在寺庙义工团任了个管理诵经团的活儿——镇上但凡有人往生，愿意菩萨来护送上天，观音阁便会派诵经团前去诵经。

这活儿，黄秀根是真心喜欢，到底也算是护送灵魂的活儿。只是她性格真是温吞，几乎每次诵经都要迟到。好几次误了人家的时辰，人家着急地喊："秀根啊，你看看天上，菩萨和我老婆都等你半天了。"黄秀根慢吞吞地回："哦，是吧，哎呀，没关系呀，菩萨不是看我都尽量快了吗？而且干吗着急死啊?"气得人家直跺脚。

黄梨花想,估计还得让七妹骑着摩托车去接,才拉得动这头老牛。

七妹张秀琼,虽然看上去瘦瘦弱弱像猴子,但说话做事像张飞。她住在离镇上七八公里路的村里。丈夫是开养殖场的,主要养黑猪。自二十世纪七八十年代开始,丈夫每隔三四天用拖拉机载着黑猪到镇区里给那些肉摊。大家一看到他来了就喊黑猪来了。叫得多了,大家也忘记他本名了,见他就叫黑猪。不知是不是因着自己也叫黑猪,他越来越不敢杀猪了,每次都哆哆嗦嗦的,下手要么轻了,要么歪了,猪疼到凄厉地嚎叫。每天早上四五点,如果邻居被从她家传来的猪的哀号声吵醒,便知道又是黑猪杀猪了。被吵醒的邻居会冲出来大骂:"能不能让你们家黑猪别再折腾猪了!"

后来或许是被邻居的投诉烦到了,抑或,也同样被自己丈夫的腻歪劲儿搞烦了,有一次,丈夫黑猪还在犹犹豫豫,张秀琼来了。她摸着猪的头、猪的身体,和猪说话。有人走近听过,说的是:"这辈子你本来就是要履行下畜生道的罚,早结束早回去。"还在说着,冷不丁拿刀往猪的心脏一插,猪就此直直躺下了。

自此,那个村庄的早晨安静了。村里的人每次见到张秀琼,总是心生敬意。杀猪越来越是张秀琼的事情了,没有人注意到她内心的波澜——她开始吃素了,她睡着总要说梦话,说的都是自己会遭报应之类的话。二十世纪九十年代,市场上开始有录音带和录音机卖之后,她就给臭烘烘的养猪场到处安装上了。她的养猪场,就此二十四小时吟唱着佛经。后来她听说观音阁正要扩张,急需帮菩萨做点事情的人,就每天骑着那种高排量的摩托车,来回从家里到寺庙。

黄梨花拨通秀琼的电话:"七妹,大姐要大家开个会。你去接下你四姐。"

"好。"张秀琼说。

黄梨花说:"你不问为什么吗?"

张秀琼说:"大姐不专心去死,抽空拉姐妹们开会,肯定不会是小事。"

黄梨花咧开嘴笑:"就你机灵,那你接上你四姐?"

张秀琼说:"要不还能谁啊?"

剩下的,就是当数学老师的老五黄安化,还有偏瘫在家的老六蔡阿乃。黄梨花想,就不折腾阿乃的皮囊了,到时候电话联系便是参加了。但却得赶紧通知老五,毕竟,估计还得老五才搞得定眼看就要暴走的老大蔡桂花。

在来观音阁之前,在七朵金花结拜之前,黄梨花每次见到黄安化,都要紧张地叫一声黄老师的。黄安化虽然比黄梨花年纪小,只有六十五岁,但她可是读过高中的,退休前是数学老师，而且，她还养出了个在北京的国家级研究所当研究员的儿子。

说起来，黄梨花到观音阁来，还是邻居黄安化拉过来的。黄梨花经常说，要不是五妹黄安化把她拉来观音阁，她当时实在无处可去无路可走了。

黄梨花的坏日子是从家里日子开始变好之后开始的。

从三四十年前开始，黄梨花就和丈夫经营着一家早餐店，主营面线糊和咸稀饭。每天三四点就得起床，洗米，熬粥，卤猪杂，炒海鲜……忙活到六七点，便有人来吃早餐，一般经营到十点半过后。待客人走完，铺子一关，就着剩下的东西，吃了当午餐。吃完午餐后，丈夫蹬上三轮车，自己坐车斗，赶到海边的那家菜市场买明天的食材。买到家后，鱼该杀的杀，骨头该剁的剁，肉该炸的炸，一不小心，就是晚饭时分了。随手抓点东西炒一炒，夫妻俩吃完就赶紧睡，明天一早又得起床开店了……

这样的日子过起来飞快，儿子就这么长大了，女儿就这么嫁了。然后，丈夫前几年某个早上没醒来。办完丈夫葬礼第三天，她想过是不是要换种活法，但想来想去，自己这辈子就懂这种活法，于是就让日子继续如往常循环。

日子过起来当然有差别，比如三轮车得自己蹬了，比如骨头有时候她剁不开了，但好在忙啊，日子过得肌肉记忆一般，连回忆和难过的时间都没有,过起来,还是相当轻快的。

问题出现在儿子大学毕业后。儿子在镇上开了家手机店,没几年,就单方面认定家里日子开始好起来了,死活不让她开店。有一天,她早上起床准备开店,发现儿子把她准备好的食材全扔了。老顾客们吃不到早餐,她道歉了一早上。后来她把食材搬到自己的房间顾看,但她总有时候要睡着的,一睡着,第二天东西又没了。经过几次折腾,她确实开不成了。不开了,她想着先得"报复"下儿子,每天走门串巷给儿子谈婚事。这下轮到儿子被她搞得没脾气了,最终糊里糊涂就结了婚。

她想着,儿子结婚了,当然有得忙:忙着催生孩子,生了孩子就带孩子……她倒算过,如果自己活得再久点,还可以继续催着孙子生曾孙,曾孙生完带曾曾孙。她想,这套过日子的解决方案也是不错的。

结果,儿媳妇生完,突然雇了个月嫂。黄梨花伸手想抱着孙子摇,儿媳妇说:"妈,孩子不能这么摇。"然后,她发现自己剩出来了。

一剩出来,才发现那日子一天天,真是长啊。她是做过自己的思想工作,这不乐得轻松吗?以前不舍得吃的,就去吃;以前没去玩的,就去玩。但真雄赳赳气昂昂想去哪家酒店吃一顿饕餮大餐,突然发现自己没兴致吃任何东西,至于玩,不就是换着不同的地方孤独嘛!

最终她就窝在家里，看着什么不顺心就发脾气——她知道，她成了这个家里的炎症了。

她好几次告诉自己，不应该成为这个她好不容易张罗出来的家最难受的存在。她后来每天一大早就把自己赶出家门。出了门，却不知道往哪走，她想，要不往自己娘家走吧。走到一半，才想起，自己的父亲母亲早走了，自己的哥哥弟弟都随孩子去外地了，自己的姐姐妹妹都嫁人了……她在大街上坐了许久，实在不知道有什么去处，然后她听到有人叫她。

"你怎么一个人坐在这儿？"一转头，看到黄安化关切地问。黄安化这么一问，她哇的一声哭出来了。

那天黄安化和她说："你现在的处境，不是你一个人的处境，是这一代人的处境。"黄安化说："我们可是这个国家这么多年来第一届不用干活干到死的老人，但我们从出生到现在，哪学习过什么享受生活。"

黄梨花听得似懂非懂，但知道原来不是自己一个人有这样的问题。

最后，黄安化说："走，带你去个地方，那个地方有活儿干。"——这便是观音阁了。

黄梨花是到了观音阁才确定，突然间剩下来的，果然不仅是她。隔三岔五总有老头老太太在寺庙门口探头，大姐蔡桂花每次看到了，就要招手大喊："姐姐妹妹们，你们有空吗？"这些老人会说："有啊。"然后也加入干活儿的行列。黄梨花也是到了观音阁才知道,这寺庙对她这样的老人真是伟大的发明啊:不仅有活儿干,而且干了活儿,菩萨就会保佑自己的子孙——老人干的活儿可太有用了。

在观音阁里,最经常出现的对话便是这般的:

"听说你儿子在北京买房子了?"

"是啊,都是菩萨保佑啊。"

"那也得多亏认真拜菩萨,菩萨才保佑的。"

"是啊。"

……

被夸的那个老人得意扬扬笑着。而夸人的老人,也跟着莫名期待:"我可得努力拜菩萨,这样我儿子在北京也能快点买上房。"

"安化妹妹,大姐说要开会,你方便吗?"黄梨花对她说话,还是忍不住客气。

"现在吗?可以的,几点几分到比较好?我想,我现在还需要七分钟左右才能出门,走路要十二分钟,最快二十分钟到,这样可以吗?对哦,我把上个月寺庙的账也带过来,我算好了……"

自安化加入寺庙义工团后,一直在推动寺庙上什么财务系统、OA系统,还得将做好的账每个月贴在寺庙门口的布告栏上。黄梨花和蔡桂花一样,不知道为什么老五安化要这么折腾自己，但看到自己寺庙的布告栏上，除了法会通知，还有像人家上市公司格式的财务公告，总莫名觉得寺庙跟着很时髦。

打完电话，黄梨花想了想，还是先不进大殿了，就站在门口等着姐妹们。其实蔡桂花家里的事情，她听到过一些。不仅蔡桂花家，这年头，关于年轻人的坏消息，可太多了，像这夏末秋头的风，一会儿这样刮一会儿那样刮，刮得人心里一阵冷一阵热的。她试着参与解决过，但这些事情太浓稠黏腻了，像滩涂，一只脚踏进去，就难以再拔出来。

别的不说，就在这竺世庵，人间的冷暖，肉眼可见地浮现了。

应该从一年多前开始吧，黄梨花发现，以前雷打不动风里来雨里去的义工们，陆陆续续开始有人请假。

一开始黄梨花没那么在意，想着，或许是有些老人年纪更大了，身体不好了，或者，终于在老去前寻得自己的热爱了。那倒也是好事。

但她去市场买菜，发现原本在寺庙里大家都挺舍不得让她干重活的八十七岁的蔡阿珊，正在码头边上顶着寒风剖生蚝。她心疼地问："阿珊啊，你这身子骨扛得住吗？"阿珊慌慌张张的，赶紧咧着嘴笑着："哎呀，就喜欢干这活，不干心里不踏实。"说完自己又强调了一遍："真的。"身子也不知道是紧张的，还是冷坏了，一直发抖。

自不做早餐店后,黄梨花就习惯晨起去海堤边慢走。那一天,她看到,阿游、红线、玫瑰三个加起来两百岁的人,穿着大雨靴,相互搀扶着在滩涂里摸小海鲜。红线似乎抓到了一条鳗鱼,被咬了一口,流着血,但开心得像小孩子一样叫着。阿游和玫瑰羡慕地看着……

她发现,那些请假的义工,又开始讨小海了,开始车衣服了,开始装卸了……人就这么一天天少下去,到上个月,经常来报到做义工的,就只剩下三四十人了。人来不了,但请假时倒是很紧张,每周都千叮万嘱一定要和菩萨解释清楚,而且请菩萨一定一定要疼爱保佑自己的子孙。

也别说这些义工了,事实上,黄梨花已经有半年多没看到七妹了。至于四妹、五妹,也只是一些大的庆典时才出现一会儿。

关于寺庙遇到的问题,黄梨花犹豫过要不要去和蔡桂花说,几次都骑着摩托车往蔡桂花家的方向去了,但走了一半,还是掉转了方向。她知道大姐的,听到这些肯定要着急出山的。但是,黄梨花越来越怀疑:这些问题是个别东石镇老人的问题,还是很多老人的问题?是很多老人的问题,还是这个世道的问题?如果是这个世道的问题,一个七十二岁的老人又能做什么呢?黄梨花想,那还不如让大姐好好准备去死。

粉红色的老头乐冲进寺庙里,停在正殿前。车门啪一下子开了，是蔡桂花。她又去后座一手抱着五岁的曾孙阿猪，一手抱着三岁的曾孙女阿玲下了车。阿猪和阿玲手上还拿着袋装面包片。

蔡桂花还可以更早到的，只是刚一出门，想着，她这一出来，两个曾孙估计就没人看着吃早餐了。毕竟这俩孩子的父母、她的孙子孙媳妇已经几个月不见了。她又赶紧跑回家，爬到二楼曾孙的房间，把他俩包着毯子从床上直接抱起就来了。

蔡桂花从路边拾起几根树枝，指着旁边一块草地，难得温柔地说："你们自个儿玩好不？阿太有架得去吵。"蔡桂花从来不是慈眉善目的曾奶奶，其实此前她一直和家里新增的小家伙们不和，蔡桂花想着："你们是小，我是老，凭什么我得让着你们？"她觉得自己已经老到要走了，老到不需要承担什么所谓大人照顾小孩的责任，她因此老和曾孙们争夺好吃的，攀比家人对谁的关注多。是直到发觉孙子孙媳妇不在后，她才突然舍不得小家伙们，觉得没人顾得上他们，那就得自己来了。

曾孙俩不知所以地点点头，蔡桂花便火急火燎马上往正殿冲，边走边嚷着："黄梨花，大家到了吗？"

蔡桂花走得太急了，走到跟前，喘着气一直看着黄梨花。

"还没呢，应该快了。"黄梨花看到大姐的眼睛布满血丝，满头红发已经很久没染了，不像之前那般精神，而是杂草般横七竖八地塌着。黄梨花考虑要不要先和大姐聊聊天，但她还是退却了。她感觉到，话一开始，怕就是一口深井，还得有人在旁边用条绳子绑着拉着自己。

蔡桂花看黄梨花没想问自己的样子,喘着气,怒气冲冲地冲进正殿里,拿来个蒲团,对着菩萨便坐下了,斜着眼,瞪着佛像。来做早课的人还没散完,被蔡桂花这架势吓到了,有的跑到黄梨花耳根旁问:"这大姐是怎么呢?"黄梨花悄声说:"正在和菩萨怄气呢,你们赶紧走。"

接下来到的是七妹张秀琼和四妹黄秀根。张秀琼本来疯疯癫癫就要往大殿冲,黄秀根赶紧拉住了。她看着大姐的背影,吐着舌头说:"看这样子情况不简单,等大伙聚齐了再一起进吧。"等了十五六分钟吧,姐妹们都聚齐了。黄梨花还是畏畏缩缩的,黄安化大概明白了什么,直直往大殿走,边走边说:"大姐是不是出事了?"

其他姐妹这才敢跟着进来。

大姐蔡桂花还在和菩萨对峙着,回道:"是啊,出大事了,你家菩萨不厚道。"

黄梨花听出来了,菩萨都变成别人家的,这事,小不了了。

是黄梨花赶紧安排大家进后殿开会的。

后殿是这座观音阁最早的佛殿,因为申请到文保认证,便不怎么对外开放了。黄梨花想着,今天大姐估计是要大闹一场的,那还是和菩萨关起门来说话好。

说起来,这后殿也是蔡桂花帮着攒簇起来的。确实可以说,就是蔡桂花救了这座观音阁。

二十世纪八十年代,华人华侨开始返乡探亲祭祖。那日,有位当时的侨领叫杨西来,在乡政府干部的陪同下,来到蔡桂花丈夫担任村书记的村里,说要找一座观音阁。

杨西来先生说,三四岁的时候,也就是1949年,他随生父、生母从昆明来到东石,准备搭船去台湾,登船时却被人流冲散了,看着白花花的浪和白花花的阳光不知道往哪走。他看到有些应该是逃难过来的老人,往一个方向走,也就跟着走。走着走着,看到一个巨大的坟场,坟场里一个个坟墓像花朵一样盛开着。

当时到处都是战争,很多人的逃亡是连宗带祖的,因此祖宗的墓地都被挖开了。他看到有些老人找着空的墓穴便就此躺了下来。他知道他们要干吗,只好自己在坟场里到处走,想着能否找到些吃的,再一抬头,看到坟地里竟然有座观音阁。

观音阁里住着个老尼姑。老尼姑告诉他,这座庙原本不是建在墓地中的,只是当时很多人知道自己即将饿死了,挣扎着到菩萨周围来,希望菩萨庇佑。老尼姑说,菩萨当时庇佑不了他们活下来,但让她帮着把一个个可怜的人给葬了。

这座观音阁,因此成了被墓地包围着的观音阁。

杨西来先生说,那老尼姑当时六七十岁,走路都颤颤悠悠的，瘦得像墓地常见的松树。她端出一碗地瓜汤想给西来吃，告诉西来，就在这里住下来，直到外面的世道变好。但西来也是聪明的小孩，他知道那点吃食，老尼姑自己都不够，这样下去，怕是连累老尼姑一起饿死。他自己跑出来找吃的，最终被他后来的母亲蔡屋楼领养，再后来，去了马来西亚，创办公司了，成了爵士。他第一次回来，便想寻那座寺庙。

杨西来先生的这个愿望，乡政府也很是重视。循着"墓地中的寺庙"这一线索，特意让方志办的人陪着一块块坟地找过去。那天，便问到这个村了。

那时候丈夫是村书记，蔡桂花当着村里的妇女代表，本来没有她的事情的，但听说有个大华侨回来，她赶紧换上连衣裙跟着来看。

"墓地中的寺庙啊？"蔡桂花的丈夫抓抓脑袋，"墓地一大块，寺庙肯定没有。"

"谁说没有？"蔡桂花激动地嚷起来，墓地这事她太熟悉。从小，同龄的女生嫌她力气大，不爱和她玩；男生嫌她是女生，也不爱和她玩。她就自己一个人在后山那些坟地里跑，有时候还拿着一些散落出来的头骨，一个人玩过家家。

她一巴掌拍在丈夫后背："有的，我带你们去！"

穿过一个个有主无主的坟，便看到一片杂草和灌木覆盖着的废墟，蔡桂花拉开杂草，大家看到了一些木构。还真是寺庙啊。

蔡桂花后来老爱和人讲，他们再次看到观音阁的样子：几座破损的塑像因为供桌的朽坏，坠落斜靠在倒塌的墙角；塑像依稀辨得是菩萨的模样，恰好和墙角构成了一个可以钻进一个人的三角空间；人们在那个地方，看到了一具盘坐着的尸骸。他们想，这应该就是那老尼姑的；他们想，这些泥菩萨也真是好，自身都难保了，还想着给老尼姑遮蔽点风雨。

她还记得，杨西来先生一开始还是一副绅士的模样，但自从走进坟地，看着一个个坟就开始哭，最后发现那尼姑的尸骸时，更是哭得上气不接下气，还拿着自己一看就很贵的西装，盖在了尸骸上，跪下来，磕了好几个头。

按照杨西来先生的发心和第一笔捐款，大家开始收拾这寺庙。蔡桂花也参与到收拾中，不过，那时候还不是什么好发心，只是因为给的钱多，大家都抢着做。

收拾出石碑，大家才知道，这座庙宇是有些来历的：原来这座观音阁唐五代时期就有，当时某位公主梦到观音带她来到东海之滨的礁石上，指着海边那一个个瘦弱如杂草的人说，这世间的这边还有苦难的人民，他们的声音你们听不到。那公主在遥远的长安醒来，便每日惦记着这件事，以至于忧思成疾。皇帝听说后，特意敕令在当时的天涯海角建了这一座庙。

蔡桂花一听，心里咯噔一下，想着，这故事可真美，公主可真美，又想着如杂草一般的自己的祖先被这么美的发心关心着，心里就一直温温的。

接着又收拾出很多块功德碑，记述了不同时期的这块土地上的人，受到这座庙宇菩萨的哪番显灵。蔡桂花不识字，但听方志办的人念过一段，便缠着他继续念。她边听着，边看着被收拾出来靠在一旁的佛像，想着，原来这人间从过去到现在，烦恼的事情差不多啊，原来这泥土塑像还能干成这么多好事啊。

本来杨西来先生是希望把观音阁建成三进的结构，只是，杨西来先生后来觉得，得把观音阁周边那些杂坟对待好。毕竟杨西来先生也认识他们，或者也曾是他们中的一个，因此挪了一半的钱，修了栋三层楼的安息堂，而寺庙的部分，便只能是一个一进的院落。

这安息堂建好后，成了当时那附近最高的楼，在村子里稍微抬起头就可以看到那栋往生的人住的楼。村子里的人觉得晦气，怎么被死人盯着看？但蔡桂花觉得这很好，让这些在人间受过苦的人看看这世间正在一点点变好，这不挺好？

寺庙建好后，就空着了。关于寺庙能不能恢复，要不要恢复，如何来运营，当时的政策和各方态度都是模糊的。蔡桂花经常一个人跑来看，想着那个观音托梦的公主，想着功德碑上记载的一个个故事，想着老尼姑和杨西来。

几年后，杨西来先生突然去世，按照他的遗嘱，家人来村里问能否把他的骨灰放到这观音阁来，但听说寺庙现在无人看管，最终还是把杨西来先生的骨灰带回去了。

蔡桂花一直想着那个穿着西装的杨西来先生。蔡桂花想,杨西来先生死之后住不进他自己的这片发心里,想着这寺庙这样下去可太不应该了。也不知道是不是想多了,某一个晚上,她好像也梦见菩萨了。她好像梦见菩萨带着她站在安息堂楼上,指着东石镇和她说:"你看,这一个个瘦弱的如杂草的人,我们得帮。"

蔡桂花到处和人讲这个梦,她开心地说,没想到自己得到了和那千年以前公主一样的待遇。大家看着她那张粗犷的脸,怀疑这梦的真实性。但无论如何,她开心地宣布:"你看,菩萨来找我帮忙了,这寺庙就是我的责任了,别人不管我来管。"

自此蔡桂花就管了,这一管,五十多年,撺掇着给寺庙登记、办证、请住寺的师父。她可认真了,有段时间,骑自行车到几十公里外,看厦门的南普陀、泉州的开元寺如何建造,如何管理。还向自己做生意的儿子学习,给寺庙组建了个董事会——直到她的腿突然肿胀,她觉得自己应该是要死了,然后兴高采烈地宣布退休。

七妹张秀琼把六个蒲团铺成一个圆圈,大家就此坐下来了。黄梨花说:"大姐你先说。"

当着菩萨的面,蔡桂花先开口了。不过说的却是她正对着的菩萨:"菩萨,你说,你这样厚道吗?你说,你怎么没有保佑我们?"

黄梨花觉得尴尬,拉了拉蔡桂花的衣角:"菩萨听着了,小心说话。"

蔡桂花转过头来看着黄梨花:"不,祂没有在听,祂要真的在听,怎么会放任我临死的时候才遭这般劫难。"

蔡桂花的嘴角抽动着,像是受了欺负的孩子。五妹黄安化站起来想去安慰她,还没等走到,蔡桂花突然哇的一声,大哭起来。

"大姐这是怎么了?"蔡桂花一哭,老四也莫名其妙跟着要哭。

黄安化掐了一下老四,凶了句:"别添乱。"然后坐到蔡桂花身边,一直轻轻抚拍着她的后背,像安慰哭闹的婴儿。

"大姐你慢慢说,如果菩萨不对,我们自然会陪你算账去。"

蔡桂花努力平复自己的心情,然后她说了:"还好我搬到了后厅,要不可能到现在还不知道,自己的子孙正在落难。"

关于如何当好一个老人,蔡桂花早早就和观音阁义工团的姐妹们分享:"那学问可大着了。"比如,对于子孙的事情,老人可以旁敲侧击,但不能开口问。一来,每个时代都会长出新的逻辑,老是想用自己过去人生经验习得的逻辑,来解决子孙现在的问题,最终肯定情况要更糟糕。"所以一定要忍着,可以关心,但不要过问。"二来,孝顺的子孙通常会以不想让老人知道为最后底线在努力着,如果一问,这信念垮了,再要搀扶起来就难了。

按照蔡桂花的理论,老天爷为什么要让老人反应越来越迟钝,就是想帮忙把老人的耳朵眼睛闭上一些。最难当的老人,便是到老了不仅耳聪目明,而且还格外敏感,看到的担心的东西太多,老在心里放着,痒,比如蔡桂花自己。

蔡桂花说:"比如,我孙子和孙媳,有一天突然跑来和我说'奶奶我爱你',然后还哭着亲了我一口。自此就没见着了,连他们的孩子都没带走。我儿子儿媳不说,我也憋着不问。

"比如,我小儿子黑昌,最近总莫名其妙跑来找我,没干吗,就一直拉着我的手摸。他每过一会儿就捂一下胸口,每捂一下胸口,脸就扭曲一下,看到我在看又赶紧笑。我问黑昌:'你怎么瘦这么多?'黑昌说:'在减肥了,给你两个孙子办婚礼穿西装精神点。'我问黑昌:'你怎么老捂着胸口?'黑昌说:'我开心啊——'我知道黑昌在骗我,我知道有什么东西正在让他疼。

"比如,我大儿子蔡志强,最近老容易发酒疯,一发酒疯就抱着我老伴的遗照偷偷哭,说自己差劲、无能。我大儿子从小就要强,生意做成了点就傲慢得很,怎么会说自己差劲了?这肯定是有什么事,他知道过不去了。

"比如,我二儿媳妇,嫁进家门我就知道她天性懒,我想着反正二儿子勤快。但是,我躺在厅堂的时候就看到她一天好几次从家门口路过,白天去超市当售货员,晚上在家里做衣服,我看她总是载着大包小包做好的衣服,骑着摩托车风风火火地奔走着……

"我知道了,我孙子孙媳妇应该做生意犯官司跑路了,我大儿子估计生意出问题了,我小儿子可能患了什么不好治的病了,我二儿子应该遇到什么事情没法出去工作了……"

蔡桂花难过地说:"早知道就不闹着赶紧去死。不躺到厅堂里,便不知道这些了。"

蔡桂花讲的这些,黄梨花是听说过一部分的,但她还是说:"大姐想多了,你不是说,人老了,这都是你自己乱想出来的。"

"不是的,我知道了,子孙发生什么,我们一定会知道的。"蔡桂花说得非常认真。

黄梨花张了张口,终于不知道要说什么。

四下都沉默了。过了好一会儿,老五黄安化开口了:"既然大姐说了,那我今天也和众姐妹坦白一下。我最近之所以少来咱们观音阁,是因为,我猜我儿许安康可能失业了,而且应该抑郁症比较严重。他说过几天要带我孙子转学回来,我很紧张，我现在还有力量陪他扛过去吗？"

说完，黄安化把脸撇一边，姐妹们知道，她在难过，但她性子很倔，不愿别人看到。

老五黄安化说完，老七秀琼举手了："那轮到我说了，我家黑猪买什么基金全亏了，我儿子好不容易到三十多才总算相中一个女孩要结婚，女方提出想在厦门买套婚房，但我真的没钱了。"

老四秀根原本惶惑地看着大家，这时开心地笑起来了："原来大家都藏着这么多事情啊，那我也可以说了，我儿子借钱做钢贸，赔光了钱。前几天，银行已经下通知要让他当老赖了，我赶紧让他把公司法人转给我，反正我年纪大，本来就老，就由我来赖吧。"

黄梨花听着听着，憋着的一口气一散，干脆瘫坐在地上了："哎呀，算了，那我也说，我今天和姐妹们忏悔，你们交给我的观音阁义工团快被我管没了。"

黄梨花突然哭起来："姐妹们，知道今天早上做早课几个人来吗？就七个啊。大姐，我真的一个个去找了，这些老义工们真的都有事，她们都被卡住了，她们都年纪这么大了，她们挣脱不了啊。"

大姐蔡桂花生气地站起来："梨花不是你的错，就是菩萨的错。"

蔡桂花盯着大殿中的菩萨，感觉真的要冲上前指着菩萨的脸吵架了。

老五黄安化赶紧拉住蔡桂花,说:"大姐,咱们公平讲,子孙们遇到的事情,肯定不是菩萨愿意的,是这世道又起风浪了。"

"起风浪才需要菩萨啊,要不菩萨干吗的。"蔡桂花还是很激动,"众姐妹,你们知道我为什么觉得一定要开会了?是因为,我偷偷求菩萨求了好久了啊,但祂一次都没有显灵。今天一大早,半睡半醒间,我看到菩萨从身边飞过,我喊着:'菩萨啊,弟子有事想求您啊。'菩萨没听到,继续飞着。我又喊了:'菩萨啊,弟子的子孙正在落难啊。'我记得自己喊得如此难过,我忘记梦里有没有哭,所以我自己也不确定,醒来时眼角那些湿答答的,是老人常有的眼油还是自己哭出来的泪水。最后那声,菩萨是听到了,但祂转过身来,只对我微笑了一下,就又飞走了。"

"菩萨不管我们了。"蔡桂花难过地说。

"会不会现在世道太差,需要帮忙的人太多,菩萨忙不过来了。你看见祂的时候,祂正累得想赶紧回家里休息一下呢?"黄梨花问蔡桂花。

"会吗?"蔡桂花想了想,"那也有可能。"

黄梨花听出来了,蔡桂花其实不是想和菩萨吵架,毕竟作为一个老人,她只能指着菩萨帮忙。

"那怎么办啊?"老四黄秀根问。

"要不我们去菩萨家里找祂?都跑家里堵祂了,总该听到了吧。"蔡桂花说。

众人明白了,蔡桂花怕是早打定了这个主意。

老四黄秀根激动地举起手。

黄梨花认真想了想,去一趟也好。她也不知道如何陪着菩萨帮自己和义工团的姐妹们了。她举起了手。

剩老五黄安化。老五还在思考着:"但什么时候啊,我儿子他们过几天就从北京回来了,他们寄回来很多东西,我这几天都在忙着收拾。我想把这些东西收拾到好像天然在这里的,这样他们回来会开心一些。"

蔡桂花说:"要不明天就去?"

黄秀根又第一个抢着回答:"好啊,走!"

黄梨花看了看老四,看了看蔡桂花,问:"来得及准备吗?"

老五想了想,决定了,她站起来说:"那就冲?"

大姐蔡桂花开心地喊:"冲!"

是打定主意要去,但如何去呢?老五黄安化翻出订票软件,搜了下,动车没有直达,飞机很贵,每个人来回仅仅路费就得四五千元,而且老四黄秀根还是老赖,好像坐不了飞机和动车。

蔡桂花说:"看来大家都知道了,都跑去普陀山家里堵菩萨了。"

黄安化想了想:"要不咱们开车去吧,能省些钱。一来路费省了,二来咱们以前去普陀山进香,不都是跟着队伍坐大巴吗?那样安排本身也是最省钱的:傍晚六七点出发,早晨五六点到蜈蚣峙码头,赶最早一班轮渡登岛,然后咱们和此前一样速度快点,就可以一天内拜完岛上每座寺庙,赶最晚的轮渡出来,可以不用在岛上过夜,岛上住宿我记得一晚比舟山贵好几倍了。"

"是啊,干净点的都得一千了。"黄秀根撇了撇嘴,"而且这样还可以抢第一班轮渡登岛,我记得听咱们观音阁的师父说过,能抢到头香最好,这样菩萨肯定听得见。要不,到了后面一大堆人同时对菩萨说话,总要有点遗漏的吧。"

"但我们自己开车扛得住吗?我会开车,四姐学过车,三姐也会开,就是三姐这个年纪开车可以吗?"老七担心地问。

"我什么年纪啊?人生七十才开始。"黄梨花故意调侃。

七妹想要解释,大姐插着话说了:"比起梨花,我担心的是秀根,怕不是把咱们带到北京去了……"

众姐妹还在叽叽喳喳,黄安化举起手:"姐妹们严肃点,咱们如果明天就要去,今天六七点就要出发,时间可紧张了。我总结下,从东石镇开车到普陀山,车程大概十个小时。而且如果要赶一大早到普陀山,那就得通宵开车。七妹还在送猪,开车自然是最溜的。我自己虽然年轻,但连坐车都会晕,更何况开车。四姐赶过新奇学过开车,但她总是晕晕乎乎的,大家不放心。会开车的还有三姐黄梨花,只是确实也七十岁了,得认老,对吧。我建议的方法是:七妹每开三小时,就换四姐和三姐各开一个小时,七妹就赶紧休息下,最好闭眼打个盹,由三姐和四姐轮流监看对方,两个小时后,再换七妹接班。至于路线,我也查好了,有几种走法:第一种走沈海高速,最快但最贵;第二种走甬莞高速,慢了快一个小时,但便宜点。我想,咱们都省了这么多钱了,就奢侈一点,多花几十块走最快的,毕竟咱们不是还要抢头香吗?"

大姐激动了:"太好了,咱们齐心协力,一定抢最早的轮渡,第一批登岛,抢下头香!"

姐妹们正要鼓掌通过,七妹反而突然面露难色:"只是我那辆商务车,现在偶尔也会运一下猪。"

"多偶尔?"黄秀根想着猪的臭味,屏着鼻息问。

"就昨天送了,今天早上我也刚送。"

"很臭吗?"老五安化问。

"那姐妹们,我们赶紧去清洗啊。不过,一身猪臭味去菩萨家里也好,更能让菩萨记得咱们吧。"大姐说。

算下来,下午众姐妹满满当当都是活儿。

除了各人处理自家的事情,老七、老四负责清理车子;老大蔡桂花、老三黄梨花负责去采购些拜拜需要的贡香和贡品——怄气归怄气,去人家家里总还得带礼物的;老五黄安化负责把整个路线规划细致一点，确保抢到头香，然后还得负责采购些路上吃的食物和水——行程赶，就直接路上吃，这样还能省点钱。

"众姐妹一定得在下午五点的时候完成全部事情回到观音阁来，我们集结好了，就出发。"老五黄安化总结说。

"冲啊，众姐妹，冲啊！"要散会的时候，蔡桂花突然两只手握着拳头向上一振。

其他姐妹你看我，我看你。黄梨花笑着问："大姐，咱们现在还搞这种吗？咱们不都双手合十说阿弥陀佛的吗？"

"哎呀，这次不一样啊，这次要边喊'冲啊'边喊'阿弥陀佛'。"大姐笑着回。

"好啊，那就冲啊！"黄梨花也跟着振臂高呼，喊完就抱着肚子笑。

其他姐妹跟着喊起来，最后大家笑成一片。

车上还是有猪的臭味，一打开车门，黄安化还是忍不住皱了皱眉头。

"臭味到底藏在哪里啊？我们可真是每个角落都清洗过了。"老七看到老五皱着的眉头有点不好意思。

"估计是这些毛毛的坐垫吧，还有车顶上那种毛毡。这种东西最容易蓄着味的。"看来老三黄梨花也觉得味道有些冲。

"我们躺在里面一个晚上，明天一大早去见菩萨，菩萨会以为我们是哪个猪圈跑出来的吧。"老四黄秀根说。

"反正我这日子,还不如猪呢,就刚好给菩萨看看,看祂要不要赶紧保佑。"蔡桂花说。

车一启动,众姐妹就莫名兴奋起来。

刚驶出观音阁,老三黄梨花就开始把吃的东西传起来了。老三贴心,把买的面包、牛奶等东西已经分好了,还买了红牛。毕竟年纪大了,每次观音阁做活动总有姐妹扛不住,便是靠红牛扛着一口力气。

"要不要碰个杯啊?"老三拿着红牛问。

"好啊。"老四开心地拿起红牛,一杯杯和大家敬起来。

"你们这群老小孩,搞得像小学生春游一般。"大姐蔡桂花开心地笑着,喝了一大口红牛。

东石镇老镇区道路两旁的房子,大部分都翻建了店面,既是做生意讨口饭吃的地方,又是家里人生活的地方。下午五六点,恰好是饭点了,陆续有人家搬出折叠桌椅,招呼着家人吃饭。坐在副驾位置的大姐蔡桂花探出头,边喝着红牛,边看着一晃而过的一户户人家发呆。

坐在第二排的老三问:"怎么了大姐?"

蔡桂花说:"没有啊,就感觉,车这么一路路开,一户户一个个场景滑走了,还挺像人生的。"

蔡桂花继续说着:"我不知道你习惯了没有,我都老到可以死的年纪了,有时候还会突然在某个时刻觉得,怎么就一辈子了啊?"

黄梨花抿着嘴边笑边点头:"我也是哦,小时候看那些老人,觉得,怎么有这么老的人。现在每天自己一看镜子,怎么自己也长这样了。"

后排的老四黄秀根也凑过来说:"我前段时间难受的时候老是想梦到我外婆,有一次终于梦到了,在梦里我激动地跑过去抱着她撒娇,说:'外婆外婆,这人间的日子太难熬了,你都不陪我。'我外婆看着我直发呆,说:'这老太太你是谁啊,哪有老太太也不知道日子怎么过的?'"

众姐妹哈哈大笑起来。

"看来你外婆还是不够疼你。"蔡桂花接过去说,"我前几天梦到我母亲。我母亲六十多岁就走了,梦里我看到她比我还年轻,我哭着和她说:'阿母啊,我真没用,连自己生下的子孙都护不上周全。'我母亲本来是抱着我亲的,听我说这些,倒突然责怪我:'你怎么这么老了还不懂事,这么老了还不知道,人老了还想护着子孙?别折腾了,子孙自有子孙福。'"

"是啊,有时候也劝自己,子孙越来越多,我们年纪越来越大,真的连心都操不起,还怎么护啊。"蔡桂花自己感慨起来了,"但忍不住啊,心里不放子孙,能放什么?"

"谁让我们当时傻,像母猪一样拼命生,生完还挺得意的，看着别人生得更多了还着急。特别咱们父母那一辈，生孩子还像竞赛一样，老想着要比别人家多。"老四说。

"你知道她们当时为什么想着要拼命生吗？"老五黄安化问。

"我要出嫁的时候，母亲附在我耳边问我这个问题，我说我不知道啊，她说：'偷偷告诉你啊，这日子啊，过起来枪林弹雨的，不知道能活下多少个孩子，所以你嫁过去要拼命地生孩子，你现在可能不知道，但以后知道了就晚了。'"黄安化说，"我当时听完难过又生气，原来是备着有孩子活不下去的啊，所以我就偏不生，生了个儿子，就不干了。"

"还是你聪明。"大姐蔡桂花难过地回。

车一直往前开，出了镇区，往新建的跨海大桥走。这条高速公路去年才通车，收费比其他路线贵了二十，众姐妹此前都没走过。大家趴在窗户上东张西望。有一些船正在驶出东石港，有些船正在驶入。陆地上，那个小小的东石镇区万家灯火，映照在海面上。此时的海面意外地安宁，风不大，海面轻微地一漾一漾的，像婴儿熟睡的呼吸。灯火还是被掰碎了，均匀地散开了。她们仿佛行驶在一片碎银上空。

"这世间有时候还是挺美的。"老四黄秀根小声地自言自语。

开车的老七轻声应和着："是啊，而且好多咱们还没看过呢。虽然咱们一不小心都老了，但咱们还得努力过得好起来啊。"

蔡桂花忘记自己是几点睡着的，再醒来时，猛一张眼，感觉自己在往一条深深的隧道里坠。她吓得弹了起来："我在哪？我是要死了吗？死了是这样啊？"

"大姐怎么了？"耳根边传来关心的询问声，好像是老七。蔡桂花定了定神再睁眼，原来她坐在副驾座位，她们的车正在过隧道。

"现在几点了？怎么我不记得中间有停下来换人？"

"我掐着时间的，大姐，但老七看老三老四睡得很死，不想把她们叫醒。我在一旁递着红牛的。"轻声说话的是老五黄安化，她也没睡，"我想，等出了这个隧道便出福建了，到舟山也就剩下四个多小时了，到时候再叫醒老三老四，让老七抓紧睡几个小时。"

"放心，我这个年纪，睡三个小时够了。"老七笑嘻嘻地说。

隧道里均匀地分布着路灯，车开得飞快，灯光在老七脸上一明一灭的。蔡桂花看到老七眼睛困得都肿起来了。

"大姐啊，我边开车边想，我这样说可能不对，但今天我还挺开心的。虽然我很多难过说不出来，但看着你们，我想，我难过的事情你们应该都知道了，你们都挺过来了，而且姐姐们活了这么多日子,还这般英雄气概的,这还挺鼓励到我的。"老七边打着哈欠边说着。

"我哪有英雄气概,我是狗急跳墙吧。"蔡桂花说着说着自己笑了,"跳不过了,这不,还拉着人一起去找菩萨耍赖去了。"

"确实是有点像碰瓷的,我刚一路也在想,我怎么越老混得越差,混到碰瓷团里来了哈。反正我看出来了,大姐是无论如何要赖给菩萨了。"黄安化笑着说。

"那是,谁让祂是菩萨了。"蔡桂花自己笑了起来。

车在休息站一停,蔡桂花就下车到第二排座位来,喊老三老四起来接班。老五掏出手机上的地图,说:"姐妹们,开个小会,咱们调整下策略。"

按照老五的建议,接下来这三四个小时就让老七在后排乖乖地睡好,老三老四轮流开车、坐副驾,老三监督老四开车,老四监督老三开车。

休息站里,除了她们这辆商务车,大都是载满货物通宵赶路的大货车。老四看窗外收费站有个面店开着,聚满了过路的司机,吃得热气腾腾的样子,她含着口水说:"好像很好吃啊。"

老七醒来也看到了,说:"看上去是很好吃的样子。"

老三说:"要不走?"

于是众姐妹便一齐下了车。

推门进去,满满都是四五十岁的男货车司机,一个个蓬头垢面的,眼睛里都是血丝;吃着面,满头大汗的。

看见是一群老人在这个时间结伴而来,他们也恍惚了。有个司机愣了好一会儿,试探地问:"你们是人吧?"

蔡桂花一下子被点燃了,用闽南普通话发着脾气:"我们当然是人啊,咒人啊,鬼能来吃面?"

大家笑开了。那个司机的脸顿时红了:"抱歉啊,就是太新鲜了,一群老太太半夜结伴出现在高速路收费站要吃面。"

蔡桂花还在生气:"别看我们老,我们可还活力四射,猛着呢。"

"好好好,那你们确实太猛了,我七八十岁估计干不了这事。猛女们你们想吃什么?我请你们了。"那司机笑着说。

面馆里就两种面——蔬菜面和兰州牛肉面,价格可不便宜,蔬菜面三十,牛肉面五十。当然不可能让司机请的,大半夜出现在这里的,赚的可真是血汗钱。老五黄安化本来想去砍砍价的,老三拉住了:"这大半夜在这儿做生意,是应该需要这个钱的。"

姐妹们商量了一下,就一起叫了两碗蔬菜面。按照拜佛不成文的规矩,晚上十点到早上十点是不好吃荤食的,而且无论什么时候,最好是不吃牛肉了。姐妹们也说不清楚是从哪儿听的规矩，但她们就一直遵守着。

面上来了，她们开心地正准备开动，老板又上了一碗牛肉拉面。

老三说："老板送错了啊，我们没有点。"

老板指了指刚才说话的司机，那司机正要出门，对着她们喊道："你们都吃点肉，大半夜出现在这里肯定都有不容易的事情，得吃点肉，长点力气啊。"

蔡桂花向那司机致意了一下，犹豫着这戒律破不破。就想了一会儿，然后撸起袖子，说："不管了，反正菩萨现在忙，还不一定发现。发现了又怎么样，反正祂此前干得也不好。"

"老七辛苦了，得吃肉。"蔡桂花边说边把一块牛肉夹老七碗里了。

"大姐明天要和菩萨吵架，辛苦了要吃肉。"老七说着，就把一块肉夹给蔡桂花了。

老四给自己碗里夹了一块："反正我自己觉得可辛苦了，我要吃肉。"

老三被姐妹们逗笑了，嚷着说："那我也要吃肉，不能抢光了啊。"

老四叫醒大家的时候，是五点十分。蔡桂花看了一下，天发着雾一般的灰。

快了，天快要白了。这个时间也挺好，离蜈蚣峙码头第一艘开往普陀岛的轮渡,还有半个小时。

老五用手机调出一张地图,上面标示着,每座庙她规划几点到达、几点出发,以及预计坐岛上穿梭巴士的时间。老五的地图上,第一站是紫竹林,传说观音菩萨就在这里修道,然后穿过紫竹林,便是"不肯去观音"庙,观音阁的菩萨就是从这里分灵出去的——这就是菩萨的家了。

"我现在就去买票,票是不安排座位的,大家上船后,尽量往左边的门抢位置。我查过了,轮渡一般会用左边船身靠岸,一靠岸我们就往通关大厅走。通关大厅一过,就马上左转,那边便是公交车站。一辆公交车可以坐二十多个人,咱们只要挤上第一班公交,下车走快点,就可以第一批到菩萨家里,抢在所有人前面先和菩萨说上话。"老五黄安化和姐妹们交代战术。

老四黄秀根愣了好一会儿:"能再重复说一遍吗?"

老三黄梨花掐了她一下:"清醒点,不行就跟着我们走。"

"要不老三你和老七就负责一左一右挽着老四走,拖也要把她拖到地方,好不容易到这儿了,可别耽误了,没抢到头香。"老大说。

"那我就陪着老大。"黄安化自觉补位。

她们还在说着,突然听到"冲啊"的呼喊声。一抬头,才发现,就在她们商量的这几分钟,停车场里突然涌来了好几十辆游览车。车一到,门一开,就有人拿着引导旗子,喊着"冲啊",然后每辆车就像水库泄洪一般,突然冲出一堆和她们年纪差不多的老太太。

"她们是谁啊,她们为什么喊'冲啊'?"老三有点慌了。

"赶紧去抢头香啊,赶紧跑啊。"潮水一般的人群翻滚着这样的声音。

姐妹们知道了。老大着急地喊起来了:"姐妹们,她们也是来抢着和菩萨说话的啊。我们赶紧冲啊!"

老四没见过这种场面,傻在原地:"怎么冲啊?"

老三、老七默契地冲去车上,胡乱地抓起了准备好的贡品和香,然后跑回来,架起老四就要往前跑。边跑边说:"我们先去港口卡位置,老五和大姐赶紧去买票,你们到了,摸过来找我们。"

老五一听,撒腿就跑。边跑边喊着:"大姐我先冲,你向着我跑。我买到票,马上折返来找你。"

老太太组成的潮水一直往码头方向涌去。老三、老七着急地想加快速度,越着急越发现自己的脚和老四的脚总要打上架。一低头,老三绝望地喊起来了:"老四你穿的是半高跟的鞋啊!老四你疯了,竟然穿的是半高跟的鞋啊!"

老四脸涨得通红:"我想着要见菩萨得穿好看点啊,说不定她看上我让我当神婆了,我哪知道见菩萨还要冲锋啊。"

老三着急到边跑边跺脚:"怎么说你啊,怎么说你啊,我怎么这么倒霉和你当姐妹,你光脚能跑吗?"

老四愣了一下:"三姐,这水泥地上也一堆沙子和小石头啊……"

那边老五冲得很快,但冲到售票大厅的时候,发现每个窗口都已经排上了队。老五告诉自己要镇定,然后她看到了,有二维码购票通道。老五开心地叫起来,心里想,果然知识就是力量啊。她突然很感谢,自己父母在那个年代让她成为东石镇上同龄人里唯一读书的女孩子,为的就是这个时候,她可以从这一群同龄的老太太中突围啊。

她拍了二维码,边查看如何购买,边往登船方向走。她看到老大还在往这边跑,赶紧招手喊:"大姐掉头,登船,登船去。"

老大听到了,远远地对她比了个OK,赶紧转身跑向登船处。

老五赶到登船大厅时,众姐妹已经各自被卡在不同的位置了。排列的队伍依次进入登船通道,一排两排三排四排,然后一关,就是坐第一拨船的人了。

老三、老四、老七在第一排的末尾,老大在第三排中间对老五招手,而老五在第四排最后方,但还好总归赶上了第一艘船。

老五看到老大不断向她招手，她想着得去陪着大姐，就往前挤。她前面是老太太，再前面还是老太太。前面老太太们感觉老五在往前挤，不耐烦地撞了她一下："挤什么挤，要讲素质。"

老五毕竟是老师，被这么一说，脸登时红了，不敢再往前挤了。

老大看老五没动，着急坏了，一直招手，比着什么手势。看了好一会儿，老五知道了：老大要她翻栏杆。她脸更红了，干脆低着头假装没看到。

老五想了想，对老大喊："看手机啊，让姐妹们看手机。"姐妹群里，老五发语音说："我给大家买票了，大家刷身份证过去就可以，不用等我，姐妹们往前冲。"

老大听完语音，对老五比了个OK。第一排的三个姐妹，向老五挥挥手，比了比OK。

船来了，人潮中发出激动的欢呼声。船靠岸了，老五感觉周围的老太太们一个个摩拳擦掌蓄势待发。老五打量着身旁的老太太们，看到她们一个个屏住呼吸瞪大双眼，像一只只猛虎一般，老五跟着紧张了起来。

船舱门一打开，老太太们就喊叫着往船里冲去。

老五很是着急，但前面的所有人堵着，后面的所有人推着，她被人潮夹住了。她突然想到，每次台风过后，总有一堆鱼被海浪拍上岸。小时候她总赶紧在台风后去捡那些鱼。捡的时候，那些鱼有的还活着，看着她。她当时还想，它为什么不再努力跳几下？海就在旁边啊。

她理解了，那些鱼真的尽力了，就和自己现在一样。

总算被人潮拍进船舱了，她慌张地想要寻自己的姐妹，突然被人用手一抓，是老七。老七开心地喊："我抓到你了。"

老五分不清自己脸上是汗水还是泪水，她把脸上的水擦去，她看到了，老三一手抓着左边的船舱门，一手抓着老四，老四双手紧紧环住老七，老七则一只手不断往人潮里探，像从水中抓鱼一般，最终抓到了她。

老五问："老大呢？"

老七指了指门的另外一边。透过人流的缝隙，老五看到蔡桂花了。

老七激动地说："我们做到了。"

老四又要哭了："我们做到了。"

老五喜悦到也跟着鼻酸了。

船要开了，不断有保安来巡视，要求大家尽量落座。大部分游客都找座位坐下了，东石镇观音阁的金花们得意扬扬地就近把着门蹲在座位旁。

老五还是在脑子里不断复盘，想了想，觉得要根据情况稍微调整下战略。她压低声音生怕被其他人听见："姐妹们，刚刚大家都看到了，那些老太太太凶猛了，但咱们有优势，咱们知道公交车站在左转三百米那个岗亭，岗亭有一列列路障，写着去往哪里的。待会儿大家不用谁等谁，出站就往左跑，挑那个写着'紫竹林'的牌子卡位。然后谁先上车了，记住，占住最靠近门的位置。"

赶了一晚上路，大家都觉得乏了。折腾了一路，老五现在头疼得厉害，想着闭目养神一下。

大概就合眼十分钟吧，老五听到老七急促的声音："老五快醒醒了，好像不对了啊。"

她一睁眼，看到船要靠站了，但是其他人拼命往对面的门挤，而自己这边的门，空荡荡的，只有她们。

老五吓出了一身冷汗，不对啊，不应该啊。然后她看到船在掉头后退，老五知道了，今天的潮水改方向了，是在对面的门下。

她着急地喊起来："姐妹们，潮水的方向变了，是对面的门下啊。咱们现在赶紧冲那边去。"

但是，已经晚了，前面塞满了人，姐妹们无论如何都塞不进去了。

老五告诉自己要冷静，她一个个数起了人头，前面有三四十个人。每辆车能坐十个人，码头公交车站停的不仅有去紫竹林的，还有去其他地方的，至少有三四个方向的车。

老五算给大家听，说："姐妹们不慌，前面三十多个人，我们还是有机会的。"

大姐着急地打断了："万一她们都是去紫竹林的呢？"

老五一下子回答不上来。

大姐是真着急了，拼命向前挤，前面的三四个老太太应该是一个团来的，转过头来对着大姐劈头盖脸地骂。

老三着急地问："怎么办？咱们要失败了。"

老五说："姐妹们要不要赌一把？"

大姐还没听方案，就追过来，声嘶力竭地喊："赌！"

"那这样，咱们不坐穿梭巴士了，咱们待会儿出了站直接往右跑，跑一站地就是紫竹林了。"老五说。

老四一听说又要跑，整个脸又拉下来了。

老三不解地问："但我们怎么能跑得过车呢？"

老五很坚定："有可能跑得过。因为，车站在码头的左边大概五分之二站地，紫竹林在码头的右边五分之三站地，然后车站要等车到，等车来，等乘客上完车，确定乘客买完票，这才出发。现在摆渡车都是扫码买票的，我相信很多老太太不懂，估计要折腾一会儿。"

老大听明白了："所以咱们有胜算的。"

老五说："是。"

老七说："那就这么赌。"

船要靠岸了，门要开了。人潮沸腾了起来。

门一开，哗啦啦地，人群涌了出去，瞬时分流了。有的直往左边拐,就奔着摆渡车去;有的在原地蒙圈打转,不知道去哪儿。老五觉得自己的策略对了,小声地喊着姐妹们:"跟我往这边。"

出来是广场,广场要走个一百多米才是公路。老大本来着急马上要跑的,老五说:"不跑不跑,一跑马上会有人无脑跟着跑,我们也当作找不到方向一般摸索着走。"

老五还刻意走得东拉西拐的,果然没有人跟上。

老大不管不顾了,大喊一声:"冲啊姐妹!"

众姐妹就此奔跑起来了。奔跑的姐妹们,真是跑得奇形怪状。大姐跑的时候两只手向前扑腾着,像在旱地上游泳。四姐跑的时候,两只手贴着身体左右左右地摆着,像鸭子……

老七本来跑得最快,但看着老四在那边慢慢地挪,一着急,赶紧转回头,跑到老四身旁,一手叉着老四往前。

老五看到大姐跑得颤颤悠悠的,担心地贴着大姐跑。老三冲在最前面,匀速跑着,不时转过头看。

"四姐,你能把鞋子脱了吗?这一段柏油路,不那么疼。"老七还是着急老四跑得太慢了。

老四快喘不过来了:"老七啊,饶了我吧,而且咱们现在应该要赢了吧。"

"是啊。"老大开心地说,"咱们应该会是第一批到菩萨跟前的。"

前方传来喇叭声,是来码头公交站接人的接驳车。再一看,写着的牌子就是"紫竹林"。

老三喊起来了:"姐妹们,紫竹林的接驳车过来了。"

"怎么第一辆就是紫竹林?"老五着急了,她目测了车子的行驶速度,从车这边到公交站的距离,大概算了一下,一算,她着急了:"跑起来姐妹们,她们一接一折返,就要赶上我们了。"

"姐妹们,冲啊,冲啊!"大姐着急了,咬着牙根,努力想加速起来。

大姐一加速,其他姐妹们也都加速了。但老四加速不起来,她越跑脸上表情越扭曲。老七看看老四的脚,感觉脚趾头都被鞋子磨伤了。"加油啊四姐。"老七着急地一直喊。

老四看着远去的众姐妹,突然一个刹车,停下来脱下两只鞋子,用手举起来,像举着冲锋号,大喊着:"姐妹们,咱们拼了!"喊完,疯狂地往前跑去。

"姐妹们,看到紫竹林的标志了。"跑在最前面的老三喊,"咱们胜利在望了!"

老五转过头看,后面的车到公交站了,老太太们以迅猛的速度冲进了公交车,公交车好像要启动了。她打量着姐妹们和终点的距离,还有四分之一。

"情况不妙啊。"老五在心里叫苦,赶紧提醒姐妹们,"公交车要来了。"

"公交车开出来了。"老五的心脏提到嗓子眼了。

"冲啊,冲啊,冲啊……"大姐痛苦地冲刺着,"姐妹们冲啊,就差一点了。"

公交车朝她们过来了,众姐妹感觉到车灯的光在后面快抓住她们了。

老四看看车,看看前面在冲刺的姐妹,突然下定决心,大喊一声:"姐妹们你们冲,帮我和菩萨说,一定保佑我家,我掩护你们。"说完,便慢慢放慢了步伐。

大姐不理解老四要干吗,转过头喊:"你怎么又耍赖了啊?你怎么关键时候还耍赖啊?"

老四生气了:"姐姐你不要这么说我啦,我不是老赖,我是为了子孙才老了还不得不赖的。"

老七知道意思了,喊着:"就让老四殿后,咱们赶紧冲!"

公交车追到队伍的末尾了,老四假装跑起来,眼看车要经过老四了,老四突然假装体力不支得要往道路中间歪。

后面的公交车紧急刹住车,愤怒的喇叭一直冲着老四按。老四慢悠悠挺起身子来,转过头对着司机抱歉地点点头。

公交车又启动向前,老四跑几步路又要假装体力不支,司机愤怒地按起了喇叭,车上还有其他老太太开了窗户对着老四一顿骂:"你这人怎么回事啊,一看就是故意的,你这样会遭报应的……"

老四被骂得面红耳赤的，讪讪地走到一旁，难过地坐在路边一个石墩上，彻底瘫了下来，嘴里喃喃着："姐妹们，我尽力了啊。姐妹们，冲啊。"

老三一边难过得鼻酸，一边生气地骂着："这家伙，太丢脸了，还好大家不知道她是咱们东石观音阁的。"

老大喊："姐妹们咱们没有招了，咱们只有冲了。姐妹们冲啊！"她攥起拳头，呼哧呼哧地拖着自己的身体往前犁。

但车子已经追上来了。车子已经超过老四了。车子快要接近她们了。

蔡桂花感觉自己快哭了。蔡桂花知道自己已经哭了。

蔡桂花突然又听到紧急刹车，是老五黄安化突然又歪向公交车。车上的人已经愤怒了，有人喊着："你们这样拜菩萨有用吗？菩萨会保佑你们这样的人吗？"

老五不知道是被说得难过了，还是累坏了，眼泪哗啦啦地一直掉。边哭边喊："姐妹们往前冲啊，大姐冲啊！"

"我为什么要生下他们，如果我不能替他们受罪？我不应该生下他们的？"蔡桂花边跑嘴里边喃喃自语着，蔡桂花的脸已经煞白煞白，她感觉自己要昏倒了，但她分明看到寺庙的入口了。

突然一个趔趄,蔡桂花脸直直往地面扑了过去。

姐妹们都吓坏了,冲在最前面的老三喊了一声:"我苦啊,大姐啊。"着急掉头想往回跑。

"黄梨花你给我往前跑啊,你他妈快跑啊,傻愣着干吗?"大姐挣扎着抬起头大喊。

"但大姐你摔倒了,但大姐你在流血。"黄梨花愣在原地了。

蔡桂花捂着满脸的鼻血,哭着大喊:"你帮帮我啊,你冲啊,你冲去菩萨那儿,告诉菩萨要帮咱们啊!"

蔡桂花边喊,边挣扎着爬起来,继续拖着脚往前跑。

蔡桂花感觉到车在她身后了,她感觉到车超过她了,她号哭起来:"菩萨啊,你先听我说啊;菩萨啊,你先帮我忙啊;菩萨啊,我好难过啊;菩萨啊,我救不了我的子孙了;菩萨啊,我老了啊;菩萨啊,我老到对这个世界一点办法都没有啊;菩萨啊,我怎么办啊,我现在不能死但也没法活啊;菩萨啊,我太老了,我太累了……"蔡桂花一个趔趄,再次摔倒在了地上。

眼睛再睁开的时候,蔡桂花看到姐妹们都聚在她身边。她看到老三头发湿透了耷拉在脸上;她看到老四一拐一拐地想靠她近点,脚上青一块紫一块;她看到老五的脸上全是水,不知道是汗水还是泪水;她看到老七捂着脸一直呜呜地哭着。

蔡桂花说不出话，看着公交车刚开到紫竹林门口，一到站，车上的老太太们喊着"冲啊"，汹涌地向菩萨的家里冲去了。

"抱歉啊姐妹们，是我拖累大家了。"老四哭了。

"是我应该道歉，我算错了，抱歉啊。"老五黄安化也哭了。

蔡桂花站起来抱着老四老五，老三老七也走过来抱着她们。东石镇观音阁的金花们，就一起抱着在观音菩萨的家门口像孩子一般哭起来了。

"那现在怎么办呢？"老三问。

"肯定还是要去找菩萨的，咱们就拖着这惨样去给菩萨看看。"大姐说。

她们一瘸一拐地走到殿前。看到香炉里插满了别人敬的香。蔡桂花知道，这里的每一根香，都是某一个老人拼了命的一次挣扎。

大殿里的人密密麻麻，每个人都点燃着香，把香举得好好的，嘴里虔诚地念着什么。她们在人潮里，挣扎着挤到香炉前，点燃香，挣扎着挤到蒲团面前，看准时机抢着跪在蒲团上，挣扎着在一片祈祷声中，声嘶力竭地说着自己的祈祷……

走出来，刚好看到太阳正要升起。蔡桂花记得，自己第一次来紫竹林，就是为了迎菩萨到东石镇。那天她抱着观世音菩萨的一座神像，到香炉前转了几圈，嘴里念着"恭请菩萨随我们到东石"，然后便着急回东石去。陪同来的丈夫硬拉住她，说他看宣传册介绍，据说坐在观音殿出来的那个望海的亭子里诚心祈求，就可以看到菩萨从海上走来。

蔡桂花问姐妹们："要不我们在亭子里坐坐，说不定能看到菩萨了？"

她和众姐妹走到亭子那儿，一直盯着无垠的海面看。她想着，丈夫现在应该在哪呢？投胎去了吗？想着，丈夫看到自己的子孙这样的境况，应该也在努力帮忙吧。想着，刚才那么多人那么声嘶力竭地祈求，菩萨真的能听到吗？

三姐见大姐看得入神，激动地问："大姐怎么了，大姐看到菩萨了吗？"

"是啊，我看到菩萨了。"蔡桂花突然觉得自己应该这么说。

"真的吗？"老四激动起来。

"真！"蔡桂花是笑着说的，但泪水涌了出来。

"菩萨说什么了吗？"老七激动地问。

"菩萨笑着对我点了点头，指了指南边的方向，比了下OK，我想，祂是在和我说，祂要去东石了，菩萨要赶去东石帮我们了。"

"那我们也赶紧回去吧。"老五着急地站起来,海风吹着她杂草一般的头发。老五说:"我儿子全家快回来了,我得去帮他,我一定要帮到他。"

体

面

母亲是用脚推开大门的,她两只手提满了东西:用各种二手塑料袋装着的菠菜、生菜和茼蒿。

母亲气喘吁吁,说:"还记得应莲吧?"

我正在客厅的沙发上瘫坐着。我说:"当然啊,前天见面我才和她打招呼了。但她好像没看到。"

母亲把手上提的东西拿给我看:"这都是她送的,听说你回老家过年了,她想约你聊聊。"

聊聊?我确实心里犯着嘀咕,那天她应该有看到我的,但她低着头就走了。而且,她有什么可以和我聊呢?

我正这样想着,母亲把东西放到了厨房,两手叉着腰喘着气,说:"我在想,她有什么能和你聊呢?"

母亲走进厨房,戴起袖套,是准备做饭了。但她突然想到什么,走出来说:"我觉得啊,你还是先考虑下她要找你聊什么。遇到困难的人其实都挺不好意思开口的,可一旦和你开口求助了,你没能承诺或者承诺后做不到,那对他们都是伤害。"

我觉得母亲说得很对，但又马上察觉到不对："那你怎么还收人家送的菜？"

"我硬塞了鱼给她了啊。"母亲一副得意的样子，"本来这可是你母亲我斥巨资买来想给你们一家三口北京游客补补的。红斑鱼啊，我找渔夫阿小昐咐了三天，今天才有的。"

母亲说："哎呀，那个鱼可真好吃啊。"说着，吞了下口水。

我躺在沙发上，想着，我确定应莲看到我了啊。

老家巷子多，横七竖八的，修得歪歪扭扭，毫无规律。路都是石板铺的，两侧都有排水沟，随便拿水一冲，总是会显得很干净。

镇上的妇人都习惯在门口挑菜洗菜洗衣服晾衣服。其实那不是正事，正事是和路过的人聊天，和同样出来挑菜洗菜的人聊天。

真什么都可以聊：丈夫半夜放屁，屁味变重了是不是生病了？儿媳妇其实有脚气怎么提醒……风窜来窜去，一条条巷子像一个个传声管道，这群妇女聊天的效率是提高了，这小镇因而也没了什么秘密。

我每次回家还是会像小时候一样，得空了就在巷子里窜。不是因为好事想听这些碎嘴，只是这些人从小就在这儿讲，她们口中的主人公和故事情节,我都追更了十几年了。很多讲故事的人,以及很多故事里的主人公,都陆陆续续离世了,还有越来越多人离开老镇区,我因此更格外珍惜这些机会了。

女儿还没满周岁,妻子留在家里照顾。我则如每次春节回来那般,放下行李就在镇上的巷子里乱逛。

我当时正走在一个巷子里,然后看到一个身影从巷子口一下子过去了。我开心地喊:"莲姨!"

那个身影没有停留,我追到巷子口,看到那身影似乎很慌张,随便要拐进就近的另一道巷子。

我又喊了声:"莲姨?"

那身影还是就此消失在另一个巷道里。

回来的路上我就在琢磨,那应该是她啊。微微臃肿富态的身材,头发烫得卷卷的。

但确实觉得有哪里不对,我仔细琢磨了再琢磨,好像,那头发虽然还是卷卷的,但看上去却很塌。我认识她几十年,从没有哪一次看她头发塌过,一丝一缕都要往上卷的,一走,看上去像蓬松的浪,一浪接一浪地随风摇曳着。

再有,那背影穿着的是一身发白的黑色衣服,显得脏脏旧旧的。莲姨是个指甲缝都得洗得干干净净的人,即使在我三四岁东石镇上的人普遍不富裕的时候,她的衣服也总要弄得特别的清爽,她怎么能允许自己穿着这样的衣服出门呢?

晚上吃饭的时候，妻子问母亲，找到可以带去北京的保姆了吗？

自从女儿出生后，我们先雇了专业的月嫂，但毕竟太贵，妻子心疼钱，一个月就让她离开了。之后换了几任保姆，总觉得照顾孩子不那么上心，做起饭来实在不合口味，妻子生完孩子肠胃一直不那么舒适，就更是吃不下了。

这个事情我发愁得，到报社工作时，见人就唠叨。有个浙江的同事说："对的，我们家也遇到这个问题。后来孩子外婆从浙江诸暨老家空运了一个保姆来，第一顿饭，我老婆一吃就热泪盈眶。看她照顾起孩子的手法，我老婆激动地说：'对对对，就是要这样。'而且各种我不懂的习俗，她都懂。"在一旁听的来自云南的同事也插嘴说："正解，我家也是这样搞定了。强推。"

我就赶紧和母亲说了。

关于这个任务，母亲说："哎呀，我可认真调研了，整个一条街巷，三十五岁往后五十五岁之前的妇女共有几种情况：一、媳妇刚生，开心地照顾自己大孙子；二、媳妇生二胎，或者小儿子的媳妇刚生，那可真是忙，要带一大一小俩小孩；三、有当曾祖母的，支援自己的儿媳妇带曾孙去；四、家里有钱了，都要雇别人带了，怎么可能出去？"

母亲总结说："现在老家的妇女可稀罕了，东石镇的男孩子们长大后东南西北地去工作，这群妇女就空投到天南海北去支援。"

"除非60岁往上的，观音阁里义工团一大堆，但怕是干不动这个事情了。"母亲说。

我知道母亲的意思，应该是没戏了。但妻子还不死心："要不去农村问问，我们给和北京保姆一样的工资，放到农村应该算高的。"

母亲撇了撇嘴："但哪个老人不愿意守着自家子孙啊？"

说完这句，母亲就不打算继续说这个了，她语气激动起来："你们在北京还不知道，今年应莲家里出大事了！"

这几年来，我对母亲这样一惊一乍的表达，早已经免疫。倒不只是母亲，我发现小镇上的人年纪越大越喜欢把很多事情说得很严重。我想，究竟是我去了北京，知道每个人都很渺小，任何事情，即使生离死别终究是微小如尘埃，还是因为母亲生活在镇上，每个人因此都显得很重要，每个事情都显得很大？

母亲说："那次可真是吓死我了。应该是十月初五早上六七点吧，我和街坊听到应莲家里有好多人在凶神恶煞地吼着，咱们附近的邻居，我啊，阿月啊，碧霞啊，各自带上点什么工具就跑过去。到的时候,我看到好多人啊,都男的,穿着西装戴着墨镜,像出殡时那种哀乐团一样,把应莲团团围在中间。

"一看这阵势,哪是我们这群女的能对付得了的,赶紧做了分工。阿月赶紧跑去各个人家里喊上男的,我们想先一起挤进圈子中间,陪着应莲。"

"老妈,挑重点说。"我有点听不下去了。

母亲白了我一眼:"等我说下去啊。"

"那些人本来不让我们进去的,一个大块头嘴里骂骂咧咧地挡着我们。碧霞关键时候很好汉的,头硬接了上去,喊着:'你打啊,我是农村妇女,现在也懂法律了,打一下我,我就发家了。'大块头倒真发怵了,竟然就让我们过了。

"我们抱着应莲,说应莲咱不怕,是咱们的理,谁都欺负不了,不是咱们的理,大家想着一起解决。

"应莲哭着说:'姐妹们别和他们凶,理是他们的理。'我们就傻眼了。"

我有点不想听了,收拾吃完的碗筷要走,母亲赶紧拉住我:"别这样,你听一下啊,这样应莲找你聊的时候你才知道背景啊。"

我想想也对,继续坐下来听。

"原来应莲的丈夫阿目不知道为什么找人借了钱。以前什么都没说,有天晚上阿目突然让应莲、儿子、儿媳赶紧收拾东西带着小孙子跑。至于跑去哪儿,阿目还没想明白,说车出了东石再说。应莲出生在东石,嫁在东石,虽然她娘家是东石镇最早有钱的那一拨,嫁过来后阿目也发家了,她因此是最早逢年过节买衣服得去城里买的人,但她可没在东石以外的地方长住过。

"应莲说:'你得说清楚,没说清楚,我是不可能离开东石的。'

"阿目说:'我欠人家钱了,人家威胁要来绑人了,咱们得赶紧跑。'

"'要绑人?'作为中年妇女,应莲电视剧当然看过很多,以前也听奶奶说起土匪强盗的故事,慌张得赶紧帮忙收拾。收拾了一会儿,应莲才想着不对,问阿目:'是咱们欠别人的钱别人才要来绑的吗?'

"阿目说是。

"应莲问:'那人家不是强盗喽?'

"阿目说是。

"'那咱们家是真欠那人钱,还是被坑骗的呢?'应莲问。

"阿目想了想说:'利息高点,不知道算不算合法。'

"应莲把东西一扔,'利息再高也是你找人借的时候同意的,这样我不走了,你们也不能走,这不是做人的理。'

"最终,阿目带着儿子、儿媳和孙子是凌晨三四点走的。家里的三辆车都开走了,一辆儿媳妇结婚时当作嫁妆陪嫁过来的保时捷,一辆阿目一直开着的宝马,还有一辆平时用来运载一些杂物的面包车。

"三个大人每人开一辆车,三辆车都塞得满满的,儿媳妇的LV、爱马仕,儿子的拉菲,阿目的爱马仕,都带走了。本来儿媳陪嫁的金饰也要带走的,是应莲冲过去硬扒了下来。

"阿目要走的时候,还最后努力了一下,试图和儿子直接把她拖走。情急之下,她对着阿目的脸上就是一抓。她做着美甲的手,一不小心就把阿目脸上抓出几道流血的伤痕,阿目气呼呼地摔上车门就走了。儿子、儿媳跟着走了。

"应莲跟在车屁股后面骂。

"当那群人来的时候,应莲把自己所有的现金、金子等全搬出来了,然后说:'够不够?不够我再想办法。'

"那群人中间站着一个穿西装的,一看就知是头目。那头目说话倒是客气——只是说完,应莲吓坏了——'姐姐啊,你丈夫欠我大概五千万,你怎么还?'

"应莲这才想起来,阿目此前几次和她唠叨过,承包了一个小地方政府机场配楼的工程,已经填进去大几千万了,但政府说不合格,一直不肯付款。她想着,会不会是因为这个啊?

"应莲说:'这房子抵押给你们吧。'然后想了又想,'中学旁边那排店面也是我家的,我找土地证去,也抵给你们。'

应莲知道还不够,说:'我再想想啊。'

"应莲还在想的时候,附近的男人们和宗族的一些人也赶到了,听完了前因后果,由他们家族的长老阿义伯出面说了:'你看,这应莲也挺英雄的,她不跑,而且也想办法了,其他的,你们再宽限些时日?'

"也不知道是那西装男看到这么多人心里发怵,还是确实被应莲的表现折服了。西装男对应莲竖了个大拇指,说:'你这人可交,我信。这样,你们这房子也大,房间也多,我们留一个人住,对接办理过户手续,也陪着帮应莲姨的忙。'

"宗族里的人听不过去:'哪能这样的,一个不认识的外人怎么能住进只有一个妇女的家里呢?'

"阿义伯还是公道的,他想了想,说:'咱们家族是讲道理的,我们也理解你们的担心,你们也得理解我们的风俗和脸面。这样,我们家族也派一个男丁住进来,一起帮忙如何?'

"西装男一听,也挺好,说为了表达尊重,请莲姨自己挑选一个人。

"应莲认真打量着围着她的这群人,她这才看到,其实来的人差不多都可以给自己当儿子的。然后,她看到一个白白净净躲在后面的人,指着说:'要不就这个孩子?'"

"但是她想和我聊什么呢?"我问母亲。

"会不会请你找报社曝光下这个事情?"母亲说。

我说:"有可能,但对方有实施暴力吗?"

母亲说:"没有啊,何止没有,搞笑的是,她和来监督她的人相处得很好,都要认干妈了吧。"

"干妈?"我愣了一下。

母亲撇了撇嘴:"那小孩,一看就是刚出社会工作的,应莲看他像自己孩子,他看应莲估计也像妈吧。"

母亲说:"我们长到这个年纪,还是容易看出一个人的灵魂是年老还是年少的,穿戴身份什么的可掩饰不了。那小孩,一看就是小孩。"

母亲说得没错,那人还真是像小孩。瘦瘦弱弱的,见人说话因为没底气,反而故意拿着个腔,但就只能扛几句,再多说一些,立马露出自己的生涩和紧张来。

第二天就是他陪应莲来的。刚走进来的时候,全身廉价西装还戴着墨镜,站在应莲的身后,一言不发。

应莲说:"抱歉啊,他坚持要来。你知道他是谁吧?"应莲预料她的事情母亲肯定要和我说的。

我招呼着应莲坐,也问讨债人代表要不要坐。他故作深沉摇了摇头。我看了看他的年纪,应该高中毕业吧。

"怎么没读大学就来干这行。读书差?"我问。

"我可是考了我们老家县里前十名的,没钱读才到福建来打工的。"他激动地解释起来,"哪想……"他话一下哽住了。

"所以你是被骗了，当时招聘上写的是财务管理对吧？"我做记者，接触过这样的新闻。

他吃惊地看着我，最终委屈地说："是啊，办公室还在银行楼上呢。"

我笑开了："确实是财务管理啊，坐吧，一看你们也不是专业的。"

他看了看我，犹豫了一下，找了个位置不好意思地坐下来。

本来母亲也准备坐下一起听我们说的，但应莲用祈求的眼神看了看我母亲。母亲还是识眼色的，赶紧说："我去菜市场看看还有没有红斑鱼啊。"

应莲满怀感激地目送母亲离开。

坐近一看，应莲沧桑了许多。莲姨从少女时起给自己涂雪花膏，后来又是这片街坊第一个用外国护肤品的，还特意去韩国做过什么护理，虽然五六十岁了，但皮肤看上去还白白嫩嫩的，算是镇上妇女团的美容女王。但现在的她，如同我在重度污染区看过的树，是努力地翠绿着，但全身上下莫名蒙了一层灰。

虽然整个客厅只有我和应莲了，讨债人代表的那小孩远远地待在一旁，但她开口前还是压低了声音："黑狗达，我落难了。我现在连吃的钱都没有了。"

"都没了？"虽然知道此前的故事，但我倒没想到她如此山穷水尽。

"是啊,那天讨债的人来,我是真心实意地把口袋里最后一分钱都翻出来给他们的。"

这是应莲会干的事情,我知道的。

"一开始我谁都不敢说,但我算了算,家里本来买的粮油食材估计就够吃三四天吧。那天我娘家母亲来看我,塞了一千元给我,要换以前,我怎么可能要?那天我满脸通红地收下来了,我就一直靠着我娘家老母亲给的那点钱扛着。"应莲说着说着,脸登时通红起来,"这个事情我谁都没说,我连菩萨都没说,请一定帮我保密。"

"我一定不会说。"我向应莲保证。

"都说到这儿了,我也不怕不体面了。实话和你说,这几天我老是趁下午的时候到各个菜市场去逛。我看着机会捡些人家不要的菜叶,我和他们说,我捡回去喂鸭子啊,其实是拿回来吃。我不敢去就近的菜市场,这个菜市场的人以前老给我家送菜,他们知道的,我家没有养鸭子的。"

我知道母亲拎回来的那些菜是怎么来的了。

"阿目叔呢?联系得上吗?"

"你阿目叔刚开始几天不敢联系我,我知道他怕,也气他,也没联系他。过了一周多,他联系我了。我是叫来这位阿奇兄弟开免提接的,我觉得每句话每个字都得让他听到,得光明磊落些的。"

我这才知道那个小孩叫阿奇。

阿奇像在法庭上做证一般，突然站起来说："是的，应莲阿姨每次和欠债人阿目打电话都开免提，都叫我起来一起听，有几次我睡着了，一点多了，应莲阿姨还特意叫醒我。"

"一点多打电话，不就是想绕开阿奇吗？我还不知道阿目想干吗？但我有自己的原则。"应莲说得又生气了。

"你阿目叔说，他真的不是故意欠账，而是被骗了。他做的那个项目是找第三方承包的，他想自己估计是被那家公司骗了。你阿目叔说，你……你能不能帮忙找媒体曝光一下。"

果然是要我帮找媒体的。我说："好啊，你让阿目叔打我电话？"我起身想去拿笔，写我的电话号码给她，应莲却以为我要走开了，赶紧拉住我，说："不是的，其实我还有个事情开不了口。"

"怎么了，莲姨？"

她又犹豫了一会儿，才终于开口："你知道的，我家很早以前就是咱们这片街坊日子过得比较好的，所以我可知道怎么做好吃，可爱干净了。"

我大概知道她要说的了。

"就是，不是听说你要找个保姆吗。我想你是不是就不雇保姆了，我去北京照顾你们？"应莲眼眶红着，用乞求的眼神盯着我看，"我本来想过找工作，但我开不了口，这几十年东石镇上的人都把我当富太太了，她们不一定习惯用我。到你这儿,我可以告诉自己,告诉别人,我不是给谁当保姆去,我只是因为疼你,帮你母亲到北京照顾你和孩子的。你知道的,我一直很疼你的。"

我着实没预料到。如应莲所说,从我小时候懂事开始,她便是富太太,也确实如她所说,大家因此总不好意思驱使她做什么。但我知道,这确实是她最好的出路了——她还可以以此说服自己离开东石,暂时从目前这个窘境里离开。

"但问题是债权人会同意吗?"我心里想着,没说出来。

应莲大概知道我在想什么,赶紧说:"其实我来也就是想征求你的意见,如果你这边同意,我还得征得债权人的同意。"

"但那样,他们不一定让你离开啊。"

应莲说:"所以我才更要问啊。"

要走的时候,应莲看我掏出钱包,知道我是想拿些钱给她,她慌张地站起来,后退着,像我手中拿着炸弹。"你得尊重我,你这样是在可怜我。"应莲很激动地说。

我愣了一下,但明白这就是应莲,我把钱包放了回去。

那一刻,我下决心了:"那莲姨你去问债权人,如果他们认可,我特别高兴你能来北京帮我。"

母亲从菜市场回来,我就叫来了妻子一起开会。

我照顾着应莲的性格，就说是我自己发现应莲因为疼我，愿意到北京帮我。母亲怎么会不明白呢？她先是说："但她能干那些粗活？你们好意思让她干那些活吗？"

又说："哎呀，我想了再想，我不好意思让她做家务的。"

但母亲显然也意识到这是应莲能解套的唯一方法了，最终说道："但你得帮忙啊，不对，你得让应莲帮你啊。"

母亲自顾自试图说服自己，说服我接受这个事情："你想，她吃过的好东西比咱们多多了，她来做菜，那肯定花样比我多多了，你看，她衣服总是那么清爽得体，肯定知道怎么能把家里收拾得这么好的……"

妻子不太熟悉应莲，但听着我们的紧张，不确定地问了句："让她睡厨房边上那间保姆房可以吗？没有窗户的，还有点油烟味。"

母亲脱口而出："当然不可以啊。没关系，她和我一起睡吧，就这么定了。"

妻子还是隐隐担心，晚上睡觉前拉着我嘀咕："我怎么感觉，你和母亲都很不好意思让应莲做家务啊。"

我说："是啊。"

妻子说："我怎么感觉，我们不像找了个保姆，而是多请来个婆婆啊，现在咱们要照顾小孩已经很累了，咱们扛得住吗？"

我安慰着妻子："我想莲姨知道我们是为了帮她，肯定会很积极帮忙做事的。"我没出口的是，我想我和母亲应该都打定主意了，实在不行就我们看着补位了。

第二天起床后，我便去应莲家里找她了。

应莲的这个家六年前才又翻修的。当年落成时大手笔地宴请整条街的邻居，我当时也跟着来看过：一楼有两百多平方，全打通了，可以停车，还可以摆宴席。一楼有个楼梯可以上到家人们居住的二、三楼，楼梯边，摆放着佛龛。

应莲家里门窗和窗帘全关着，屋里黑乎乎的，感觉一个人都没有。我按了按门铃，发现门铃似乎没电了。我本来想对着楼上喊一声，但想着，应莲会觉得冒失吧，还是只用手轻轻叩了叩门。

应莲果然听到了。我进了屋，看到一楼空荡荡的，就佛龛前摆着一把塑料椅。我想，应莲刚刚应该一直坐在塑料椅子上对着佛龛和祖先牌位发着呆。

我问："阿奇呢？"

应莲说："小孩嫌闷得慌，自己出去海边走走了。"她说，"阿奇以前在老家没见过海，当旅游去了。"

我说："莲姨，我母亲和妻子都特别高兴你可以来帮我们，你看，后天就过年了，我们打算初一初二抓紧去各个寺庙烧下香，初三就回北京。早回去飞机票便宜。你方便给我身份证吗,我赶紧给你订票去。"

应莲感激地看着我,说:"谢谢啊,但先说好的,我是因为从小疼你,所以帮你带孩子,你一定不能给我什么工资的。"

我说:"不是工资,就是给你贴补些生活需要啊。而且莲姨,其实你有点钱能还一些是一些,心里也舒服点吧。"

"我是不是给你添麻烦了。"应莲还在犹豫。我催着她:"你先去拿身份证,越晚订越贵,你如果疼我,就可得帮我省点钱。"

这个说法真让她着急了,她小跑着要上楼,只是走到楼梯口,突然想着不对:"黑狗达啊,你说是不是还是我不厚道啊,我其实是借这个理由逃跑了啊。"

我说:"没有啊。你不是让阿奇去问那家公司了吗?"

应莲突然难过起来:"我觉得我很糟糕,我是有让阿奇去和他们公司说我要去北京的事情,但阿奇说不用,我就没催了。我想,其实是我自己不厚道了,害怕到想跑。"

我最终没能拿到应莲的身份证。

晚上我正在和母亲、妻子讨论如何说服应莲,突然有人来敲我家的门。是阿奇。

阿奇就站在门口,不肯进来,他从兜里掏出一个东西往我手里塞,他说:"我帮忙把应莲阿姨的身份证拿过来了,你赶紧给她订票吧。"

我愣了一下:"你们公司那边觉得这样可以?"

阿奇说:"反正我和应莲阿姨说公司那边同意了。"

我知道了,笑着问:"她就信了?"

阿奇说:"我就说不信你电话去找公司求证。如果我撒谎了,我可是要被公司惩罚的,我怎么可能撒谎呢。"

我明白了,应莲为了阿奇考虑,肯定不敢去求证的。

"你为什么要对莲姨那么好啊?"我好奇了。

"我没有啊。"阿奇说着害羞地抓了抓头发,"就是,我这次高考完本来考上了厦门大学的,但是家里没钱让我上大学,我母亲到村子里到处找人借。其实本来快借够了,但有一次我路过一个亲戚家里,看到我母亲跪着和人磕头。我就不读了,偷跑了出来。"

阿奇还是笑着说:"我母亲和应莲阿姨一样,从小到大,什么事情都没求过人,硬骨头一块,我见不得这样的人腿跟软了。我当时想来福建打工,就只是要到厦门大学来看看。我是坐绿皮火车到的,一天一夜,我到的时候马上坐公交车到厦门大学门口拍了张照片。"

阿奇掏出手机拿给我看了。

照片里他站在厦门大学门口比了个"耶",好像是要来报到入学的新生。

第二天就是除夕了,母亲一大早就自己扛着梯子贴起了春联。看我起床了，母亲大声地招呼着我走近一点，等到我走近了，再小声地说："我昨晚老在想，应莲今年过年一个家人都没在，要是我，可要难受死的。你去邀请她和阿奇来咱家一起过年？"

我笑着看了看母亲，说："咱家老妈人还是很好的嘛。"

母亲白了我一眼："你不会到今天才知道吧。"

我去应莲家里邀请她和阿奇，看到他们也正在贴春联。阿奇说应莲今天一大早就拉着他去买了春联，也买了一些年货。阿奇说应莲很认真地告诉他，过年该有个年样，日子要有规矩，才会清清爽爽的。

我问阿奇："那晚上年夜饭准备什么了？"

阿奇说："杂菜汤配米饭。"

"这莲姨，规矩比肚皮重要啊。"我笑着说。

"是啊，铁骨铮铮的。"阿奇说。

应莲听说我邀请她，开心地过来我家了。她一进门就到处搜索自己能帮忙做的事情。她看到沙发上都是擦洗不掉的污渍，自己到厨房里摸索出做饭的醋、小苏打什么的，调好了一罐，用力地擦拭起来。她看到玻璃上都是水痕，自己翻找了半天合适的布料，一片片抠了起来……母亲看着清清爽爽的家里，开心得一直笑，偷偷靠在我耳根说："看来干净也是家学啊，果然富裕家庭出身就是不一样。"

忙活到五点多，休息一下，按照闽南的习俗，就该跳火群，放鞭炮，然后吃年夜饭了。

母亲拉着应莲才坐下来准备喝杯茶，应莲突然站起来说："搞好了，那我得回去了，我还没做年夜饭。"说完就小跑着要赶回家。

母亲追出来喊："不是啊，不是说好在我家里过的吗？"

应莲边跑边说："过日子有规矩的啊，家里其他人不在，我就更得在了。"

母亲莫名地生气，嘴里骂骂咧咧的："这个死脑筋，这不让我内疚吗？搞得我是要她报恩拉她来忙这一天。"想来想去，喊着："黑狗达，你把我炖的……"

"是那条红斑鱼吗，端过去给莲姨？"我猜出来了，那是今天年夜饭最重头的菜，是母亲好不容易又抢到的。

妻子听了着急了，追出来说："又吃不上红斑鱼了啊。"

母亲才意识到，笑着说："哎呀，要不夹一半过去，但这样会不会太小气了啊？算了，算了，咱们改天再买吧。"——总之，那次春节我们就没吃到红斑鱼了。

以前父亲在的时候总是说，闽南人大男人，一年三百六十五天，三百六十天都是听丈夫的，就初一到初五这五天，全都得听女人的。

按照习俗,这五天,都是各个家庭里的老母亲,浩浩荡荡地带着自己的丈夫以及子子孙孙,像走亲戚一样,将周围一座座庙宇一路走过去。

我们初三一大早就要回北京了,而母亲又认定,我们顺利有了小孩就是家乡神明的庇佑,所以镇上的每座庙都一定要去拜到。

这可把母亲着急坏了,一大早六点,就催着大家起床,六点十五分,就催着要出发,然后宣布,中午也不回来吃了,拿祭祀完的祭品垫一垫肚子。"每天必须完成七座庙,每座庙得先烧香,然后祭拜,然后询问是不是欢喜烧金纸,如果问卜是否定,那便是神明有话要交代,那就得请签诗……该有的流程都要走完,大家得加油啊。"母亲说得热血沸腾的,像军训时候的教练。

第一天我们折腾到晚上八点才到家。才打开灯,阿奇就急匆匆跑来了。"你们去哪了,我今天来十几次了。"阿奇口气有些着急。

"我们去拜拜啊。你有陪莲姨去拜拜吗?"

"我没去,应莲阿姨一早就去了。我着急找你们,是因为公司通知我说,明天会有人来换班,让我放几天假。我是说不用,但老板说:'咱们公司虽然是讨债公司,但一定要现代化管理,讲究人性的,你春节都盯着了,不能老让你吃亏。'"阿奇着急地说,"你们能改明天的飞机票吗?"

母亲一听着急了:"那可不行,我神明只拜了一半啊。"

母亲说:"小孩别着急,我去和应莲说,让她晚上就搬我家里来,明天不出门,后天一大早我们就飞北京。"

"但他们没看到应莲阿姨,肯定要到处找的。"

"所以我会让应莲明天就别冒头了,他们总不能直接冲我家来找人吧?他们敢来,我可不会客气。"母亲又一副要杠上的样子。

我打断了他们的对话:"现在的问题是,莲姨不会同意到我家来躲着。"

他们知道我说的是对的,顿时也不知道说什么了。

母亲还是不死心,那天晚上跑去和应莲说了半天,回来的时候垂头丧气的,我不用问都知道发生了什么。

母亲愤愤不平:"应莲太死脑筋了,这样的人活该受累。"

母亲说:"怎么有这种人,帮都不让人帮。"

我说:"你不是那天还夸她英雄吗?"

母亲翻了翻白眼:"不是了,是犟驴子。"

母亲发了好一会儿呆,难过地说:"这应莲这样下去可怎么办?"

我知道应莲不会和我们去北京了,我说:"要不我们拿点钱给她?"

"她不会要的。"母亲知道应莲的性格。

"我知道啊,我们让阿奇偷偷塞她家里哪个地方,如果发现了,就说是家里本来有的。"

母亲说:"这倒可以试试。"

我本来拿了三千块,母亲嫌弃地看了我一下,自己又掏出了一把钱,装在口袋里,就去应莲家找阿奇了。

第二天我们拜拜回来的时候,又晚上八点多了。回来后,妻子和母亲就像打仗一样,火急火燎地收拾行李。毕竟,从泉州飞北京的航班是明天早上八点半,意味着,我们明天一大早六点半就得从家里出门。

我们正在收拾着东西,应莲却突然来了,后面跟着个人——和阿奇换班的人。

母亲赶紧把应莲拉到一旁,咬着耳根说:"你怎么来了,你带这人来我家,以后我们要掩护你离开,他们都会第一时间怀疑我们的。"

应莲说:"我肯定不走了啊,我让他也跟着来,就是不让你们再多费心了。"

说着,应莲要把手上拎着的红色袋子递给我母亲。

"这是什么?"母亲紧张地把她的手抓住。

"没什么啊,你们明天要去北京了,我翻了半天,没什么能给你们的,看到我儿媳妇给我孙子买的两只老虎枕头,好像就是北京买的,说是保佑孩子睡好觉的。"应莲说。

母亲还在犹豫着。她又说了:"是嫌弃我落难了,连我送的东西都不敢要了?"

"谁说不要啊。"母亲一把把红色袋子抢了过来。

早上六点半我们出门的时候,看到应莲站在巷子口对我们挥手,我们也向她挥手,母亲突然难过了,嘴里唠叨着:"你说这人生是怎么回事,小时候觉得长大就好了,结果长大了那么多事;长大的时候觉得等老了,有子孙就好了,结果有子孙了,怎么没完没了各种事。"

到北京的家里时已是中午十一点多了。我们在收拾着行李,母亲突然大叫起来,拿着那对老虎枕头边走边气呼呼地骂着:"那个蔡应莲太狡猾了,太狡猾了,竟然把钱藏在这老虎枕头里。"

"她是疯了,连人家给的救命钱都不要,真是神经病啊,不行,我太生气了,我一定得去骂她。"母亲说着说着,掏出电话。

电话拨通了。应莲开心地说:"阿珍啊,你们到北京了?"

"你干吗了?"母亲直接劈头盖脸。

"阿珍,怎么了?"应莲还在那边笑嘻嘻的。

"为什么老虎枕头里面有钱?"

应莲也不掩饰，说："是我放的啊，因为，我家神龛里突然有了这五千，我就知道肯定是你们让阿奇干的。"

母亲转过头对我轻声抱怨了句："那阿奇可真笨，藏钱藏那儿？是个闽南人都知道，神龛怎么会放钱呢？"

应莲可能听到了，笑着说："阿珍啊，不怪阿奇。就因为他是实诚的人，才会放那儿啊。我真的很感谢你们，但也请理解啊，我就是这种人，我一定得这么做的。神明和祖宗都在看着咱们的，我可不想，到要老死了，才丢了这脸面。"

"但你怎么办啊？"

"我肯定会找到办法的。我就不信按照规矩我活不下去。"应莲说。

我们都知道应莲的性格，母亲好几次想打电话给东石镇的街坊，侧面打听一些她的近况，但终究想着应莲可能不高兴，放弃了。

我们通过中介，找了好几天，还是没能找到福建籍的保姆，最终找了个河北阿姨。河北阿姨说话做事很麻利，就是老听不懂母亲的闽南普通话。

农历七月要到了，我父亲的忌日也要到了。母亲提前好几天就和我唠叨："你父亲会不会回东石了，会不会看到我们都没准备东西给他吃就怄气了，会不会一怄气以后就不来梦里看我了啊？"

我知道母亲又想家了。

母亲回去定的是最早的航班,虽然我交代她打车,但以她的性格,肯定是要坐公交车的。我估摸着,她到东石最快也得十点半。我在报社上班,想着十一点再电话问她行程顺利吧。不想,十点四十分左右,母亲就打电话给我了。

"猜猜我在哪啊?"我听到电话那头很是热闹。

"在机场?"

"来,你听这是谁?"母亲把电话递给旁边的人,"黑狗达啊,我应莲啊。"

"莲姨啊。"我开心地叫着她。母亲一到老家就找应莲,可想,这几个月来该多记挂着这个事情。

"莲姨你们在哪啊?"

"我在菜市场啊,我现在在卖菜。"应莲正和我说着,旁边有人问:"这笋到季节了吗?"

"笋啊,实话说是要过季节了,但是,如果真想吃,这些还是可以买的,我去批发中心挑的……"

"你莲姨正在卖菜,可厉害了。"电话到了我母亲手上,"她现在每天早上四点多到高速路口下面等批发车过来,挑选好之后,拿回家洗了,就挑着到处卖。因为她太知道什么东西是好的,挑选的菜,那一看就好吃。不过,可辛苦了,我看她手上都生疮了,背都驼了。"

"那还有人盯着她吗?"

"没有人盯了,说是催债公司老板觉得按照应莲的性格,肯定不会凭空消失的。应莲算了算,自己卖菜每周能还那家公司五百多块,她找那家公司要账号,说每周打一次五百给他们。那公司觉得太烦琐了,说等年底再一并给,但你家莲姨不答应,说如果不打,她每一周都安心不了,追着对方一定要收。她一直一直电话那讨债公司的老板,那老板后来烦了,好像把应莲的手机号码拉黑了。现在,反倒是她找不到那讨债公司了。"母亲边说边乐。

我听着也忍不住笑起来了:"这才是莲姨能干出来的事情。"

"怎么会想到,咱们东石镇一个可怜的中年妇女,最终会成为让讨债公司如此恐惧的女人。"母亲笑得很开心。

"你是没看到,你家莲姨的蔬菜摊,是我见过全中国最干净整洁的蔬菜摊了。白菜是白菜,花菜是花菜……该红的红,该花的花,该青的青,每一棵菜、每一片叶子都精神抖擞的……"母亲说话的口气透着骄傲,"谁能想得到,这么不起眼的东石镇里这么一个不起眼的流动蔬菜摊,会如此有精气神,如此……"母亲顿了一下,想寻找着能配得上的形容词,终于她想到了,激动地宣布着,"会如此体面。"

我跟着莫名激动起来,想着自己是如此幸运,拥有这么一个体面的故乡。

后记
有名有姓

究竟是什么时候知道的呢?知道一切都在迅速崩解。

曾以为时间是尘土,只是耐心地堆积,悄悄地、轻轻地掩埋,最终在记忆中堆出一片又一片松软的沙漠,浩瀚无垠地空白着。

想着,如果是这般,倒也有某种踏实:看不到它们的样子了,但它们还在。偶尔思绪的风吹过,还能吹起掩埋于底下的过去的某些轮廓。

但后来我知道了,日子在往前展开着,日子在身后瓦解着。如同尘土的,不是时间,而是被时间分解的所有过去——它们大都粉碎到肉眼再也看不见,只有最刻骨且坚硬的部分,才能顽强抵抗一二,但最终也只如同尘埃或者灰烬,在内心深处飘浮着,被思念的光照着,吃力地翻滚些模糊的光影。

自意识到过去即崩解,我便难过地看着参与并构成自己人生的所有人和事,难过地数着时间在他们身上撕开的细密的裂痕:裂痕在脸上,我们称之为皱纹;裂痕在身体里,我们称之为疾病;裂痕在灵魂里,我们称之为遗忘……难过地想,到底能为此做点什么呢?

自小我便喜欢家乡闽南的葬礼,后来才理解自己的喜欢:那是一代代先人们拼命留存一个个灵魂的努力,那也是拼命为灵魂在时间留下痕迹的努力——任何起眼的、不起眼的往生者的一生,会以咏叹的腔调,文言文的用语,被古典、隆重地讲述;任何被看得起的、看不起的往生者的姓名,会以尊重的语气、不舍的语气,伴随着锣鼓和哀乐,不断地被呼唤……沿袭千年的仪式,逼迫着每个人付出足够的耐心,对路过自己生命的每一个灵魂进行尽可能的挽留。

从小到大,我就这样坐在一个个葬礼上,听着一个个灵魂来到这人间的遭遇,我因此早早地知道,这世间的每个灵魂总是如此的不易,如此的壮烈。也因此自小就学会,要认真地看待自己和他人的灵魂,认真对待呼啸而过的一个个日子。

我或许就是从这些葬礼里知道的:文字和词语是储藏灵魂的唯一机会。

每念出一个字,每写一个词,它诞生了,迅速冲进这场时间的粉碎里,如同一个个细密的光点,撞向那些已经混沌晦暗的过往,抓取些许本来被瓦解粉碎的部分。它们不仅粘住了,抓住了,还把它们艰难地包裹在自己的身体里。

年少时,我便学会向文字、向写作求助。我试图用文字拓出离去的一个个亲人的样子;我试图用文字抵达自己内心深处曾有过的,他人灵魂的印记。我拼命在自己内心去找到他人的时候,也才知道,所有的写作,其实都是试图在为自己和他人生下故乡——于我们生命中出现过的一个个灵魂,参与并构成了我们本身,他们是我们的来处,是构成也是安放我们灵魂的地方。他们是我们的故乡。

我知道,只有让这么一个个灵魂有名有姓,我们的故乡才能坚硬地存在于时间之中。

写作《皮囊》,是我第一次回望来处,试图通过看见别人去看见自己,也试图通过看见自己去看见别人。人与人之间可以相互投射,帮助彼此看见自己,这真是上天的慈悲。

《命运》里,我试图在几个人命运的长征里,去看见人的一生有着如何的过去和未来,也因此知道,在任何一个个让人难受、让人迷惘的命运的犄角旮旯,总有亿万的魂灵也曾行进于此,也曾困惑于此。因此,人只有看得见他人,内心才不会孤单——在任何一个痛苦人生的命题点上，总有众多魂灵试图陪伴着彼此。

这次写作《草民》，我让自己回到"所有人"里面去。和所有人在一起，构成所有人，由所有人构成。

《草民》里，我试图写出尽可能多的父亲，尽可能多的母亲，尽可能多的祖母，尽可能的自己……，我希望尽可能多的人，能借由此，看到尽可能多的父亲、母亲、祖母……，我其实是希望，这本书里连同《皮囊》《命运》，把我们的故乡，完整地生下。

人们总是需要故乡的，特别这个不断摧毁和建设的当下——我们只有知道故乡如何构成我们，我们才能知道，自己可以如何探向远方。

从2014年到2024年，这三本书写了十年。2014年，我是既告别家乡又永远无法抵达远方的人，不知道如何展开每个新的日子，十年后的如今，我终于把故乡生下来了。我因为回家而自由了，也因为回得了家而更有力量去往远方。

《草民》之后，我即将开始自己写作新的远游，但无论我去到哪里，我知道的，其实所有去处，终究是我们的来处。

谢谢你，那个被命运卡住的黑狗达、那个跳脱于肉体之外的阿太、残疾的父亲、顽固坚韧的母亲、阿小和阿小、文展、张美丽、厚朴……；站在命运入海口的蔡屋楼、嗑着瓜子的神婆、和神明吵架的阿母、在海那边呼喊着"吾妻来"的杨万流，以及蔡屋阁、杨北来、杨西来、杨百花、杨先锋村长、地瓜爷爷、芋头奶奶……；背着观音的曹操、在海堤跑道上奔跑着的父亲和黑昌、猛虎一般的祖母们、看着台风的蔡耀庭、许安康、体面的应莲阿姨……我如此幸运，可以代表自己和许多人，用文字挽留你们，自此，我永远有家可回了。我知道的，无论我去到多远，都能因此，随时回到所有人那儿去了——我知道的，回到所有人里去，便是回到了家里，回到了故乡里。

（全书完）

草民

作者 _ 蔡崇达

产品经理 _ 盐粒　　装帧设计 _ 朱镜霖　　产品总监 _ 金锐
插画设计 _ 望川　徐颖娴　何姝　　内文制作 _ 赵蕾
技术编辑 _ 顾逸飞　　责任印制 _ 梁拥军　　出品人 _ 路金波
营销团队 _ 营销与品牌部　　物料设计 _ 于欣
执行团队 _ 果麦蔡崇达工作室

果麦
www.guomai.cn

以 微 小 的 力 量 推 动 文 明

联合出品 _ 番茄出版

总监制 _ 孙毅

策划人 _ 赵月　　营销发行支持 _ 侯庆恩

让 好 故 事 影 响 更 多 人

图书在版编目（CIP）数据

草民 / 蔡崇达著 . -- 广州：广州出版社，2024.5（2024.7 重印）
ISBN 978-7-5462-3738-1

Ⅰ . ①草… Ⅱ . ①蔡… Ⅲ . ①故事－作品集－中国－当代 Ⅳ . ① I247.81

中国国家版本馆 CIP 数据核字 (2024) 第 052046 号

草民　CAOMIN

蔡崇达 著

出　　　版：	广州出版社	
	地　　址：	广州市天润路 87 号广建大厦 9、10 楼　邮政编码：510635
	网　　址：	www.gzcbs.com.cn
项目策划：	陈晓丹　刘炬培	
项目统筹：	杨　斌　高志斌	
项目执行：	李　云　李碧梅　李良婷	
责任编辑：	蚁燕娟　卢嘉茜　霍婉兰	
营销编辑：	杨名宇　麦嘉琪	
责任校对：	李少芳　王俊婕	

印　　　刷：	河北鹏润印刷有限公司	
	（地址：河北省沧州市肃宁县经济开发区河北鹏润印刷厂　邮政编码：062350）	
规　　格：	787 毫米 ×1092 毫米　1/32	
字　　数：	169 千	
印　　张：	10.5	
版　　次：	2024 年 5 月第 1 版	
印　　次：	2024 年 7 月第 3 次	
印　　数：	230,001－280,000	
书　　号：	ISBN 978-7-5462-3738-1	
定　　价：	59.80 元	

版权所有　侵权必究
如发现印装质量问题，影响阅读，请联系 021-64386496 调换。